趣談《世說新語》

——一〇一个幽默故事

朱永太 张静 著

江西高校出版社
JIANGXI UNIVERSITIES AND COLLEGES PRESS

图书在版编目(CIP)数据

趣谈《世说新语》:101个幽默故事/朱永太,张静著.--南昌:江西高校出版社,2019.7(2022.2重印)
ISBN 978-7-5493-8793-9

Ⅰ.①趣… Ⅱ.①朱… ②张… Ⅲ.①故事—作品集—中国—当代 Ⅳ.①I247.81

中国版本图书馆CIP数据核字(2019)第139815号

出版发行	江西高校出版社
社　　址	江西省南昌市洪都北大道96号
总编室电话	(0791)88504319
销售电话	(0791)88522516
网　　址	www.juacp.com
印　　刷	天津画中画印刷有限公司
经　　销	全国新华书店
开　　本	787mm×1092mm　1/16
印　　张	16
字　　数	200千字
版　　次	2019年7月第1版 2022年2月第2次印刷
书　　号	ISBN 978-7-5493-8793-9
定　　价	58.00元

赣版权登字-07-2019-554

目　录
Contents

1 重要的事情说三遍：不累，不累，就是不累 001

2 横怕楞，楞怕不要命 005

3 一言不合，拔刀相向 008

4 狂热的粉丝 011

5 船票和人品 013

6 后妈也是妈 015

7 不能咽下的饭 018

8 烤肉店小二的烦恼 021

9 罚你喝醉 023

10 “不在家”先生的育儿经 025

11 嚣张的老鼠 027

12 快递很忙 030

13 蛮横的第三者 033

14 老宋，拿个馒头来 036

15 多的真没有 038

16 救命的锅巴 041

17 别以为我只会“让梨” 044

18 “完”不了的“蛋” 047

19 有话下来说 049

20 不敢出汗 054

21 谁也别想要我的麈尾 057

22 一把“旧”扇子 060

23 让盐粒飞还是让柳絮飞? 063

24 陛下,这个点儿该哭了 066

25 羡慕、嫉妒、恨 068

26 我是很认真地哭的 071

27 要命的请假条 074

28 不会啼的鸡会杀人 076

29 我有火眼金睛,可是你是唐僧 079

30 共享经济之共享鱼池 081

31 尴尬的丞相 083

32 老师不好惹 086

33 关于“梦想”,你想多了 089

34 要听妈妈的话 092

35 可惜了一桌的好菜 095

36 找骂的“乡巴佬” 097

37 生死关头的一道下酒菜 099

38 爆粗口反被呛 102

39 滴滴快车是如何升级到滴滴专车的? 104

40 你“君”你的,我“卿”我的 106

41 鬼话 108

42 柱子,咱俩喝一杯 110

43 狭路相逢“疯子”胜 112

44 起床,就是这么简单 115

45 爹就是这么自信 117

46 剪刀侠刘大脚 119

47 你个傻儿子 122

48 正气凛然地“磨洋工” 124

49 “小子”也是你叫的吗? 127

50 帅哥,你是真雷人 129
51 不听阿戎言,吃苦在眼前 131
52 与老虎面对面 133
53 打脸换来的答案 135
54 不就是钱嘛,拿去 137
55 牛棚里的牛人 140
56 肚皮姻缘 143
57 二弟,你太二了 146
58 捉虱子捉出个官 148
59 手头功夫堪忧 151
60 演砸了的“马戏” 153
61 “肌肉男”蔡二公子 156
62 老七,你是要火的节奏啊 159
63 其实我就是为了蹭饭 161
64 送别的代价 164
65 把臂入林 166
66 好朋友,够长久 168
67 终于能露全脸了 170
68 踩肿了的脚 172
69 捡的都是我不要的 174
70 一流的是咱们 176
71 传话筒 178
72 各有其美,各有其味 180
73 “妻管严”的王牌 183
74 碍眼的东西 185
75 叔嫂全武行 187
76 悲壮地戒酒 189
77 热汤和化妆 191
78 出来吓人可是你的不对了 193

79 葬礼上的驴叫声 196
80 我这样的人竟然不长寿 199
81 轻薄京官 201
82 被窝边的守望者 203
83 一场喝醉了的戒酒仪式 205
84 不得不喝 208
85 为啥钻我裤子? 210
86 遇到他,你托付的信永远在路上 212
87 我只是来吃羊肉的 214
88 打铁的帅哥 217
89 高鼻梁、深眼窝 220
90 晒书 222
91 最佳损友 224
92 坑姐夫的小舅子 227
93 真抠门儿 229
94 不喝酒,杀美人 231
95 见“稻”不知“稻” 233
96 厕所套装 235
97 倒霉的鸡蛋 237
98 拿开你的鬼爪子 239
99 一场因为喝酒引发的群架 242
100 豪华厕所 245
101 “卿卿我我”不只是传说 248

1

重要的事情说三遍：不累，不累，就是不累

原文

陈仲举①言为士则，行为世范，登车揽辔②，有澄清天下之志。为豫章太守，至，便问徐孺子③所在，欲先看之。主簿白："群情欲府君先入廨④。"陈曰："武王⑤式商容⑥之闾⑦，席不暇⑧暖。吾之礼贤，有何不可！"

①［陈仲举］陈蕃，字仲举。

②［辔（pèi）］驾驭牲口的嚼子和缰绳，此处引申为登上公车，手挽缰绳，赴职就任。

③［徐孺子］徐稚，字孺子。

④［廨（xiè）］古代官吏办公的地方。

⑤［武王］周武王姬发。

⑥［商容］殷纣王时贤臣。

⑦［闾（lǘ）］原指里巷的大门，此处指住处。

⑧［暇（xiá）］空闲。

插播

陈仲举（？—168年）：陈蕃，字仲举，汝南平舆（今河南省驻马店市境内）人，少年时便有大志。东汉桓帝末年，陈蕃任太傅；延熹八年（165年）升太尉，任内因多次直言进谏（对君主、尊长或朋友进言规劝；同样指下级对上级、臣子对君主、年幼者对长者进行的劝告建议的方式），多次被罢免。其在官场上几经沉浮，见证了东汉王朝的兴衰。灵帝即位，陈蕃任太傅，与大将军窦武共同谋划剪除宦官。后来事情失败，陈蕃因此而死。

今河南省驻马店市平舆县陈蕃公园内的陈蕃塑像

徐稚画像

徐稚：字孺子，东汉豫章（今江西省丰城市境内）人，东汉时期名士，世称“南州高士”。徐稚曾多次被朝廷及地方征召，死活都不去。徐稚因其“恭俭义让，淡泊明志”的处世哲学而受到世人推崇，被认为是“人杰”的典范和楷模。

陈蕃下榻：据《后汉书》记载，陈蕃任豫章太守时，礼请徐稚担任功曹（汉代时期的官职名称，主要协助郡守进行人事安排和政务处理）。陈蕃担任豫章郡太守的时候，从不接待宾客，只为徐稚特设一榻，徐稚走后就命人把榻悬挂起来。后人用“悬榻”一词比喻重视人才。

武王（？—前1043年）：姓姬，名发，岐周（今陕西省岐山县境内）人，西周王朝的开国君主。约公元前1050年，姬发继位，号为武王。武王继位后，重用贤人治理国家，周国日益强盛。约公元前1046年，武王在牧野之战中大败殷商。商纣王全身挂满珠宝，自焚于鹿台，殷商灭亡。周王朝建立，定都镐京（今陕西省西安市西南部）。周武王被后世尊崇为古代明君。

周武王姬发画像

商容画像

商容：商纣王时期掌管礼乐的大臣，著名贤者，因对纣王的荒唐、暴虐不满，多次进谏而被黜。周武王胜殷之后，欲封其为三公，其辞不受，武王遂轼商容之间以示对忠臣贤者的尊敬。

直译

陈仲举的言谈是读书人的准则，其行为是世间的模范。

他为官上任之时，就有治理国家、澄清天下的志向。他就任豫章太守时，一到南昌就问徐孺子住哪里，要去探望他。主簿劝告道：“大家伙儿的意思是请太守您先到官府去。”陈仲举说：“周武王得到天下后，垫子都没坐暖，先去贤人商容的住处去表示敬意，我礼敬贤人①,有什么不可以的呢?”

演绎

东汉时期有个叫“陈蕃”的人,他曾经在桓帝时期做到了太尉的职位。这个太尉是个什么官职啊,是不是很厉害啊?说实话,这个太尉还真不是一般的官职,在东汉时期,太尉就是皇帝的军事顾问,皇帝遇到军事方面的问题,不懂的都得问他。陈蕃能文能武,是全才啊。

据史书记载,陈蕃德行很高,不迟到,不早退,老老实实工作,踏踏实实上班,简直是当时所有读书人争相学习的榜样,是标准的三道杠,既有领导权又有真本事。据说,陈蕃从小不怎么喜欢打扫卫生,住的屋子里东西放置凌乱,院子里长了草、落满了叶子,他也不打扫。当他父亲的朋友薛勤叔叔责问他为什么不做清洁的时候,陈蕃却振振有词:“大丈夫处世,当扫天下,安事一屋?”能把不讲卫生、不劳动说得这么有道理的,我只服陈蕃。但是这也说明陈蕃在年纪不大的时候,就已经胸怀大志了。

陈蕃这人什么都好,就是性子太直,仗义执言,从不客气,即便是面对皇帝也不会有所收敛。有一次,陈蕃因为遵章办事,不徇私情,得罪了皇帝的小舅子——大将军梁冀。于是梁冀到妹夫汉顺帝那里添油加醋地一顿唠叨,耳朵根子软的顺帝也不核查实情,大笔一挥,就把陈蕃从乐安②太守的职位贬到了地图上都查不到的山旮旯里的一个小城——修武县③做了个小小的芝麻官——县令。后来,陈蕃又做了尚书,结果,他又得罪了皇帝身边的宠臣们,于是,陈蕃再一次被贬官。这一次,他被贬到了偏远的豫章郡④任太守。皇帝是眼不见心不烦了,但陈蕃却郁闷透了。无奈,他只好回家收拾行李,收拾好了后,出门打了一辆“滴滴马车”,走马上任去了。

古时候既没有高铁,也没有飞机。陈蕃一路行来,跋山涉水,栉风沐雨,十分辛苦,好不容易才来到了首府南昌。一群迎接他的部属们捧着西瓜,拿着毛巾接车来了。陈蕃拍了拍身上的灰尘,第一句话就是:“带我去徐孺子家吧,我想见见他。”徐孺子,人称“南州高士”,是南昌鼎鼎大名的高士贤人。陈蕃仰慕已久,就想和他见个面,唠唠嗑,顺便喝两杯。

接车的主簿⑤听到这话,把腰一弯,凑过身子来对陈蕃毕恭毕敬地说:“大人,您一路

①〔礼敬贤人〕指的是自己不先进入官署的行为。

②〔乐安〕今山东境内。

③〔修武县〕今河南省焦作市修武县。

④〔豫章郡〕今天的江西。

⑤〔主簿〕相当于办公室秘书长。

风尘仆仆，格外辛苦。大家伙的意思是想您先回省委招待所冲个凉、泡个澡，找个力气大的搓搓背，好生休息休息。至于那个徐孺子嘛，啥时候见都行，要不差个人把他召过来见您？”

结果，陈蕃听了很生气，后果很严重：“当年周武王大败殷商，连席子都没坐热就跑去拜见贤臣大夫商容。我这样尊重徐孺子此等贤德之人，又有什么不行呢？告诉你，我不累，不累，就是不累！”

此后，陈蕃如愿去见了徐孺子，所以有“徐孺下陈蕃之榻”一说。

一声叹息

主簿拍马屁拍到了马脚上，碰了一鼻子的灰。陈蕃这样贤德、刚正的人，特设一个坐榻给后来的徐孺子坐确是有远见的事。

主簿这个官职，虽然听起来重要，做起来次要，但是一忙起来就忙得脚不沾地。历史上有很多著名的大佬都曾经干过“高级秘书”的活，比如陈琳、杨修、黄权、吕布、廖化、司马懿。

2

横怕楞，楞怕不要命

原文

荀巨伯远看友人疾，值胡贼[①]攻郡，友人语巨伯曰："吾今死矣，子可去！"巨伯曰："远来相视，子令吾去；败义以求生，岂荀巨伯所行邪？"贼既至，谓巨伯曰："大军至，一郡尽空，汝何男子，而敢独止？"巨伯曰："友人有疾，不忍委之，宁以我身代友人命。"贼相谓曰："我辈无义之人，而入有义之国！"遂班军而还，一郡并获全。

①〔胡贼〕中国古代对北方和西方各民族的统称。

插播

荀巨伯：汉桓帝时期河南颍川（今河南省禹州市）人，为人正义、果敢，胆子特别大。

民间剪纸作品中讲述了荀巨伯探望病友的故事

汉代北方游牧民族

胡贼：文中所指的胡贼应是当时对北方游牧民族的蔑称，不是特指匈奴部族。据历史记载，汉桓帝时期，西羌取代边境地区的匈奴一族，成为东汉时期最大的外族隐患，为祸百年之久。

直译

荀巨伯从远方来探望重病的朋友，正好赶上胡贼攻打城池。

朋友对巨伯说："我今天是活不了了，你赶紧离开！"巨伯说："我从那么远的地方来探望你，你现在却让我离开。苟且偷生而毁掉道义，这难道是我荀巨伯做的事吗？"

这时，胡贼已经到了，问荀巨伯："我们的大军已经到了，整个城都空了，你是什么人，竟敢独自留下来？"巨伯说："我的朋友身患重病，我不忍心舍弃他，我宁愿用我的性命来换取朋友的性命。"胡贼们相互看了看，说道："我们这些不懂道义的人，却侵入了这么有仁义的国家！"于是撤回打仗的军队，整个城都因此而得以保全。

演绎

汉桓帝时期有一名士名叫荀巨伯，家住河南颍川①。

有一天，他听说一个好哥们儿生了大病，卧床不起。荀巨伯是个十分讲义气的人，听说朋友病得厉害，也不顾路途遥远，当即就回家收拾行李去了。他收好换洗的衣服，带上路费，骑着快马，日夜兼程，直奔病友家。

一路上花红柳绿的风景吸引不了荀巨伯，酸辣甜咸各种小吃吸引不了荀巨伯。他快马加鞭，终于风尘仆仆地以最快的速度赶到了朋友的家里。朋友对于他的到来十分感动，握着他的手，眼泪止不住地流。正当两个人把手叙旧的时候，门外传来一阵阵的喧闹声，隐约能听到刀枪咣当直响。巨伯急忙打开大门，发现满大街都是四处逃散的老百姓。巨伯急忙拉住一个专心逃跑的小哥问个究竟，才知道匈奴人正在攻打城池，随时都有可能攻打进来，情况十分危急。

巨伯回家对朋友说明了情况，朋友当时就急了。他勉强撑起身子对巨伯说道："兄弟，胡人攻城，随时会打进来。那帮魔鬼杀人不眨眼。我本来就重病在身，这次也活不了啦。你现在赶紧走，兴许还能保全性命。"

巨伯扶着朋友躺下，紧紧握着他的手，说道："大难当头，让我摒弃道义，抛弃朋友，独自逃命，这是我荀巨伯的作为吗？再说了，我这么远来看你，是为了与你生死与共啊。"说完这些，荀巨伯起身拉来一张凳子，坐在床边，继续陪朋友天南海北地唠嗑。

正当朋友心不在焉地听巨伯眉飞色舞地"侃大山"的时候，大门"砰"的一声被人从外面大力地踹开了。一群披着头发、长着棕黄色胡子的胡人气势汹汹地闯了进来。为首

①〔颍川〕今河南省许昌市禹州市。

的一个胡人身高一米八，满脸横肉，身体强壮得像一堵墙。只见那胡人走到荀巨伯的面前，提起滴血的弯刀指着荀巨伯的鼻子，用不标准的普通话问："你是谁？为什么我们的队伍冲进来，所有的人都跑了，你还敢留在这里？"

荀巨伯缓缓起身，对胡人作了一揖，朗声说道："英雄，在下名叫荀巨伯，河南人，床上躺着的是我的好友，他生了重病。我没有逃命并不是因为不害怕英雄们的威严，而是因为不忍心丢下我的朋友独自受死。如果你们真的要杀的话，杀我好了，请放过我的朋友，我愿意替他去死！"

荀巨伯说完这些话，双手扯开领子，把青筋暴露的脖子伸出来对着胡人手上寒光闪闪的利刃。

凶狠的胡人愣了一下，竟然把手中的弯刀缓缓地放了下来。胡人扭头对部下们叽里呱啦地说了一通胡语，只见那些胡人频频点头。那个胡人转身对荀巨伯说："我们这些不懂什么道义的人，侵犯了有道义的国家，实在不应该，我们要退兵回去。"随后，胡人们收起刀剑，退兵回去了。

正当荀巨伯和朋友长舒一口气的时候，那胡人又快步走了进来，看着目瞪口呆的两个人，伸手递过来一张小小的纸片："兄弟，这是我的名片，如果你来草原旅游，一定要记得联系我。"

一声叹息

义气，是出于正当的需要，主动替别人承担危险甚至牺牲自我来成全他人的一种刚正之气。荀巨伯是个讲义气的人，不会因富贵贫贱或生死祸福而改变立场与做法。

荀巨伯坚持"义"，最终感化了敌人，这是道德的力量。荀巨伯并非莽撞到不要命，而是敢于在危难之中做到不抛弃、不放弃，以至于凶恶的胡人也被打动了。最终，胡人退了兵，百姓免于灾难，国家也得以保全。

3

一言不合，拔刀相向

原文

管宁、华歆共园中锄菜。见地有片金，管挥锄，与瓦石不异，华捉而掷去之。又尝同席读书，有乘轩冕①过门者，宁读如故，歆废书出看。宁割席分坐，曰："子非吾友也。"

①〔轩冕（xuān miǎn）〕指古时大夫以上官员的车乘和冕服。

插播

管宁（158 年—241 年）：字幼安，北海郡朱虚县（今山东省临朐县东南部）人。东汉末年至三国时期著名隐士。管宁爱学习、爱劳动，不爱金子。管宁与华歆、邴原并称为"一龙"，管宁别号"龙尾"。汉末天下大乱时，管宁与邴原及王烈等人至辽东避乱，后返回中原。曹魏几代帝王数次征召管宁，他都没有应命。正始二年（241 年），管宁逝世，享年八十三岁。著有《氏姓论》。

管宁画像　（现代）朱永太 作

华歆画像

华歆（157 年—232 年）：字子鱼，汉族，平原高唐人（今山东省聊城市高唐县境内）。汉末魏初时名士，曹魏重臣。华歆学习成绩很好，官做得也不错。华歆早年拜太尉陈球为师，与卢植、郑玄、管宁等为同门，与管宁、邴原共称"一龙"，华歆为"龙头"。汉灵帝时，华歆被举为孝廉，任郎中，后来又担任尚书郎、豫章太守、尚书令、魏国御史大夫、相国。魏明帝曹叡(ruì)即位后，华歆升任太尉，晋封博平侯，太和五年十二月(阳历232年1月)去世。

直译

管宁和华歆一同在菜园里锄地。

地里突然露出一块金子，管宁继续挥动锄头干活，就像看到瓦片和石块一样。华歆把金子捡起来看了看，然后又丢掉了。

管宁和华歆曾经同坐在一张坐垫上读书学习，这时候有官员乘坐车子从门口经过，管宁读书依旧，华歆却丢下书本出门去看热闹了。

于是管宁把坐垫割开，与华歆分开坐，说道："你不是我的朋友，我们不是一路人。"

演绎

"太阳当空照，花儿对我笑，小鸟说'早早早'，我和管宁一起来锄草……"

这一天风和日丽，是个劳动的好日子。劳动委员管宁与华歆同学相约一起在菜园子里锄地松土。锄地日当午，汗滴园中土。若问工资数，一天五块五。

两人正认真地锄着地，突然眼前亮光一闪，竟然在土里挖出来一块金子！这是什么情况？这是怎样的运气？没想到，更惊奇的一幕出现了——眼睛并不近视的管宁同学继续吭哧吭哧地挥动锄头，就像看到的不是金子，而是砖头、瓦片。华歆同学弯腰捡起金子仔细端详，瞧瞧这色泽，掂掂这分量。碍于管宁同学在身边，华歆也不好意思把金子往口袋里装，于是他恋恋不舍地丢掉了那块金子。

又有一天，管宁同学和华歆同学坐在一个席子上念书，摇头晃脑地朗诵道："之乎者也，周吴郑王……"

正当他们读得陶醉时，大门口传来一阵喧闹声，还有马蹄"嘚嘚嘚"的响声。管宁同学目不斜视，继续摇头晃脑地念着："辰龙巳蛇、午马未羊……"华歆则把书一丢，趿拉①着鞋子跑去看热闹了。

华歆从门口返回来的时候，仍然意犹未尽，两眼发亮，满面红光。他拍着管宁的肩膀，说："管宁，你知道吗？刚才过去的估计是大官儿，那车队老长老长啦……"华歆说得唾沫四溅、嘴角生沫，甚至手舞足蹈起来，激动得停不下来。

听到这里，管宁同学从袖子里"唰"地抽出一把锋利的刀子。华歆吓得往后一跳：

①〔趿拉(tā la)〕指把鞋后帮踩在脚后跟下。

“你——你要干什么?!”

只见管宁手起刀落,把坐着的席子割成两半,一半丢给华歆,并严肃地说道:“得罪了。打今天起,你走你的阳关道,我走我的独木桥,咱俩志不同、道不合,从今往后不再是哥们儿啦。”管宁这个山东人也真够直性子,绝不和志向不同的人在一起玩,哪怕是曾经和自己一起读书的华歆同学也不例外,友谊的小船说翻就翻了。

根据史书的记载,管宁后来做了隐士,屡次拒绝朝廷的邀请,一辈子不入朝为官,坚决不做公务员。华歆倒是没忘记老同学,他请病假辞官的时候,还推荐管宁来继任他的太尉一职。当然,拗脾气的管宁还是一如既往地拒绝了。

一声叹息

孔子说过:道不同,不相为谋。

酒逢知己千杯少,话不投机半句多。管宁与华歆性格不同,有不同的理想追求,所以才有了“割席断义”的故事。后来,“割席断义”演变成朋友因志向、意趣不相投而绝交的成语。

奉劝华歆同学:对于管宁这样随身携带管制刀具的同学,还是离远一点为好,虽然他只是割了席子。

4

狂热的粉丝

原文

王朗每以识度①推华歆。歆腊日②，尝集子侄燕饮，王亦学之。有人向张华说此事，张曰："王之学华，皆是形骸③之外，去之所以更远。"

①〔识度〕见识与器度。

②〔腊日〕中国古代年终祭祀百神的节日。

③〔形骸（hái）〕人的躯体和外貌。

插播

王朗（？—228年）：本名王严，字景兴，东海郡郯县（今山东省临沂市郯城县西北部）人。汉末至三国曹魏时期重臣、经学家、著名追星族。

电视剧中王朗的形象

张华塑像

张华（232年—300年）：字茂先，范阳方城（今河北省固安县）人。西晋时期政治家、文学家、藏书家。张华记忆力超好，见识广泛，堪称魏晋时期的"最强大脑"，同时也是著名的时事评论员。

直译

王朗常常在见识和气度方面对华歆推崇备至。

华歆曾经在蜡日祭神结束后,召集他的子侄们设宴饮酒,王朗也效仿他这样做。后来有人向张华说到这事,张华说:“王朗学华歆,学的都是些表面的皮毛,所以他越学,与华歆的差距就越远。”

演绎

王朗是个狂热的追星族,特别喜欢华歆。他了解华歆家住哪里,喜欢穿什么款式的衣服,喜欢喝什么牌子的酒,喜欢坐什么颜色的马匹拉的车子,甚至知道他喜欢吃什么味道的榨菜。若是谈到气度和见识,王朗更是张口华歆、闭口华歆,对华歆崇拜得五体投地、一塌糊涂。

有一年的蜡日,华歆祭祀完万物众神之后,召集大小侄子等一群晚辈一起,好吃好喝好好玩。王朗听说后,也跟着有模有样地学着聚餐吃饭,也是好吃好喝好招待。华歆用茅台酒,王朗绝不用五粮液。华歆清蒸南海龟,王朗绝不红烧北洋鳖。

后来,有人把这件事情和同朝为官的著名“时事评论员”张华说起来,说华歆如何如何,王朗又如何如何。张华摇着头连连感叹道:“这个王朗啊,学人家华歆的都是些表面的皮毛,净整些没用的。学来学去,离真正的华歆反而越来越远了。”

“粉丝”和偶像是不能分开的共同体,“粉丝”成就了偶像,偶像催生了“粉丝”。崇拜和追捧名人无可厚非,古人也说过:“见贤思齐。”可人如果沉溺于追星,那就会迷失自我,在背道而驰的路上越走越远。

一声叹息

现在的社会,明星简直比天上的星星还多,像王朗一样的崇拜者简直比地上的牛毛还多。现今,很多追星族对明星的崇拜程度恐怕连王朗都自愧不如:明星如果不娶,“粉丝”们就不嫁;明星今天带了两个耳钉,“粉丝”们明天耳朵上就多了俩窟窿……

见识和气度是发自内心的修养,不是依靠模仿就能得到的,所以我们还听到了“邯郸学步”和“东施效颦”的故事,这可都是鲜活的反面教材啊。

5

船票和人品

原文

华歆、王朗俱乘船避难，有一人欲依附，歆辄[①]难之。朗曰："幸尚宽，何为不可？"后贼追至，王欲舍所携[②]人。歆曰："本所以疑，正为此耳。既已纳其自托，宁可以急相弃邪？"遂携拯如初。世以此定华、王之优劣。

①［辄］总是、就。

②［携］带的意思。

插播

避难：此处的"难"，指的是汉、魏朝代交替时的动乱。

魏晋南北朝时期战争频繁，是古代中国历史上最为动荡的时期之一

直译

华歆和王朗一起乘船避难，有一个人想搭乘他们的船一起逃离。

华歆感到十分为难就没立刻答应，王朗却说："幸好我们的船还宽敞，为什么不可以呢?”王朗便答应了那个人的请求。

后来,贼寇追了上来,这时,王朗想抛弃刚才搭船的人。华歆说:“刚才我之所以犹豫,正是因为这个原因。既然已经接纳他,让他来船上安身,怎能因为情况危急就丢下他呢?”

于是,华歆和王朗带着当初的求助者继续逃离。当时的人们也以这件事情来判定华歆和王朗二人品行的优劣。

演绎

话说东汉末年,皇朝犹如将要倾倒的大厦,全国各地开始发生零零星星的战祸。华歆和他的“粉丝”王朗也遭受了波及。有一次,他们坐着一艘船避难,正准备出发的时候,有一个人火急火燎地跑过来,就地一跪,苦苦哀求:“烦请大人们行行好,带我一起走吧,不然的话,我一定会被贼寇杀死。”

华歆听了也没说话,可是脸上却有些犹豫之色,搓了搓手没应声。

站在一旁的王朗看不下去了,偶像在他心中的高大形象瞬间崩塌。他直接和华歆翻了脸:“这船上不是还有地方吗?救人一命胜造七级浮屠,别那么小气好吗?”说完,把那人拉到了船上:“上来吧,今儿个免费,不收你的船票钱。”

结果是怕什么来什么,话音还未落,只见岸上不远处烟尘滚滚、马蹄阵阵,还能听到此起彼伏的吆喝声——原来是气势汹汹的贼寇结伴打劫来了。

王朗被吓得面如土色,双腿筛糠似的站不住了。他一把扯住华歆的衣袖:“怎么办?!怎么办?!我们还是把这个人丢掉吧,人多船沉,划不快。带着这个累赘我们也跑不掉,都得被贼寇抓住!”

华歆把袖子一甩,表情很严肃:“我刚开始犹豫不决就是因为这个原因,所以才没有立即答应。可是你现在既然已经答应了别人,怎么能说话不算话?在这个危急的时候出尔反尔,实在不是君子作风。”王朗被华歆的一番话说得面红耳赤,恨不得一头扎进水里去。

在华歆的坚持下,请求避难的人跟着他们乘船逃离了险境,最终得救。这事儿传开后,大家就以此事来评判华歆和王朗人品的优劣、素质的高低。

一声叹息

人们做事情需要以诚信立于世,言出必行。华歆因为考虑到实际情况并没有草率做出决定,但是一旦决定了就不能背信弃义。相反,王朗轻率应允他人,进而不守承诺,结果落得轻诺寡信的坏名声。“急不相弃”这个成语便是出自这个故事。

6

后妈也是妈

原文

王祥事后母朱夫人甚谨，家有一李树，结子殊好，母恒使守之。时风雨忽至，祥抱树而泣。祥尝在别床眠，母自往暗斫①之。值祥私起②，空斫得被。既还，知母憾之不已，因跪前请死。母于是感悟，爱之如己子。

①〔斫(zhuó)〕用刀、斧砍。

②〔私起〕因为解手而起床。

插播

《二十四孝图——卧冰求鲤》 (近代)陈少梅 作

王祥(184 年—268 年)：字休徵，琅琊(今山东省临沂市西孝友村)人。三国曹魏及西晋时大臣。王祥于东汉末年隐居二十年，在曹魏先后任县令、大司农、司空、太尉等职，封爵睢陵侯。西晋建立，拜太保，晋封睢陵公。王祥有“孝圣”之称，在古代二十四孝排名中列第一位，位置无人撼动。

直译

王祥侍候他的后母朱夫人非常谨慎。

他的家里有一棵李子树，果实结得非常好，后母经常要王祥看守果树。有时候遇到突然来的风雨，无奈的王祥就只能抱着果树哭泣。

王祥曾经在别的床上睡觉，后母暗自前往，想偷偷砍杀他。恰巧王祥因为尿急上厕所，后母只砍到了空被子。王祥回来看到后，心里明白，后母十分恨他，这次因为没能杀死他肯定遗憾不已，所以他跪在后母面前请求她杀死自己。后母终于被王祥感动，从此爱护他如同自己的亲生儿子一般。

演绎

今天的故事是关于后妈的。

俗话说：最毒不过妇人心。关键是这个妇人还是后妈。

晋朝时期，有个人叫王祥。王祥自幼丧母，是个可怜的娃。他父亲之后续弦（再婚的意思），娶了庐江的一个朱姓女子做王祥的后妈。这个后妈容不下王祥，就像眼里揉不进沙子，怎么看都不舒服，怎么处都难受。王祥对待这个后妈可是毕恭毕敬、言听计从，从不犯犟，可以说指东不往西。在王祥眼里，后妈的话就是“王祥行为准则”。

可是即便是这样，后妈心里也还是硌硬①得很。

因为，这个后妈刚刚生了一个娃。

朱氏生了个大胖小子，取名“王览”。王祥的父亲笑得合不拢嘴，对于王祥来说，这却是噩梦的开始。

后妈原本就不待见王祥，有了自己的亲生儿子后，就更容不下他了。王祥的父亲耳根子软，后妈一吹枕头风，王祥就要被痛骂一顿，甚至受到皮肉之苦。原本就不多的父爱在后妈一次次的离间下早已荡然无存。王祥干着不符合年龄的重活和脏活——打扫牛棚、清理牛粪，当起了“铲屎官”。王祥没有任何怨言，默默地干活，悄悄地睡觉，像鱼一样安静地活着。

然而，后妈是个有智慧的后妈。她时常会给王祥出一些“脑筋急转弯”加“中华厨艺大比拼”之类的题目。比如：天寒地冻的时候想吃红烧鲤鱼，看见黄雀在枝头上跳跃，又想吃孜然黄雀。王祥每一次都用孝心感动天地，基本上完成了后妈布置的难题。

---

①〔硌硬（gè ying）〕指讨厌、不舒服，为北方和南方部分地区的常用方言。

王家的院子里有一棵李子树，每年李子都结得又多又好，味道还不错。后妈一再交代王祥要严加看守李子树——白天不能让鸟啄食，晚上不能让老鼠偷吃，更要提防左邻右舍的顽童。有一天，暴风雨突然而至，王祥急得没办法，抱着树干直哭，祈求老天不要吹落满树的果子。

铲牛粪、看果树顶多是身体上劳累一点儿，这并没有增加王祥在后妈心里的“印象分”。甚至在一天晚上，可怕的事情悄悄地发生了……

王祥在别的房间睡觉，夜里被一泡尿憋醒了，便起身上厕所。后妈在这个时候踮着脚尖儿进了屋子，拿着一把锋利的刀子对着床铺一通乱砍。就这样，王祥被一泡尿救了命，被砍得七零八落的被子表示很无辜。

王祥从厕所返回，看着刀痕累累的被子，心里知道后妈有多么恨他，多么想要他死。他擦了擦额上的冷汗，也擦去了眼中的泪水，走进后妈的房间跪了下来，双手捧着一把尖刀，说：“母亲大人，我知道您非常不喜欢我，是因为我做得不够好。今天我来这里就是来告诉您，我的命是您的，请拿去吧。”

朱氏砍完空空的被子后后悔得不得了。她这时候看见王祥毕恭毕敬地跪下来求死，脸上除了悲伤，竟然没有任何怨恨的神情。后妈毕竟是女人，也是妈妈。伟大的母性战胜了心里的邪念。从此，后妈将王祥视如己出，当作自己家的孩子一样对待。

从那以后，小王祥苦尽甘来，终于过上了幸福的新生活。

一声叹息

王朱氏耍大刀，王祥眼看活不了。幸有孝心动天地，后妈终能变亲娘。

王祥的孝心为后人所敬仰，“卧冰求鲤”在历史上成了传唱的佳话。王祥也被誉为“孝圣”，在民间享有很高的地位。

7

不能咽下的饭

原文

郗公[①]值永嘉丧乱，在乡里甚穷馁[②]。乡人以公名德，传共饴之。公常携兄子迈及外生周翼二小儿往食。乡人曰："各自饥困，以君之贤，欲共济君耳，恐不能兼有所存。"公于是独往食，辄含饭著两颊边，还，吐与二儿。后并得存，同过江。郗公亡，翼为剡县，解职归，席苫[③]于公灵床头，心丧[④]终三年。

①［郗公］郗鉴。

②［穷馁(qióng něi)］贫困饥饿。

③［苫(shān)］用茅草编织的覆盖物。

④［心丧］泛指无服或释服后的深切悼念，有如守丧。

插播

郗公(269年—339年)：郗鉴(xī jiàn)，字道徽，高平郡金乡县(今山东省金乡县)人。东晋重臣、书法家。他的外甥周冀很有良心，女婿王羲之很有才华。

永嘉丧乱：即永嘉之乱，又称"永嘉之祸"，指的是西晋永嘉五年(311年)，匈奴攻陷洛阳，掳走怀帝的动乱事件。西晋中后期，"八王之乱"爆发，加之天灾连年，胡人借此机会入侵。永兴元年(304年)，南匈奴贵族刘渊在左国城(今山西省吕梁市离石区境内)起兵，逐步控制并州部分地区，自称"汉王"。光熙元年(306年)，晋惠帝死，司马炽嗣位，就是历史上的怀帝，改元"永嘉"。永嘉二年(308年)，刘渊正式称帝，后子刘聪继位。永嘉五年(公元311年)，刘聪遣石勒、王弥、刘曜等率军攻晋，在平城(今河南省鹿邑县西南部)歼灭十万晋军，又杀太尉王衍及诸王公。旋即攻入京师洛阳，俘获怀帝，杀害王公士民三万余人。永嘉之乱后，晋朝统治集团南迁，定都建康(今南京)，建立东晋，史称"衣冠南渡"。

影视剧中郗鉴形象

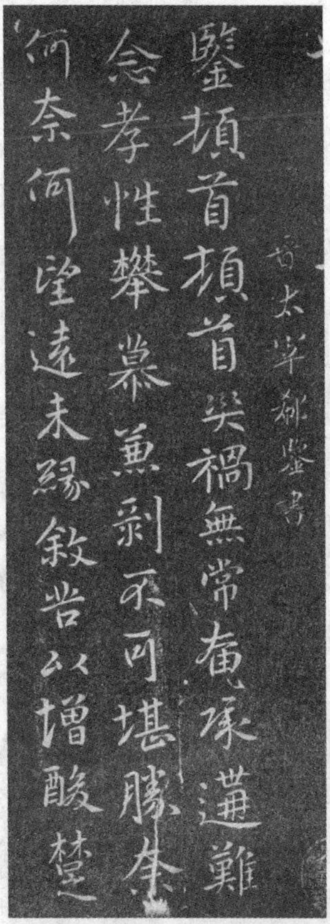

郗鉴的书法

直译

郗鉴在永嘉之乱的时候隐居在家乡，日子过得十分贫困，甚至还要挨饿。

乡里人因为他有名望、德行，大家轮流供给他饭食。他常常带着侄子郗迈和外甥周翼两个孩子一同去吃。乡里人说："大家都很饥饿、穷困，因为您是贤德君子，才打算一起周济您而已，恐怕很难再兼顾到两个孩子了。"从那以后，郗鉴就一个人去吃饭，他把吃下的饭含在嘴里，塞满两颊，回家后再吐出来给两个孩子吃。后来，两个孩子都因此得以存活下来，一同过了长江。

当郗鉴去世时，他的外甥周翼当时正担任剡县①县令的官职。周翼放弃了官职，回到家乡，在郗鉴灵床前铺上居丧用的草垫，穿丧服，期满后，还守心丧整整三年。

①〔剡县〕今浙江省嵊州市。

演绎

晋朝时期的郗鉴是个德行高尚的人,深受民众们的爱戴和尊崇。可惜的是,他生逢乱世,永嘉丧乱的时候,他被迫逃亡至山东老家,生活没有着落,日子过得有上顿没下顿。

老家的人们听说郗鉴回来了,都赶来看他。鉴于郗鉴平素的威名和德行,大家便决定共同帮助他渡过难关。于是,大伙儿排了一张表,今天张三家,明天李四家,一家家地轮饭吃。

郗鉴每次到饭点儿去吃饭,总是会带上哥哥家的孩子郗迈和外甥周翼。一来二去的,有的人家就有意见了:"我们家也困难,我们也饿肚子。因为尊重您的贤德,我们才决定用这种轮饭吃的方式周济您,如果再加上两个孩子的话,恐怕我们也养活不了。"俗话说:半大小子,吃穷老子。虽然只增加了两个小孩子的口粮,但在非常时期,这也成了承受不起的负担。

听到这些话,郗鉴也感到十分不好意思,再也没有带着两个孩子去蹭饭吃了。于是,如何让这两个孩子活下来就成了一个大问题。

于是,不寻常的一幕发生了:每到吃饭的时候,郗鉴都独来独往,咽了几口便不再吃了。他把饭食含在嘴里,塞在两颊,走的时候对着主家深作一揖,话也不敢说,鼓着腮帮子就往家里赶。家里还有嗷嗷待哺的郗迈和周翼呢,郗鉴赶回家中便将含在嘴里的饭食吐出来喂两个娃。

就这样,郗鉴一天接一天地去别人家吃饭,进门时的清瘦脸,出门时都得肿一圈。在郗鉴的努力下,郗迈和周翼在这样艰辛的条件下得以保全了性命,后来跟着郗鉴南渡长江,脱离了险境。

咸康五年(339 年),七十一岁的郗鉴去世。当时,他的外甥周翼已经是剡县的县令。郗鉴去世的消息传来,周翼便辞掉了县令的职位,回乡为舅舅守孝。按照古时候的规矩,周翼坐卧在舅舅牌位前的草垫上,睡觉的时候枕着土块,真正做到了"寝苫枕块"。在古代,父母去世后,子女要守孝三年,外亲的话,最多守五个月。作为外亲的周翼感念舅舅的恩情,整整守孝三年。

一声叹息

郗鉴平日广施恩惠,深得人心,乡邻们才会在他落难之际"传共饴之"。郗公含饭的故事流传于世,也体现了郗鉴的仁德之心。知恩图报的周翼也是值得学习的榜样,受人恩惠,理当铭记在心。

8

烤肉店小二的烦恼

原文

顾荣在洛阳，尝应人请。觉行炙人[①]有欲炙之色，因辍己施焉。同坐嗤[②]之。荣曰：“岂有终日执之，而不知其味者乎？”后遭乱渡江，每经危急，常有一人左右己。问其所以，乃受炙人也。

①〔炙(zhì)人〕传送烤肉的店员。

②〔嗤(chī)〕讥笑。

插播

顾荣(？—312年)：字彦先，吴郡吴县(今江苏省苏州市)人。西晋末年大臣、名士，富有同情心，有烤肉吃也慷慨让人，是拥护司马氏政权南渡的江南士族首脑。

顾荣画像

山东临沂五里堡东汉墓“烧烤”画像石图(局部)

烤肉的历史源远流长。古时，食物的烹饪方法不多，“炙”就是最主要的一种。我们的祖先很喜欢吃烤肉。烤肉是一道菜品，制作原料有猪肉、牛肉、酸菜等，独具风味，历史悠久，有浓郁的香味和鲜美的味道，可大大提高食欲。据《汉代画像全集》可知，早在两汉时期就有体系完备的烤肉流程，烤食十分讲究。

直译

顾荣在洛阳的时候,曾经应人邀请赴宴吃烤肉。

他发现传送烤肉的仆人脸上显露出想吃烤肉的神情,于是就停下来,把自己那一份烤肉给了他。同座的人因此讥笑顾荣,顾荣回应道:"哪有成天端着烤肉却不知肉味的人呢?"

后来,顾荣遇上战乱过江避乱,每逢遇到危难,常常有一个人在身边护卫自己。顾荣觉得很奇怪,便问他原因,原来他就是当年接受烤肉的那个仆人。

演绎

顾荣有一次在洛阳的时候,朋友邀请他吃饭:"顾荣,晚上下班,前门口老三大排档撸串儿去。"

顾荣很开心地答应了。大家坐在桌子旁喝着酒,聊着天,互相吹着牛皮,快乐至极。不一会儿,红柳枝蒙古羊肉串儿端了上来,每一串羊肉都滋滋地冒着油,嫩黄的肉块上沾着一层薄薄的混合着红色辣椒末的孜然粉,散发出令人垂涎欲滴的香味。顾荣和大家一起,左手羊肉串儿,右手冰啤酒,左一口、右一口,大快朵颐。这时候,顾荣发现旁边传菜跑堂的小二直直地盯着盘子里的肉,眼睛泛着绿光,喉头一上一下地起伏,不停地吞咽着口水。

顾荣把筷子往桌上一放,端起自己的那一份肉走到小二跟前,把肉递给了小二:"兄弟,拿去吃吧。"

看着小二感激而欢快地身影,同桌的朋友们不禁对着顾荣嗤笑起来:"他只是个仆人,顾大人这样做,实在是有失身份啊,还兄弟,嘿嘿嘿……"

"哪里有成天端着烤肉却不知道肉味的人呢?"顾荣不以为然,自斟自饮。

酒足饭饱后,大家很快忘记了这件事情。后来遭遇"八王之乱"①,大家纷纷南渡长江,在危难之时,经常会有一个人来帮助顾荣渡过难关。顾荣十分感激,于是就问这个人为什么总是帮助自己。那个人对着顾荣深作一揖:"顾大人,您是不记得了,我可不敢忘。我就是当年老三大排档传菜的小二啊。"

一声叹息

受人滴水之恩当涌泉相报。顾荣的一份烤肉满足了小二的愿望,也在无形中为自己脱困埋下了伏笔。据《文士传》记载,顾荣得知时常帮助自己的人就是当年"受炙"之人的时候,不禁感慨万分:"一餐之惠,恩今不忘,古人岂虚言哉!"

---

①〔八王之乱〕发生于西晋时期的一场皇族为争夺中央政权而引发的内乱,因皇后贾南风干政弄权而起。

9

罚你喝醉

原文

谢奕作剡令，有一老翁犯法，谢以醇酒[1]罚之，乃至过醉，而犹未已。太傅[2]时年七八岁，着青布绔[3]，在兄膝边坐，谏曰："阿兄，老翁可念，何可作此。"奕于是改容曰："阿奴[4]欲放去邪？"遂遣之。

①［醇酒］度数很高的烈酒。

②［太傅］谢安。

③［绔（kù）］同"裤"。

④［阿奴］古代兄长对弟弟的称呼。

插播

谢奕（309 年—358 年）：字无奕，陈郡阳夏（今河南省太康县境内）人。东晋大臣，曾为桓温幕府司马，官至安西将军、豫州刺史。谢奕爱喝酒，驸马爷桓温不是其对手，常常被喝跑。其人性子暴躁，曾经把同样以性格急躁、直率著称的王蓝田骂得面壁良久，不敢出声。

谢奕画像

谢安画像

谢安（320 年—385 年）：字安石，陈郡阳夏（今河南省太康县境内）人。东晋政治家、军事家、书法家。在淝水之战中，谢安作为东晋一方的总指挥，以八万兵力打败了号称百万的前秦军队，为东晋赢得几十年的安静和平。

直译

谢奕做剡县县令的时候，有一个老头儿犯了法，谢奕就罚他喝度数很高的烈酒。老头喝了很多烈酒，以至于醉得很厉害，可谢奕还是没有停下惩罚。

谢奕的弟弟谢安当时只有七八岁，穿一条青色的裤子，在他哥哥膝上坐着，劝告道："哥哥，老人家多么可怜，怎么可以做这种事？"谢奕脸色立刻缓和下来，问道："你想把他放走吗？"谢安点头称是，谢奕于是就把那个老人放走了。

演绎

谢奕担任剡县县令的时候，接手了一个案子。

有一个老头儿触犯了法规，按照当时的律法是要接受相应的惩罚的。可是谢县长惩治的方法出乎所有人的意料——他不罚老头儿，他请老头儿喝酒。他让衙役们搬出一坛又一坛的酒，请违法的老头儿喝酒，喝烈酒，而且还要老头儿不停地喝。

古时候没有蒸馏提纯的技术，所以大部分酒的度数都比较低，远没有现在的茅台、五粮液的度数那么高。当时的烈酒度数只有二十多度，和现在江浙、广东等地的黄酒、米酒的度数差不多，基本上等同于红、白葡萄酒。这就是为什么古人喝酒用大碗、现代人喝酒用杯子的缘故。不然的话，李白能"斗酒诗百篇"？"斗酒"下肚，怕是来不及写诗就得酒精中毒进医院了。

可是就算是啤酒，喝多了也一样会醉啊，更何况是当时比较猛的烈酒。随着一碗接一碗的烈酒下肚，老头儿的脸已经变成猪肝一样的紫红色，身子晃来晃去，站都站不稳当。再看谢县长，他还在吩咐衙役们一碗又一碗地给老头儿灌酒呢，丝毫没有停下来的意思。

谢县长的弟弟谢安当时只有七八岁，这天正好被哥哥带到单位来玩。他穿着青色的裤子，坐在哥哥谢奕的身边。眼看着接受惩罚的老人不胜酒力却不得不继续喝，谢安用小手拉了拉哥哥的袖子劝道："哥哥，这个老人已经喝那么多了，好可怜啊，你为什么还要这么做呢？"

谢奕听到弟弟的问话，脸上的神色平和下来，回身摸了摸谢安的头，问他："你是想要我放了他吗？"谢安眨着大眼睛，用力地点了点头。随后，谢奕摆了摆手，释放了那个犯法的老人。

一声叹息

幼年的谢安怀有一颗善良、怜悯的心，他的善良最终让老翁得以释放。同样幸运的是，他有个好哥哥。虽然谢奕喜欢饮酒，性格粗暴，但是在乖巧的弟弟的面前，谢奕除了喜爱之外，没有半点脾气。

10

“不在家”先生的育儿经

原文

谢公[①]夫人教儿，问太傅：“那得初不见君教儿？”答曰：“我常自教儿。”

①〔谢公〕谢安。

插播

从古至今，中国的父母一直非常重视孩子的教育。

直译

谢安的夫人教育孩子的时候，曾经问太傅谢安：“我怎么从来没见过您教导孩子呢？”谢安回答：“我不是不教，而是平常用自身的言行来教导孩子。”

演绎

时光荏苒，当初宅心仁厚、央求哥哥释放受罚老人的谢安已经长大成人，娶妻生子，组建了自己幸福的小家庭。虽然谢安年纪轻轻就已经凭借“清谈”独步一方，但是他淡于功名利禄，扬州刺史和吏部尚书屡次请他出任官职，他都一一谢绝，就连朝廷的征召，他也历年不应。

他四十岁出山，之后成为著名的军事家和政治家，他行书写得很好，通音律，可以说是书法家和音乐家。除此之外，他还是个“不在家”先生。因为他寄情于山水，出门一起玩的不是名士就是僧人或道士，一帮人常年四处游荡，品茶饮酒。这帮人里有王羲之、许询、支遁等文艺青年和资深大咖。

“不在家”先生的妻子刘氏也是有背景的。刘氏是东晋永和名士刘惔的妹妹，出自名门大家，素养很高。在教育孩子方面，谢夫人秉承着“从娃娃开始抓起”“不能让孩子输在起跑线上”的教育理念。她督促孩子勤奋读书，规范谈吐言行，时不时还要聘请家教来家里上课。操劳时间长了，谢夫人觉着身心俱疲。再看看夫君谢安，今天去旅游，明天去喝酒，生活过得好不潇洒。

时间久了，谢夫人心里的怨气自然就多了，对“不在家”先生也难免有了很多的埋怨：“我天天脚不着地，把自己忙成了一阵风，为啥从来没见过你这个做父亲的好好教育自己的孩子呢？”

“不在家”先生洗漱完毕，正打算出门去，听到妻子埋怨的话，回过身捋了一下胡子，微微笑道：“夫人，您冤枉我了。其实我一直在教育我们的孩子，而且还很尽心尽力。”

“哼！说这话，你自己信吗？”谢夫人从鼻子里给了老公一个回应。

“我在用自己的一言一行来影响孩子，孩子读书典可谓之‘言传’，而为夫则以自身做示范，可谓之‘身教’也。”谢安丝毫没有生气，眼睛里全是诚恳，“夫人，这就是榜样的力量。”

说完，“不在家”先生把宽大的袖袍一甩，出门去了。

一声叹息

谢安夫妻俩关于教育孩子的对话显示了魏晋时期的人们对门第教育的重视，那个时候的家世门风的教育就其形式而言分为两方面：一为言传，二为身教。“身教”，又称为不言之教。言传之教有众多典籍和家训作为指引，作为不言之教的“身教”因教者亲身示范更能起到教育作用。

写到这里，我眼前浮现出一个想法：把这篇文章给孩子她妈看看。

11

嚣张的老鼠

原文

晋简文①为抚军时，所坐床上尘不听拂，见鼠行迹，视以为佳。有参军见鼠白日行，以手板批杀之，抚军意色不悦。门下起弹，教曰："鼠被害，尚不能忘怀，今复以鼠损人，无乃不可乎？"

①〔晋简文〕晋简文帝司马昱。

插播

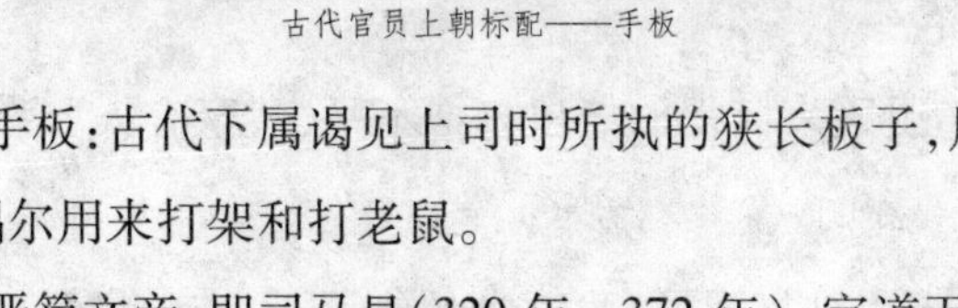

古代官员上朝标配——手板

唐昭陵壁画中持手板的官员

手板：古代下属谒见上司时所执的狭长板子，用玉、象牙或竹片制成，用以指画和记事，偶尔用来打架和打老鼠。

晋简文帝：即司马昱(320年—372年)，字道万，东晋第八位皇帝。司马昱能熬出头真不容易，他历经元、明、成、康、穆、哀、废帝七朝，先后封琅琊王、会稽王，累官抚军将军。太和六年十一月(372年1月)，桓温废司马奕，改立司马昱为帝。司马昱名为皇帝，实为傀儡。司马昱在位仅八个月后，便忧愤而死，年五十三。司马昱善于清谈，成绩优异，段位比较高，史称“清虚寡欲，尤善玄言”，可谓名副其实的“清谈皇帝”。

东晋简文帝司马昱

直译

晋简文帝司马昱任抚军将军的时候，他坐榻上的灰尘从来不让擦去。有时候见到有老鼠在上面走过的脚印，会觉着很好看。

有个任职参军的属下看见老鼠白天走出来，就拿手板把老鼠打死了，抚军将军因为此事感到很不高兴。他的门客便来弹劾这位参军，司马昱劝诫道：“老鼠被打死了，尚且不能释怀；现在又为了一只老鼠去损伤人，岂不是更不应该？”

演绎

晋朝简文帝司马昱在即位之前曾担任抚军将军的职位，他是一位很有生活情趣的人。在当皇帝之前，他最喜欢和王羲之、谢安一帮人讲清谈、说玄学，是当时典型的文艺小青年。

当然，生活情趣和个人偏好是有一点点关系的。抚军将军有一个偏好——他的坐榻任何人不得打扫，即便上面落了一层灰尘，下人们也不能来擦干净（打扫卫生的后勤服务员表示很开心）。倒不是抚军大人不讲卫生，原来啊，他时常会看到坐榻上有夜晚出来觅食的老鼠留下的爪子印，小小的，一串串的，看着非常有趣。

可偏偏有不开眼的人。

一天，军事参谋来谒见抚军大人汇报工作。这时候一只骄傲的老鼠大摇大摆地出来散步，或许是因为抚军比较偏爱老鼠，所以这只胆儿肥的老鼠大白天都敢出门遛弯。说时迟那时快，军事参谋一个箭步冲过去，用手板照着老鼠脑袋就是“啪”的一下。还没等抚军反应过来，这只老鼠已经鲜血横流、脑浆四溅，当场毙命。

看着横尸地上的老鼠，抚军不禁面色一沉。

门客看到此景，议论纷纷，为这只遭受飞来横祸的老鼠打抱不平，甚至有人要弹劾这个没眼力见儿、手太长的参军。

抚军安抚参军退下，对门客们说：“老鼠被打死了，我们尚且放不下，难以释怀。现在再因为一只死去的老鼠去惩戒他人，这样更不应该吧。”

然后，抚军用惋惜的眼光看了看那只死于非命的老鼠，脸上仍然充满悲伤的神色：“传我的命令——选个风水好的地方厚葬此鼠，费用我报销。”

一声叹息

晋简文帝虽然对参军拍死老鼠的行为十分不悦，但是却不会因为这样的事情再惩罚他人，这是贤德之人的所为。

我想对老鼠们说的是：月有阴晴圆缺，鼠有旦夕祸福。做人也好，做老鼠也罢，还是低调一点为好，不要太嚣张了。

12

快递很忙

原文

范宣年八岁，后园挑菜，误伤指，大啼。人问："痛邪?"答曰："非为痛，身体发肤，不敢毁伤，是以啼耳。"宣洁行廉约，韩豫章[①]遗绢百匹，不受。减五十匹，复不受。如是减半，遂至一匹，既终不受。韩后与范同载，就车中裂二丈与范，云："人宁可使妇无裈[②]邪?"范笑而受之。

①[韩豫章]韩伯。

②[裈(kūn)]古代有裆的裤子。

插播

范宣：又名范宜，字宣子，陈留(今河南省开封市祥符区陈留镇东北部)人，东晋名儒。范宣廉洁自律，洁身自好，从小性格内向，但是学习好，够努力，是个优等生。他任职豫章太守时设乡校，江州人人好学儒学。

范宣画像

韩伯画像

韩豫章(？—约385年)：韩伯，字康伯，殷浩的外甥，颍川长社(今河南省长葛市)人，东晋玄学家、训诂学家，历任豫章太守、丹阳尹、吏部尚书等职。韩伯见解独到，学识超人，做事情认真、执着，比如下文的"赠绢事件"。

直译

范宣八岁那年，在园子里挑菜，不小心误伤了手指，受伤的范宣号啕大哭。有人问："是因为伤口很痛吗？"他回答："其实不是因为痛，而是因为身体发肤受之于父母，不敢毁伤，所以才这样哭泣。"

成年后的范宣为人廉洁简朴，豫章太守韩伯曾经送来一百匹绢，他不接受；减去五十匹，仍不接受；就这样一半一半递减，直到剩下一匹绢，范宣仍然不接受。

后来，韩伯与范宣同车出游，韩伯便在车里撕下两丈绢给范宣，说："作为丈夫难道能让妻子没有衣裤穿吗？"范宣这才笑着接受了。

演绎

小范宣八岁的时候，挎着篮子去后院菜地挑菜。看着满地绿油油的长势旺盛的青菜，小范宣开心无比。勤劳的小范宣忙着挑菜，忽然铲刀一滑，伤到了手指，鲜红的血顺着手指流了下来。范宣把铲刀一丢，捂着手大声哭起来。这一哭简直是滔滔江水不绝，隆隆雷声不息。鼻涕、眼泪一起下，谁哄都哄不住。

于是有人问他："范宣，你哭得这么惊天动地，果真有那么疼吗？"小范宣抽泣着回答："其实根本不是因为疼。身体、皮肤乃至每一根头发，都是父母亲赐予我的，不敢有一点的损伤。今天我不小心伤了手指，有愧于我的父母，所以才这么难过。"

爱惜自己的小范宣长大成人后，依然保持着廉洁、简朴的作风。

无功不受禄，范宣不要布，等等，是丝绸？那又怎样，还是不要，说不要就不要，多少都不要，哪怕送到手上了也不要。

范宣一生不贪腐，不拿回扣，不收礼，他的廉洁之举闻名乡里。豫章太守韩伯曾经送给他一百匹绢，范宣推辞不受，说什么都不要。韩伯知道范宣一直有廉洁的名声，所以就把绢的数量减为五十匹，又差人送去。范宣还是不要，又原封不动地退回去了。

范宣一而再再而三地推辞，激发了韩伯的拗脾气。你不要，我就一直送，一次一次地送。

就这样，50 匹减为 25 匹，再送，不要，拿回来。

25 匹减为 12.5 匹再送，不要，拿回来。

12.5 匹减为 6.25 匹再送，不要，拿回来。

…………

一直送到只剩一匹，送快递的腿都跑断了，范宣仍然没有接受。

后来韩伯和范宣同时乘坐一辆车出行，走到半路上，韩伯变戏法一样从背后抽出一匹绢,撕下两丈绢递过来:“范宣,就这么点,你还是收了吧。”

只见范宣头摇得像拨浪鼓一样。韩伯有点儿急了:“你不要也就算了,难道你让你老婆也没裤子穿吗?”

范宣大笑,接过了两丈丝绢。

一声叹息

当韩伯遇上范宣,快递小哥很忙。范宣有廉洁之名,韩伯有赠绢之情。这个故事涉及政治反腐、自身修养、数学研究、快递配送等多个领域。阅之,深为韩伯、范宣二人的持之以恒所感动。

撒花!鼓掌!

13

蛮横的第三者

原文

王子敬[①]病笃,道家[②]上章应首过[③],问子敬:“由来有何异同得失?”子敬云:“不觉有余事,唯忆与郗家离婚。”

①[王子敬]王献之,字子敬。

②[道家]五斗米道。

③[首过]自己承认、交代过失。

插播

王献之画像

王子敬(344年—386年):王献之,字子敬,小名官奴,汉族,生于会稽山阴(今浙江省绍兴市)。东晋著名书法家、诗人、画家,与父亲“书圣”王羲之并称为书法史上的“二王”。其人放浪不羁,才华过人。虽然他用火烧脚致残,但他还是被迫离婚娶了公主,成为晋简文帝司马昱的女婿。

五斗米道:东汉时期张道陵创立,五斗米道是早期道教的一派,主要在农民中传播。据《三国志》记载,入道门槛低,不交入道费,只需出五斗米即可,故名。

《王献之休郗道茂续娶新安公主图》（明代）唐寅 作

五斗米道创始人张道陵

直译

王子敬病得很重，按道教教规，在祈祷消灾时，病人要说出自己所犯的错误。于是道士便问子敬："你一直以来有过什么过失或者错误吗？"子敬回答："没感觉做错过什么事，只记得和郗家离过婚。"

演绎

天空阴云密布，淅淅沥沥的雨已经下了三四天了。

一个"五斗米道"道士收起湿淋淋的油纸雨伞，跟随面色凝重的门人径直来到王献之的卧榻前。年仅四十三岁的王献之面色蜡黄、眼窝深陷，已经病入膏肓，时日不多了。道士低头问献之可有什么过错需要书写在章表之上，好祭告天神开脱罪责，祛病消灾。

献之听到此话，缓缓睁开眼睛，却又摇了摇头："此生没有什么过错，唯独……"

他的眼神变得更加空洞和黯淡："唯独休了郗家的道茂，道茂啊……"

说完此话，他又闭上了眼睛。两行清泪顺着脸颊无声地流了下来。

这是一个忧伤的爱情故事，足以打动任何倾听的人。

主人公王献之是"书圣"王羲之的第七个儿子，出身琅琊王氏名门，既是"官二代"，也是"富二代"。据说，献之少年之时已经负有盛名，出口成章，才华横溢，学习成绩名列前茅。青年王献之娶了青梅竹马的表姐郗道茂为妻,小两口过上了幸福的生活。郗道茂是王献之母亲郗璿的嫡亲外甥女,这场婚事是两家二世联姻,算得上亲上加亲。在两人成亲半年多的时候,王献之的父亲王羲之和郗道茂的父亲郗昙相继离世。面对至亲离去的打击,两个人互相扶持,患难与共,感情迅速升温,成了众人眼中的模范夫妻。

然而美好的生活并没有这么美美地过下去,一个可怕的第三者出现了——余姚公主。

这个余姚公主名叫司马道福,是当时晋简文帝的第三个女儿。她原本是当时的权臣桓温的儿媳妇,桓温死后,她的夫君桓济因为谋杀叔父获罪流放,她也回了娘家。可是娘家再好,也不能住一辈子啊。她对于再嫁充满了粉红色的憧憬,因为她早已经有了心仪的目标——王献之。司马道福还是少女的时候就知道了王献之的美名,对他倾慕已久。可是因为皇室的政治需要,她不情愿地被迫嫁给了手握重兵的桓温的次子桓济。现在夫君获罪,她倒是因祸得福,打起了王献之的主意。

这时候的王献之已经结了婚,是有妇之夫,而且夫妻俩关系很好。公主,你横插一杠也太蛮横了吧?

可是这个立志再婚的女人不仅能横插一杠,而且还能棒打鸳鸯。因为她的后台太硬,是当今的皇上。余姚公主先找了皇太后,然后是皇帝,声泪俱下地表达了自己离婚后的痛苦。思念是一场痛,她的解药只有一种——王献之。在余姚公主一哭二闹三上吊的折腾下,皇帝发话了。

君让臣死,臣不得不死;君让臣离婚,臣不得不离婚。虽然王家和郗家也是名门望族,但是一纸诏书传下来,皇帝的面子王家还是要给的。王献之和郗道茂不得不含泪离婚,郗道茂寄居在叔父家,一生再未嫁人,郁郁而终。

花痴公主如愿与心中的男神牵手,虽然这双手几乎没有温度。关于余姚公主嫁给王献之的婚后生活,史书没有记载。然而,历经这样的生离死别,王献之如何能放下心中的愧疚和思念去陪着公主过卿卿我我的幸福生活?四十三岁的王献之走完了自己的一生,留下无尽的愧疚和遗憾。我们从流传于世的《思恋帖》《淳化阁帖》中能读得出王献之对郗道茂深沉的思念。

至于处心积虑地嫁给王献之的公主,她其实也无过错。人人都有追求幸福的权利。只是利用权力去达到权利时,结局往往不够美好。

毕竟,强扭的瓜不甜。

一声叹息

听说过强买强卖的生意,却不知道还有强行嫁人的公主。虽然棒打鸳鸯散,但真挚的情感终究是千金不换,这不仅是王献之和郗道茂的痛苦,也是公主司马道福的遗憾。

14

老宋,拿个馒头来

原文

殷仲堪既为荆州,值水[1]俭,食常五碗盘,外无余肴。饭粒脱落盘席间,辄拾以啖[2]之。虽欲率物,亦缘其性真素。每语子弟云:"勿以我受任方州,云我豁平昔时意。今吾处之不易。贫者士之常,焉得登枝而捐其本?尔曹其存之!"

①〔值水〕正值水灾。

②〔啖(dàn)〕吃。

插播

殷仲堪(?—399年):陈郡长平(今河南省西华县)人,东晋末年重要将领、大臣,官至荆州刺史。他为人低调、勤俭、接地气。他是非常孝顺的人,照顾生病的父亲,衣不解带,甚至因为用沾有药物的衣角擦眼睛,导致一只眼睛失明。

殷仲堪画像 (当代)朱永太 作

福建泉州出土的南朝时期的五碗盘

五碗盘:也称作五盅盘、五盏盘,是南朝、隋唐时期流行的成套餐具,因在浅腹平底的盘内环置五个小盅而得名。

直译

殷仲堪被任命做荆州刺史，上任时正赶上水涝导致粮食歉收。他自己每餐饭也只是用五碗盘那样的小碗盛放一点点菜，除此之外，没有别的佳肴。饭粒掉在餐桌上，他总是要捡起来吃掉。他这样做不仅是有心为人表率，也是由于他生性俭朴。他常常对弟子们说："不要因为我出任一州长官，就认为我会把平素的意愿和操守丢弃。如今，我处在这个位置也不会改变。清贫是读书人的本分，怎么能够因为登上高枝就抛弃它的根本呢？你们要记住这个道理。"

演绎

殷仲堪走马上任，任荆州刺史，可是他运气不好，当年就赶上荆州水灾，庄稼大面积歉收。

即便贵为刺史，现在遇到了洪涝灾害，殷刺史每餐饭也只能是五碗盘的标准。大家可能会疑惑，每顿饭五道菜还少啊。其实那个时候的五碗盘是一个平底盘子当中盛放着五个小碗，称之为碗，其实比酒盅大不了多少，有点儿像现在南方人常用的工夫茶具。

殷刺史的五碗盘里很多时候只是榨菜和辣椒酱，然后是一碗大米饭。殷刺史每次不光把碗里的菜吃完，甚至偶尔有米粒儿掉到桌上，也会捡起来吃掉。有时候，他还向后厨要个馒头把汤汁蘸干净了，那盘子、碗一个个锃亮锃亮的。我们现在提倡的"光盘"行动，人家殷刺史早就身体力行了。

虽说殷刺史这样的举动本意是为大家做个榜样，可是就他自己的品行来讲，他也是个性情真挚、节俭朴素的人，真不是装出来的。他还时常对弟子们说："你们哪，别以为我现在担任了一个州的长官，我就会丢掉我平日里坚守的意愿和操守。如今时局变了，但是我的初衷是不会改变的。"谈到这里，殷刺史把最后一根咸菜放进嘴里，放下了筷子："在清贫中过平淡的日子是读书人常有的状态，怎么可能像鸟雀一样登上高枝就忘了自己的根本呢？不仅仅是我，希望大家都能记住这个道理。"

说完，他拿过还有酱汁的盘子扭头喊道："老宋，拿个馒头过来。"

一声叹息

殷刺史身体力行，是勤俭节约的好模范，是当时官场中的一股清流，颁发一个"年度最佳节约奖"给他是再合适不过了。

15

多的真没有

原文

王恭从会稽①还。王大②看之，见其坐六尺簟③，因语恭："卿东来，故应有此物，可以一领及我。"恭无言。大去后，即举所坐者送之。既无余席，便坐荐④上。后大闻之甚惊，曰："吾本谓卿多，故求耳。"对曰："丈人⑤不悉恭，恭作人无长物。"

①［会稽］今浙江省绍兴市。

②［王大］王忱。

③［簟（diàn）］竹席。

④［荐］草垫子。

⑤［丈人］古时候对于长辈的尊称。

插播

王恭（？—398年）：字孝伯，小字阿宁，太原晋阳（今山西省太原市）人，东晋大臣、外戚，曾经两次发兵讨伐朝臣，后被捕并被处死。王恭个性生猛，敢做他人不敢做的事情，敢承担他人不敢承担的责任，是赫赫有名的大丈夫。

王恭画像

王大画像　（现代）朱永太 作

王忱（？—392年）：字元达，小字佛大，太原晋阳（今山西省太原市）人，东晋大臣。弱冠知名，与王恭、王珣流誉一时。历任骠骑长史、荆州刺史等职。此人长相不佳，晚年喜豪饮，酒后经常裸奔。

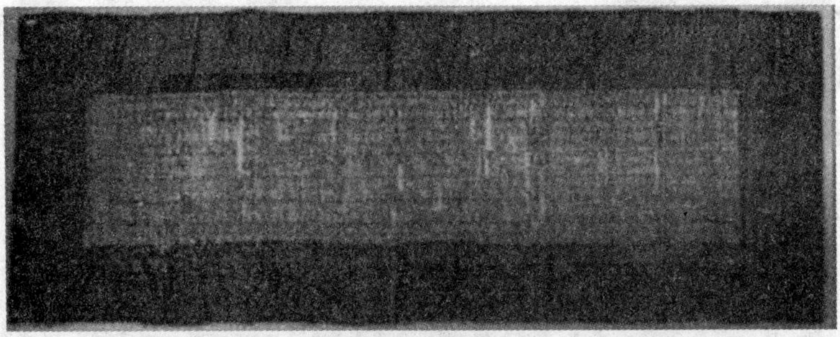

河南信阳出土的战国竹席

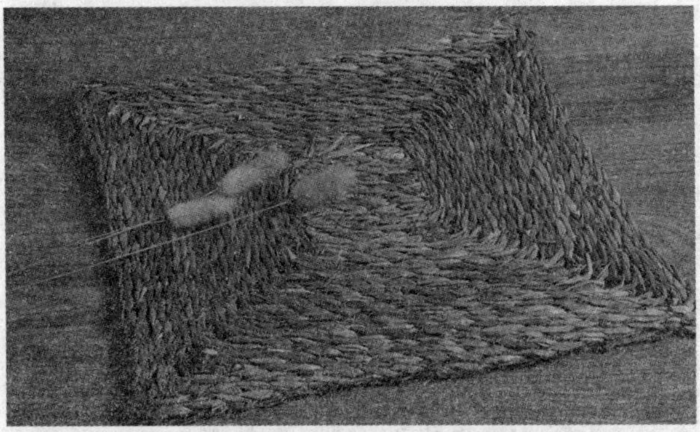

用草编制的草垫子，古人称之为“荐”

直译

王恭从会稽回来后，王大去看望他。

王大看见王恭坐着一张六尺长的竹席子，便对王恭说：“你从东边回来，自然会有这种东西，可以拿一张给我吧。”王恭没有说什么。王大走后，王恭就拿起坐的那张竹席送给王大。王恭自己也没有多余的竹席，就坐在草垫子上。

后来王大听说了这件事，吃惊地对王恭说：“我原来以为你有多余的，所以问你要的。”王恭回答：“您老不了解我，我为人处世，一向没有多余的东西。”

演绎

王恭刚从会稽（现在的浙江省绍兴市）出差回家，正坐在台子边做工作报表，这时候，他的族叔王大来他家串门儿。

王大东拉西扯地攀谈了好一会儿，眼睛突然瞄上了王恭屁股底下的席子。只见这个席子平整光滑，是用薄薄的青竹片编制而成的，席子的边还用淡绿色的丝绢和棉布包着。这里没有见过这样的工艺和产品，这应该是会稽那边才有的物件。

王大这个人性情大大咧咧，不拘小节，再加上两人关系非常好，所以他指着席子说："侄儿啊，你这次出差去了会稽，应该有这个东西，这个六尺竹席给我一张吧，正好我的那个席子烂了一个角。"王恭听了，也没说话，心里却翻江倒海：几百里地我带回来一张席子容易吗，你这可好，一句话就要我给你一张。碍于面子，王恭没有拒绝。

王大聊得很尽兴，眼见天色已晚，人家也没有留着吃饭的意思，于是作了揖告别回家去了。王恭让家人把席子卷起来给王大家里送过去，没有其他的席子了，王恭就坐在蒲草编织的草席上。低价位的蒲草编织的草席没有竹席坐着舒服，王恭倒也神色坦然，没啥怨言。

后来，这件事情传到了王大的耳朵里，他大吃一惊，后悔不已："那天我以为你有多余的席子，才张嘴要，谁知道你仅此一件。早知道这样，我说什么也不会张口要啊。"王恭微微一笑："叔啊，看来你是真的不了解我，我一向没有多余的东西。其实包括送给您的那张席子，对于我来说，那可都是绝版的。"

一声叹息

一张六尺席子透露了王恭为人处世的原则，也从侧面暗示了族叔王大：席子没有多余的，您就别再开口借钱了，这个，真没有。

16

救命的锅巴

原文

吴郡陈遗，家至孝。母好食铛[①]底焦饭[②]。遗作郡主簿，恒装一囊[③]，每煮食，辄贮录焦饭，归以遗母。后值孙恩贼出吴郡，袁府君[④]即日便征，遗已聚敛得数斗焦饭，未展归家，遂带以从军。战于沪渎[⑤]，败。军人溃散，逃走山泽，皆多饥死，遗独以焦饭得活。时人以为纯孝之报也。

①［铛(chēng)］一种铁锅。

②［焦饭］锅巴。

③［囊］袋子。

④［袁府君］袁山松。

⑤［沪渎(hù dú)］古代水名，指吴淞江下游近海一带，今黄浦江下游。

插播

孙恩(？—公元402年)：字灵秀，原籍琅琊(今山东省临沂市北部)，东晋五斗米道道士和起义军首领。东晋隆安三年(公元399年)，孙恩起兵反晋，史称“孙恩之乱”。孙恩海上犯乱被称为“中原海寇之始”，为后世海盗活动提供了经验，可以说是海盗之祖。孙恩部众有数十万人，无论是明朝时扰乱我国沿海的倭寇，还是近代的加勒比海盗和索马里海盗，与孙恩相比，他们的规模简直不值一提。

发行于我国台湾地区的奖券上曾记录了“陈遗和锅巴”的故事

孙恩和其妹夫卢循领导的队伍曾经一度威胁到京师的安全

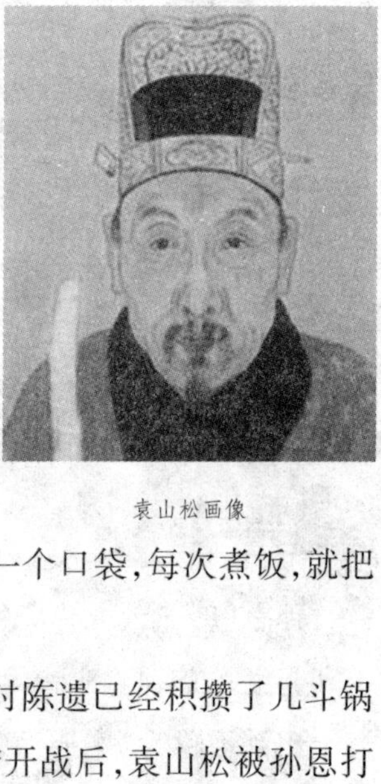

袁山松画像

袁山松(？—401 年)：字不详，陈郡阳夏(今河南省太康县)人。祖上数代为官，其人博学有文章，喜好唱挽歌，曾担任吴郡(今江苏省苏州市)太守。孙恩犯乱时，袁山松与其对战，意图保障一方，一年后兵败而死，部将李祥挥刀杀入重围，得其骸骨收葬。

直译

吴郡的陈遗十分孝顺。

他母亲喜欢吃锅底的焦饭。陈遗担任主簿时，总是准备好一个口袋，每次煮饭，就把锅底的焦饭储存起来，回家时便带给母亲吃。

后来，孙恩聚众作乱，侵入吴郡，郡守袁山松出兵征讨。这时陈遗已经积攒了几斗锅底的焦饭，来不及回家，便带着锅巴随军出征。双方在沪渎一带开战后，袁山松被孙恩打败了，军队溃散，逃入山林、沼泽，多数人因饥饿而死。唯独陈遗靠锅底的焦饭活了下来，当时的人们都认为这是陈遗至善孝心的善报。

演绎

苏州人陈遗是远近闻名的大孝子，对母亲十分孝顺。

陈遗的母亲虽然年纪大了，但是牙口很好，所以她几十年来的饮食爱好——喜欢吃锅巴一直保持着。

陈遗在官府当差，他每次做饭后都把铲下的锅巴装进袋子里，回家的时候带给母亲做零食。煮饭后，锅底的饭被干烤成焦黄酥香的锅巴，掰一块儿放嘴里咬，嘎嘣脆。每次陈遗回家的时候，老母亲就知道又有锅巴吃了。

当年不太平，孙恩叛乱的队伍攻打苏州，情况十分危急。当时的郡守袁山松决定率领部队平定孙恩叛乱。当时陈遗已经收集了好几斗锅巴，情况危急，没时间送回家，只得把装锅巴的袋子往身上一系，骑着快马直奔前线。

万万没想到的是，孙恩的部队人多势众，人高马大，抗击打能力极强。郡守的部队反倒被人家收拾得七零八散、哭爹喊娘。最后刀剑断了，木棍也折了，郡守的部队被对方打得落荒而逃。溃败的士兵们撒开腿就往山里钻，往林子里藏，只恨爹妈少生了几条腿。

到后来，孙恩的队伍也不再穷追猛打，放任这些士兵们四散逃窜。可是荒山野岭没有吃的，没有喝的，很多人扛不住，被生生饿死了。唯独身上系着几斗锅巴的陈遗，侥幸活了下来。当时人们都在说，陈遗能在这样危难的条件下保全性命，不是因为锅巴，而是他的孝顺得到了应有的报答。

据说，陈氏锅巴从此声名大噪，畅销吴郡。

一声叹息

用途强大的锅巴不仅能用来孝敬亲娘，做下酒菜，关键时刻还能救人一命。积攒锅巴，陈遗完全是出于孝心，把“陈氏锅巴”做成畅销品牌，纯属意外的收获。

17

别以为我只会“让梨”

原文

孔文举[1]年十岁，随父到洛。时李元礼[2]有盛名，为司隶校尉，诣门者皆俊才清称及中表亲戚乃通。文举至门，谓吏曰：“我是李府君亲。”既通，前坐。元礼问曰：“君与仆有何亲？”对曰：“昔先君仲尼[3]与君先人伯阳[4]，有师资之尊，是仆与君奕世为通好也。”元礼及宾客莫不奇之。太中大夫陈韪[5]后至，人以其语语之。韪曰：“小时了了，大未必佳。”文举曰：“想君小时，必当了了。”韪大踧踖[6]。

①〔孔文举〕孔融，字文举。

②〔李元礼〕李膺，字元礼。

③〔仲尼〕孔子，字仲尼。

④〔伯阳〕老子，字伯阳。

⑤〔韪〕读音为“wěi”。

⑥〔踧踖（cù jí）〕尴尬不安的样子。

插播

孔融的这个经历至今都是连环画中的一个好题材

孔融(153 年—208 年):字文举,鲁国(今山东省曲阜市)人,东汉末年文学家,“建安七子”之一,孔子的二十世孙。孔融以“让梨”一事闻名至今,小朋友基本都认识他。

孔融画像

李膺画像

李膺(lǐ yīng)(110 年—169 年):字元礼,颍川郡襄城县(今河南省襄城县)人,东汉时期名士、官员。《后汉书》评价李膺“抗志清妙,有文武俊才”。得到他教诲的后辈读书人,感觉像登了龙门一样,幸福指数很高。

直译

孔文举十岁时,随父亲到洛阳。当时李元礼有很大的名望,担任司隶校尉,登门拜访的都必须是才子、名流和内外亲属,才让通报进门。

孔文举来到他家,对掌门官说:“我是李府君的亲戚。”经通报后,入门就座。元礼问道:“你和我有什么亲戚关系呢?”孔文举回答道:“过去我的祖先仲尼曾经拜您的先人伯阳为师,这样看来,我和您世世代代是通家之好。”李元礼和宾客们无不赞赏他的聪明过人。

太中大夫陈韪来得晚一些,别人就把孔文举的应对告诉他,陈韪说:“小时候聪明伶俐,长大了未必出众。”文举应声说道:“您小时候,想必是很聪明的了。”陈韪听了,感到非常尴尬。

演绎

自古英雄出少年,少年居然好口才。

故事的主人公是孔融——孔子第二十代世孙。大家都知道“孔融让梨”的故事,孔融的谦和给许多孩子起到了很好的示范和榜样的作用。孔融不仅谦让有礼，还有一个机敏灵活的大脑、一张能言善辩的巧嘴，该让则让，该不让则丁点儿不让。

当年，孔融还是个十岁的孩子，跟着父亲到了洛阳。当时洛阳住着一个有很大名望的人，叫李元礼，他担任司隶校尉的官职。这个人位高权重、声名显赫，既是京都卫戍部队的司令，又是国家监察部部长。这么有来头的人物，可不是想见就能见得到的。进李府的人，要么是社会名流，要么是青年才俊，要么是他们家的外亲内戚。

只见小孔融走到门前，清了清嗓子对门人说："我是你们家李府君的亲戚，烦请引见。"门人听说是李大人的亲戚来了，不敢怠慢，也不敢多问，赶忙通报。李元礼大人听到有亲戚来了，就到前堂来。猛地一看，咦？不认识啊。仔细一看，嘿——是真不认识啊。

李大人饮了一口茶，问小孔融："小朋友，你说你是我家的亲戚，可我们是什么亲戚关系呢，我怎么不知道呢？"

小孔融面不改色心不跳："李大人您是贵人多忘事，您不记得我的祖上孔丘孔仲尼曾经拜您的先人李耳李伯阳为师吗？所以啊，咱们两家不仅有亲戚关系，而且还好了这么多代，关系可不是一般地好哪。"听到小孔融说出这样一番话，李大人和宾客们无不啧啧称赞，认为小孔融的回答非常贴切有礼。

正在大家聊得开心的时候，太中大夫陈韪进来了。于是众人把刚才小孔融妙对李大人的事情绘声绘色地说了一遍，都认为小孔融是个天才，前途无量。陈韪听了只是将头轻轻一摇，捻着胡须，眯起眼睛："小时候聪明智慧，长大了可不一定有出众的本事，这种例子比比皆是啊。所以，呵呵……"他捻着胡须，干笑几声，没有继续说下去。

听到陈韪这样评论，小孔融随即应道："按照大人这样的说法来看，您小的时候一定聪明无比。"说完，拿起桌上的苹果，旁若无人地吃起来。

再看陈韪大人，在众人低声的窃笑中，他尴尬得满脸通红，胡须都被他揪断了好几根。

一声叹息

孔融的文采好，口才更好，陈韪在李膺家里领教了孔融的伶牙俐齿。孔融的聪明和机敏为他赢得了"神童""最强大脑"等无数荣誉称号，最终却因为抨击时政触怒了曹操而被杀害。

真是成也一张嘴，败也一张嘴。

18

“完”不了的“蛋”

原文

孔文举[①]有二子，大者六岁，小者五岁。昼日父眠，小者床头盗酒饮之。大儿谓曰：“何以不拜？”答曰：“偷，那得行礼。”

孔融被收，中外惶怖[②]。时融儿大者九岁，小者八岁，二儿故琢钉戏[③]，了无遽[④]容。融谓使者曰：“冀罪止于身，二儿可得全不？”儿徐进曰：“大人岂见覆巢之下，复有完卵乎？”寻亦收至。

①［孔文举］孔融。

②［惶怖(huáng bù)］恐惧。

③［琢钉戏］古时的一种儿童游戏。

④［遽(jù)］惊慌、害怕。

直译

孔文举有两个儿子，大的六岁，小的五岁。

有一天白天，他们的父亲在睡觉，小儿子到床头偷酒喝，大的儿子问道：“为什么不拜就喝？”小儿子回答：“偷来的，还要行什么礼？”

孔融被捕，朝廷内外都充满了恐怖的气氛。当时，孔融的儿子大的九岁，小的才八岁。两个孩子依旧在玩琢钉戏，脸上一点也没有惊慌害怕的神情。孔融对前来逮捕他的差役说：“希望惩罚只限于我自己，两个孩子能不能保全性命呢？”这时，儿子从容地上前说道：“父亲难道见过打翻的鸟巢下面还有完整的蛋吗？”随即，来拘捕两个儿子的差役也到了。

演绎

上个故事中，我们对于孔融与生俱来的机敏已经有了一些了解。长大后的孔融果然在儒学、文学等方面取得了巨大的成就，也是历史上鼎鼎大名的“建安七子”之一。

常言道：虎父无犬子。聪慧过人的孔融有两个儿子，这两个孩子很好地继承了父亲的强大基因，一个比一个机灵、精明。

每个人小的时候都会有好奇心，都会在好奇心的驱使下做一些令人啼笑皆非的事情。孔家大少爷六岁，二少爷五岁，因为年龄相仿，所以经常一起玩耍。有一天，孔融午饭后喝了点酒，倒在床上昏昏沉沉地睡着了，不一会儿，还打起了鼾。这个时候，房间的帘子一动，蹑手蹑脚地进来两个“熊孩子”。没错，孔家的两个少爷进来了。

只见两人探头看了看床上，装模作样地咳嗽了几声，孔融继续打呼噜，看来是真睡着了。兄弟俩把小手伸向床头放着的酒坛，拿起来就溜。两人钻到后院墙脚，四下里看了看，没有人看到，这才擦了擦流出的口水，放心大胆地打开酒坛准备喝。老大拦住了老二：“这不合乎礼仪，你喝酒为什么不先拜呢？”老二推开了老大的手：“去去去，拜什么拜？这是偷来的酒，怎么能行礼呢？”

这样偷酒喝的事情，钟繇家的钟毓、钟会兄弟也做过。

时光就在这样欢快的幸福中流走，转眼三年时间过去了。

聪明的孔融因为恃才傲物，专门和领导对着干，得罪了朝廷里大权在握的曹操。曹操找了个借口把孔融抓捕入狱，要治他的重罪，朝廷内外都感到人心惶惶。当时，捕快们抓捕孔融的时候，孔家的两个少爷还在玩琢钉戏，玩得不亦乐乎，对官府的捕快们完全无视。

孔融看到这样的情景，眼泪都快滴下来了。他对差役们说：“有这样的罪，是我自己的原因导致的，我一人来承担。能不能不要连累到这两个年幼无知的孩子呢？”

听到父亲的哀求，孔家的少爷不慌不忙地起身，对父亲说道：“父亲，不用多说了。打翻的鸟巢下哪里还能保存着完整的蛋呢？”

话音未落，那些缉拿孩子的捕快们也到了。

一声叹息

孔融惨遭杀害，株连全家。他们的尸体甚至都没人敢收殓、掩埋，令人感慨万分。我们现在说到的“完蛋”这个词是笑谈，可这个词的后面其实是一个悲惨万分、令人唏嘘不已的故事。

19

有话下来说

原文

南郡庞士元①闻司马德操②在颍川，故二千里候之。至，遇德操采桑，士元从车中谓曰："吾闻丈夫处世，当带金佩紫，焉有屈洪流之量，而执丝妇之事。"德操曰："子且下车，子适知邪径③之速，不虑失道之迷。昔伯成耦耕④，不慕诸侯之荣；原宪桑枢⑤，不易有官之宅。何有坐则华屋，行则肥马，侍女数十，然后为奇？此乃许⑥、父⑦所以慷慨，夷⑧、齐⑨所以长叹。虽有窃秦之爵，千驷之富，不足贵也。"士元曰："仆生出边垂，寡见大义。若不一叩洪钟，伐雷鼓，则不识其音响也。"

①［庞士元］庞统，字士元。

②［司马德操］司马徽，字德操。

③［邪径］小路。

④［耦耕（ǒu gēng）］泛指农事或务农。

⑤［桑枢（sāng shū）］用桑木为门的转轴，指贫寒之家。

⑥［许］许由。

⑦［父］巢父。

⑧［夷］伯夷。

⑨［齐］叔齐。

插播

庞士元（179 年—214 年）：庞统，字士元，号凤雏，汉时荆州襄阳（今湖北省襄阳市）人。庞统是东汉末年刘备帐下的重要谋士，与诸葛亮同拜为军师中郎将。庞统始终没有在对的时候碰上对的人，36 岁时死于"落凤坡"。

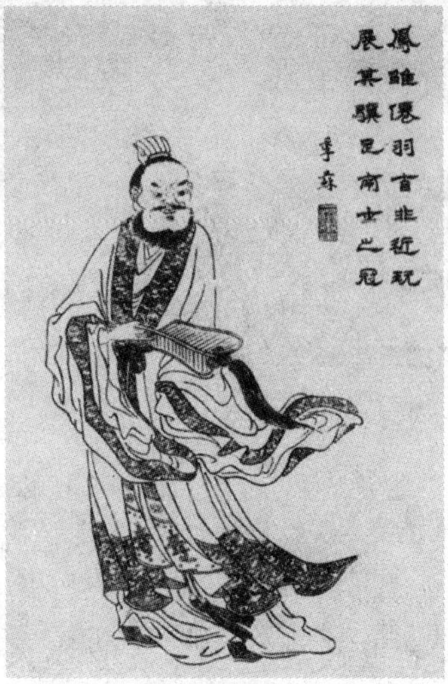

庞士元画像

司马德操画像

司马德操(？—208年)：即司马徽，字德操，颍川阳翟(今河南省禹州市境内)人。东汉末年名士，精通道学、奇门、兵法、经学，有“水镜先生”之称。司马徽为人清雅，不言他人过错，是著名的“好好先生”。他学识广博，有知人之明，作为东汉末年著名的职场猎头，他向刘备推荐了诸葛亮、庞统等优秀人才，成就了刘氏集团的霸业。

伯成：唐尧时人。相传尧治天下时，他被立为诸侯。尧授舜、舜授禹时，他认为，“德自此衰，刑自此立，后世之乱自此始”，就隐居耕种，宁愿耕田也不做首领，因为他对当“老大”根本不感兴趣。

伯成画像 (现代)朱永太 作

原宪画像

原宪(前515年—?)：字子思，春秋末年宋国商丘(今河南省商丘市)人。孔子弟子，孔门七十二贤之一。原宪出身贫寒，一生安贫乐道，茅屋瓦牖，粗茶淡饭，生活清苦，秉承着淡泊名利的生活态度，不肯与世俗合流。

许由、巢父：两个人都是尧时期有名的隐士，终生不仕。许由有洁癖，听了不想听的话就会去颍水边洗耳朵，有“许由洗耳”的典故传世。

辽金时期绘有许由、巢父故事的铜镜

《采薇图》讲述了不食周黍的伯夷和叔齐的故事　(南宋)李唐 作

伯夷、叔齐:伯夷、叔齐是商末孤竹君的儿子。相传其父遗命要立三子叔齐为继承人。孤竹君死后,叔齐让位给伯夷,伯夷不受,叔齐也不愿继位,先后逃往周国。周武王伐纣,二人扣马谏阻。武王灭商后,他们耻食周黍,采薇充饥,最终饿死于首阳山。

窃秦之爵:指的是吕不韦(前 292 年—前 235 年),姜姓,吕氏,名不韦,卫国濮阳(今河南省安阳市滑县)人。战国末年著名商人、政治家、思想家,官至秦国丞相。他扶植秦国质子异人进入秦国的政治核心,异人继位,为秦庄襄王,公元前 249 年以吕不韦为相国,封文信侯。庄襄王去世后,年幼的太子政立为王,吕不韦为相邦,号称"仲父",权倾天下。

吕不韦画像

齐景公殉马坑(位于今山东省淄博市临淄区)陆续发掘出 600 余匹成年战马的骸骨

千驷之富：指的是齐景公财富惊人。《论语》中，孔子曾以“有马千驷（即四千匹）”来形容齐景公之富有。

直译

南郡庞士元听说司马德操在颍川，特地从两千里之外赶来看望他。

到了那里，正遇上司马德操采桑叶，庞士元在车里对他说：“我听说大丈夫处世，应当带金印佩紫绶做大官，哪能委屈自己去做织丝蚕妇做的事呢？”司马德操说：“你先下车吧。你只知道抄小路便利，却不考虑迷路的危险。从前，伯成宁愿种地，也不羡慕诸侯的荣华；原宪住所贫寒，也不愿做官、住大宅。哪有住就要住华丽的屋子，出门就要骑高头大马，左右要有几十个侍女侍候，然后才算与众不同呢？这就是许由、巢父慷慨辞天下的原因，也是伯夷、叔齐感叹的来由。即使有吕不韦那样的官爵，有齐景公四千匹马那样的财富，也不值得尊敬啊。”庞士元说：“我出生在边远偏僻的地方，很少见识大道理，如果不是今天亲自敲洪钟、击雷鼓，都还不知道您的高见呢。”

演绎

南郡庞士元听说司马德操在颍川，所以不远两千里去拜会。这两千里换算到现在的距离相当于从上海到北京那么远，古时候出行主要依靠马车，马车的速度和现在我们骑自行车的速度差不多，每小时近 20 公里。如果道路崎岖，天气时好时坏的话，走两千里去拜访人是需要很大的勇气和耐力的，当然还得有一笔可观的路费。

当庞士元来到司马德操的住所时，没见到人。家人告知他，司马德操在桑园。庞士元于是驱车赶了过去，眼前看到的一幕令他大跌眼镜：司马德操撸起袖子，翘着兰花指在采桑叶。庞士元把头从车窗里伸出来，一脸的惊讶和不屑：“我听说大丈夫处世，应当是带着金印，配着紫绶，学习好了入仕途，做个好干部，为朝廷效力，哪里有你这样委屈自己，做这些养蚕缫丝的妇女们做的事儿呢？”

司马德操收起兰花指，擦了擦脸上的汗水，“咕咚咕咚”饮下一碗菊花茶。放下茶碗，他对庞士元摆了摆手：“你先下来，下了车我告诉你。你驾车的时候只考虑快一点，抄个小路，找个近道，从不考虑会不会迷路。当年伯成宁愿回家种地，做一个新时代的好农民，也不愿意在官场混迹，沾染那些虚头巴脑的东西。还有原宪，安心住在破烂的房子里，也不羡慕做大官的住别墅豪宅。有谁规定住必须住豪宅，出门就得有精壮马匹拉的豪车，还得有十几个侍女伺候着，这样才能与众不同，一枝独秀？”

说到这里，司马德操端起碗又喝了一碗菊花茶，喝完接着说：“我感觉这才是许由和巢父相互谦让，给官都不要的原因，也是伯夷、叔齐感慨国家灭亡，宁愿饿死在首阳山的缘故。你看看那个吕不韦，还有齐景公。虽然一个是一人之下万人之上的高级领导，一个是拥有四千匹马的超级富豪，可是又能怎样？依然不会显得珍贵无比。”

听到这里，庞士元掀开帘子下了车，接过司马德操递过来的菊花茶一饮而尽。他擦了擦嘴角，对着司马德操深作一揖：“我住的地方太偏远了，我没机会听到什么深刻的大道理。如果不是这次亲自敲响了洪钟，撞击了雷鼓，哪里能听到这样震耳欲聋的声音呢？”

一声叹息

司马德操老师在茶园里为远道而来的采茶小伙庞士元上了一节生动的社会实践课，也是一堂关于人生观和价值观的政治课。中国好老师司马德操在不久的将来还把有“凤雏”之称的他推荐给了刘氏集团董事长——刘备。遗憾的是，庞士元傲气太盛，英年早逝。

20

不敢出汗

原文

钟毓[1]、钟会少有令誉。年十三,魏文帝[2]闻之,语其父钟繇[3]曰:“可令二子来。”于是敕[4]见。毓面有汗,帝曰:“卿面何以汗?”毓对曰:“战战惶惶,汗出如浆。”复问会:“卿何以不汗?”对曰:“战战栗栗,汗不敢出。”

①[毓]读音为“yù”。

②[魏文帝]曹丕

③[繇]读音为“yáo”。

④[敕(chì)]皇帝的诏令。

插播

魏文帝:曹丕(187年—226年),字子桓,豫州沛国谯县(今安徽省亳州市境内)人,三国时期著名的政治家、文学家,曹魏开国皇帝,魏武帝曹操次子。曹丕于诗、赋、文学皆有成就,与其父曹操和弟曹植,并称“建安三曹”。他的文章写得好,武功也不差,在剑术上也有很高的作为,奋威将军邓展也不是他的对手。在夺嫡之争中,曹丕击败了其弟曹植,被立为魏王世子。建安二十五年(220年),曹操逝世,曹丕继任丞相、魏王。同年,曹丕受禅登基,结束了汉朝四百多年的统治,建立了魏国。曹丕在位期间平定了青州、徐州一带的割据势力,最终完成了北方的统一。此人最爱的是葡萄,最不爱的就是弟弟曹植。

钟繇(151年—230年):字元常,颍川长社(今河南省长葛市)人,三国曹魏时著名书法家、政治家。他是资深书法控,痴迷于书法研究,被誉为“楷书鼻祖”。世人称赞他的书法为“神品”,然而盗墓窃宝却拉低了他的人品。

《历代帝王图》(局部)中的魏文帝曹丕
(唐代)阎立本 作

钟繇画像

钟毓(？—263年):字稚叔,颍川长社(今河南省长葛市)人。三国时期魏国太傅钟繇之子、司徒钟会之兄。他机敏过人,但应变能力略逊弟弟钟会一筹。

影视剧中钟毓形象

钟会画像

钟会(225年—264年):字士季,颍川郡长社(今河南省长葛市)人。三国后期曹魏的重要谋臣和书法家,太傅钟繇之幼子、青州刺史钟毓之弟。他心理素质过硬,见皇帝也不紧张、不出汗。世人称他有“张良之才”,但是他自得自满,野心太大,心眼儿又太小,最终死于兵变。

直译

钟毓、钟会在少年时就有美好的声誉,当他们还只有十三岁的时候,魏文帝曹丕听闻此事,就对他们的父亲钟繇说:“可以让两个孩子来见我。”于是兄弟俩奉命觐见。

钟毓脸上有汗,文帝问道:“爱卿,你脸上为什么出汗了?”钟毓回答:“我战战兢兢,汗出如水浆。”文帝又问钟会：“你为什么不出汗呢?”钟会回答：“我战战栗栗，汗水都不敢出。”

演绎

三国时期著名的权臣、书法家钟繇很有名望，他的两个儿子也很有名，十三岁时就已经享誉京城。

两个少负盛名的孩子名气太大了，大到当时的皇帝——魏文帝曹丕都知道了。皇帝对钟繇说：“钟爱卿，你家两个公子这么厉害啊？召来让朕看看吧。”

于是，钟毓和钟会就作为特邀嘉宾进宫觐见皇帝去了。虽说两个人都是有才华的有为少年，但是第一次见皇帝，心里不免战战兢兢，毕竟还是孩子嘛。

钟毓低着头看鞋子，手搓着衣襟，额头上更是密密麻麻地沁出了一层细密的汗珠。皇帝笑了：“爱卿，你为啥脸上出了那么多的汗？貌似今天的天气还好吧，没那么热。”

钟毓也不敢抬手擦汗：“臣见皇上威严无比，所以臣战战惶惶，俩腿筛糠，汗流得像关不住的水龙头一样。”

皇帝侧头看了一下旁边的钟会，发现他神态自若。虽然也毕恭毕敬，但是举止得体，并不显得过于紧张。

皇帝起了好奇心：“钟会，你哥哥汗流不止，是因为他战战惶惶，你为啥不出汗，是不是不战战惶惶呢？嗯？”

钟会趋前一步回答道：“臣并不是不尊皇上的天威，而是臣太害怕了，连汗都不敢流出来。”

皇帝听了钟会的话，开怀大笑，暗地里赞叹，钟会小小年纪，脑子却十分机敏灵动。

自此之后，钟毓每次去见皇帝总会带上一小包纸巾，钟会自然是从来不用带的。

一声叹息

论胆子大、反应快，少年钟会可比他哥哥钟毓强太多了。成年之后，哥哥钟毓做到了青州刺史①的官职，弟弟钟会后来居上，做到了镇西将军②的职位。这样的结果一点儿都不令人惊讶。

---

①〔青州刺史〕相当于一州的最高长官。

②〔镇西将军〕掌管征伐背叛、镇戍西方的权利。

21

谁也别想要我的麈尾

原文

庾法畅造庾太尉[①]，握麈[②]尾至佳，公曰：“此至佳，那得在？”法畅曰：“廉者不求，贪者不与，故得在耳。”

①〔庾太尉〕庾亮。

②〔麈〕读音“zhǔ”。

插播

麈尾：是魏晋清谈家经常用来拂秽清暑、显示身份的一种道具。直至唐代，麈尾还在士大夫间流行，宋朝以后逐渐失传。麈尾，形如树叶，下部靠柄处呈平直状。它有点像现代的羽扇，可又不是扇，也不像拂尘，与拂尘的形制、用途大不相同。

日本正仓院所藏的唐代麈尾

《历代帝王图》（局部）中手持麈尾的孙权
（唐代）阎立本 作

庾法畅：应作康法畅，和尚的名字。其氏族所出不详，但是在其所著《人物始义论》中王婆卖瓜，夸赞自己“悟锐有神，才辞通辩”。南朝梁代高僧释慧皎撰写的《高僧传》中曾记载，此人经常手拿麈尾，可以清谈一整天。

庾法畅画像　（现代）李亚娟 作

庾亮画像

庾亮（289 年—340 年）：字元规，颍川鄢陵（今河南省鄢陵县境内）人，东晋时期外戚、名士，容貌俊美，善谈玄理，曾与王导共同辅佐朝政。他的执政风格硬朗而严厉，是典型的“鹰派”代表人物。

位于江西九江的庾亮楼。据说，庾亮曾在此登楼赏月

直译

庾法畅去拜访庾太尉庾亮，手里拿的麈尾品质十分好。

庾亮问道：“这东西太漂亮了，怎么还能留在手里啊？”法畅说：“廉洁的人不会向我索要，贪婪的人我也不会给，所以保留至今。”

演绎

庾法畅去拜访庾亮庾太尉，手里拿着一个品质上佳的麈尾。这个麈尾的手柄乃象牙所制，温润如同白玉一般；嵌着的兽毛油光发亮，须发密实。庾亮看在眼里，十分好奇，也多了许多羡慕：“法畅啊，这么好的麈尾，世不多见。你居然还能留在手里，这简直是个奇迹啊。”

法畅将手中的麈尾轻摇了几下，脸上带着不易察觉的骄傲神色：“这个麈尾算不上很好，一般一般，排行老三。至于为什么至今还能留在手里的原因嘛，咳、咳，廉洁的人不会索要我的所爱之物，人家觉着不好意思；贪心的人想要，可是我不会给，哈哈……这才是麈尾得以一直跟着我的原因。”法畅手摇麈尾，脸上露出难以掩盖的得意的神色。

庾亮太尉暗地里嘀咕：“本想这家伙能听懂我的话外之音，献了这把好麈尾。谁知道他发表了一通‘廉者不求，贪者不与’的言论，分明就是‘小气者不舍得’罢了。”

一声叹息

法畅真是个精明的和尚。

不管庾亮太尉是怎么想的，法畅肯定是不好意思张口了，还是做个“廉者”好。不然真张了口人家不给，岂不是落得“贪者不与”的恶名？有这句话，法畅，你的这把麈尾能用一辈子了。

22

一把“旧”扇子

原文

庚稚恭①为荆州，以毛扇上武帝②。武帝疑是故物。侍中刘劭曰：“柏梁云构，工匠先居其下；管弦繁奏，钟③、夔④先听其音。稚恭上扇，以好不以新。”庾后闻之曰：“此人宜在帝左右。”

①［庾稚恭］庚翼，字稚恭。

②［武帝］司马炎。

③［钟］春秋时期的钟子期。

④［夔(kuí)］舜时期的夔，此处代指乐师。

插播

庚稚恭(305年—345年)：即庚翼，字稚恭，颍川鄢陵(今河南省鄢陵县境内)人，世称小庚、庚征西、庚小征西，东晋中期的将领、外戚、书法家，征西将军庚亮、晋明帝皇后庚文君之弟。庚翼外表风仪秀伟，年轻时便有经世大略。他的书法不输王羲之，只是马术水平堪忧，在为妻子和丈母娘表演时曾经坠马。

庚稚恭画像 （当代）苏文 作

钟子期：名徽，字子期，春秋战国时期楚国汉阳(今湖北省武汉市蔡甸区集贤村)人。相传，钟子期是一个樵夫。历史记载，伯牙回国探亲时，在汉江边鼓琴，钟子期正巧遇见，感叹道：“巍巍乎若高山，洋洋乎若江河。”因兴趣相投，两人成了至交。钟子期死后，伯牙认为世上已无知音，所以自此不再鼓琴。

夔：夔的活动时期在公元前2179年左右，相当于我国传说中的黄帝和尧、舜、禹时代的后期。夔生活在荒僻边远的地方，具有非凡的音乐才能，后受到舜的赏识被提拔为乐官，主理乐舞之事。

武帝：司马炎（236年—290年），即晋武帝（265年—290年在位），字安世，河内温县（今河南省温县）人，晋朝开国皇帝。早年政治有为，曾创下“太康繁荣”的局面，但灭吴后，司马炎荒于政事，生活腐化，拥有史上最大的“太太团”——后宫姬妾近万人之多。

《历代帝王图》（局部）中的晋武帝司马炎　（唐代）阎立本 作

刘劭画像　（现代）朱永太 作

刘劭：彭城丛亭里（今江苏省徐州市）人，东晋大臣，历任御史中丞、侍中、尚书、豫章太守等职，颇有才干，语文成绩比较好，口才极佳。

直译

庾稚恭被朝廷推议担任荆州刺史的时候，曾经敬献了一把麈尾毛扇给晋武帝。武帝收到毛扇后，总觉着是一把用过的旧扇子。侍中刘劭对皇帝说：“汉武帝建柏梁高台耸入云端、壮美无比，是那些建造楼台的工匠们先处在其中；管弦丝竹雅乐奏响，也是那些乐师们先听到音乐的效果。庾稚恭敬献麈尾毛扇，臣猜测也应该是因为扇子好用而不是因为扇子是新的才这样做。”

庾稚恭后来听闻这件事情说道：“这个人适合在皇帝身边。”

演绎

哥哥庾亮去世之后，庾稚恭被朝廷推议担任荆州刺史，庾刺史给皇帝送了一件礼物。这件礼物不是别的，而是一把麈尾毛扇，在当时，这可是那些贵族名士彰显身份的重要物件，一般人用不起，也不敢随意用。

武帝把包装盒子拆了一层又一层，终于看到了这把麈尾毛扇。武帝拿起扇子扇了扇，觉得不错。可是他总觉着有些异样，于是他左右端详，用手扒拉着毛扇，看了又看，心中满是疑惑:"这个麈尾毛扇色泽不够鲜亮,该不会是用过的旧扇子吧?"他越猜忌心里越不舒服,甚至觉着毛扇上有庾稚恭留下的汗味儿。武帝想到这里,厌恶地把扇子丢到了一边。

侍中刘劭捡起扇子对皇帝说:"当年汉武帝建造的柏梁高层建筑十分华丽壮观,可是先在里面的不是皇帝而是建筑工人们;管弦丝竹这些乐器奏出的美妙音乐也是那些乐师们先听到,然后才到别人的耳朵里。庾稚恭敬献这把毛扇一定也是这个意思,他是觉得这把扇子很好用才敬献给陛下您,一定不是因为这是把新扇子才这样做。"

武帝听了刘劭这番话觉得有道理,于是令人捡起扇子继续扇,不再有什么疑心和顾虑。

庾稚恭后来听说了这件事情,十分感慨:"刘侍中是最适合留在皇帝身边的人啊。"同时还令人买了一把新的好扇子给刘劭送了过去。

一声叹息

法国作家皮埃尔·高乃依说过,送礼在于送,不在于礼。送礼物的意义不在于礼物本身,而在于对方见到礼物时是否喜欢。庾稚恭虽然送的只是一把毛扇,但最终司马炎喜欢那扇子,这就说明那把扇子送得对。

23

让盐粒飞还是让柳絮飞?

原文

谢太傅[1]寒雪日内集,与儿女讲论文义。俄而雪骤[2],公欣然曰:“白雪纷纷何所似?”兄子胡儿[3]曰:“撒盐空中差可拟。”兄女[4]曰:“未若柳絮因风起。”公大笑乐。即公大兄无奕女、左将军王凝之妻也。

①[谢太傅]谢安。

②[骤]突然、疾速。

③[胡儿]谢安哥哥谢据的儿子谢朗,小名胡儿。

④[兄女]谢安哥哥谢奕的女儿谢道韫。

《谢庭咏絮》 (清代)高桐轩 作

插播

胡儿:谢朗,生卒年不详,字长度,小名胡儿,陈郡阳夏(今河南省太康县境内)人,谢安之兄谢据的长子,官至东阳太守。此人善于辩论玄理,有时候连鼎鼎大名的僧人支道林都说不过他。

胡儿画像 （现代）朱永太 作

《千秋艳绝图》（局部）中的谢道韫 （明代）仇英 作

谢道韫（yùn）（生卒年不详）：字令姜，东晋时女诗人，是宰相谢安的侄女、安西将军谢奕的女儿，也是著名书法家王羲之的次子王凝之的妻子。她与王凝之的婚姻属于门当户对，但是两个人性格不合，婚姻不幸福。

王凝之（334年—399年）：字叔平，"书圣"王羲之次子，中书令王献之的哥哥，东晋末年官员、将领、书法家。王凝之善草书、隶书，做过江州刺史、左将军、会稽内史等，是谢安的兄长谢奕之女谢道韫的丈夫。王凝之深信五斗米道，迷信"神兵"助阵，最终死于道行更深的海盗孙恩之手。

直译

谢太傅在一个寒冷的雪天举行家庭聚会，和家里的子侄们谈论诗文。

不一会儿，雪下得大了。谢太傅高兴地说："这纷纷扬扬的白雪像什么呢？"他哥哥谢据的儿子胡儿说："把盐撒在空中差不多可以相比拟。"他哥哥的女儿说："不如比作风把柳絮吹得满天飞舞。"谢太傅听到此话，开心大笑。

这个女子就是谢太傅的大哥谢奕的女儿、左将军王凝之的妻子。

演绎

入冬已有多日，温度降低了许多，人们在这样的天气里都穿上了厚厚的棉衣皮袍。

谢太傅让仆人们在屋子里生着了炉火，木炭在火苗的炙烤下很快就变得通红，屋子里也渐渐暖和起来。太傅踱着步子，捧着书读得十分陶醉，座位上烤着火的子侄们听得七荤八素，有几个正昏昏欲睡。

不一会儿，屋外的雪突然下得更大了，原来窸窸窣窣的白雪如同鹅毛般落下来。很快，房顶和地面都被雪覆盖了，就连院子里的树枝上也挂满了白色的雪。谢太傅放下书，欣赏雪景，心情大好。他捻着胡须对大家说："你们看，这纷扬飘落的白雪像什么呢？"

太傅哥哥谢据的儿子胡儿第一个举手。谢据去世得比较早，胡儿从小就跟着谢安长大，在他的眼里，谢安就像父亲一样亲近。谢家堪称"学霸生产线"，才华斐然的子弟比比皆是。成长在好学生堆里的胡儿也是佼佼者，他说道："就像白色的盐粒撒在空中一样，唰——唰——"

胡儿站起来，左右挥着手。

"胡儿，别撒了，快坐下。"太傅的一个侄女扯了扯胡儿的袖子，把他拽回到椅子上。

"那你说，白雪像什么？"胡儿嘴里嘟嘟囔囔，很不服气。

"我看啊，不如说是风吹起柳絮满天飞舞。"女子说完此话，对着太傅一拜。

听到这句话，太傅拍手大笑道："这个比喻实在是妙。胡儿，你的无碘盐比不过风中的柳絮飞啊。"

这个有才的女子就是历史上鼎鼎大名的女诗人谢道韫，她是谢太傅的哥哥谢奕的女儿，后来嫁给了"书圣"王羲之的次子、左将军王凝之为妻。

一声叹息

这么有才的女子堪称学神，只可惜嫁给了一生平庸、整天神神道道、念经练法的王凝之。谢道韫不仅身负才学，而且很有胆识，孙恩叛军在攻陷王凝之守护的会稽城后，将王凝之及其子女杀害，谢道韫手持兵器，杀敌数人，孙恩敬佩其人节义，赦免谢道韫和她的族人。这样的奇女子，翻遍中国历史，也不多见啊。

24

陛下，这个点儿该哭了

原文

简文①崩，孝武②年十余岁，立，至暝③不临。左右启：“依常应临。”帝曰：“哀至则哭，何常之有！”

①〔简文〕简文帝司马昱。

②〔孝武〕孝武帝司马曜。

③〔暝(míng)〕黄昏。

插播

孝武帝(362年—396年)：司马曜，即晋孝武帝(372年—396年在位)，字昌明，中国东晋第九任皇帝，晋简文帝司马昱第六子。孝武帝爱喝酒，能写文章，执政期间的最大亮点是皇权实握，结束了被士族门阀架空皇权的局面。他因为酒后戏言，被宠妃用被子捂死了，因此有“史上最窝囊的皇帝”之戏称。

影视剧中的孝武帝形象

直译

晋简文帝驾崩，其子孝武帝当时只有十余岁。

他被立为皇帝后，到天黑的时候也不到灵前痛哭祭奠。近侍之臣启禀道：“依照惯例应该临丧哭奠。”孝武帝回答：“悲痛到来时，自然就会哭，哪里有什么常理惯例！”

演绎

晋孝武帝司马曜站在阳台上看远山。太阳眼看就要下山了，天空只剩下一片淡淡的橘红色。

远山层层叠叠、起起伏伏,在暮色中显得灰暗而沉闷。

孝武帝的心情也是如此,虽然今天是他登基执掌国家大权的日子,但是他的父亲简文帝司马昱刚刚去世,这让他心里很难过。

孝武帝其实是真正的"小武帝",因为他当时只是个十来岁的孩子。虽然之前也有几个幼年登基做了皇帝的,但是对每一个年幼的皇帝来说,做皇帝意味着再也不能好好玩耍了。孝武帝忧伤地望着远山,自言自语:"再见了,我的竹马;再见了,我的蛐蛐儿;再见了,我的琢钉戏……"

正在这个时候,旁边服侍的大臣走上前来:"陛下,天已经黑了。依照常理和惯例,这个点儿您得到灵前哭了。"

看到孝武帝不作答,大臣又说:"如果陛下实在哭不出来……"

听完这话,孝武帝把宽大的袖子一拂,脸上写满了不开心:"心里难过自然会哭,哪里来的依照惯例和常理?!"

太阳隐去了,远处的山更加模糊不清了,孝武帝扶着冰凉的汉白玉栏杆,眼睛里起了一层湿润的雾:"再见,亲爱的父亲。"

一声叹息

情到深处自难忘,何须示人泪两行?

25

羡慕、嫉妒、恨

原文

张天锡①为凉州刺史，称制西隅。既为苻坚②所禽，用为侍中。后于寿阳俱败，至都，为孝武③所器。每入言论，无不竟日。颇有嫉己者，于坐问张："北方何物可贵？"张曰："桑椹④甘香，鸱鸮⑤革响，淳酪养性，人无嫉心。"

①〔张天锡〕前凉末代君主。

②〔苻坚〕前秦君主。

③〔孝武〕晋孝武帝司马曜。

④〔桑椹(sāng shèn)〕椹，同"葚"，桑树果实。

⑤〔鸱鸮(chī xiāo)〕猫头鹰。

插播

张天锡(346年—406年)：小名独活(霸气外露)，初字公纯嘏，后改字纯嘏(因为在觐见东晋皇帝的时候，人家笑他的字为三个字，遂改为两字)，前凉文王张骏少子，十六国时期前凉政权的最后一位君主。

前凉末代君主张天锡画像

苻坚画像

苻坚(338 年—385 年):字永固,又字文玉,小名坚头(够结实),氐族,略阳临渭(今甘肃省秦安县境内)人,十六国时期前秦的君主。他在位前期励精图治,推行利民政策,加强生产,终令国家强盛,接着以军事力量成功统一北方,并攻占了东晋的蜀地,与东晋南北对峙。淝水之战中,苻坚一败涂地,也为后世的成语词典里加上了几个耳熟能详的成语——投鞭断流、草木皆兵、风声鹤唳。

桑椹:即桑葚,桑树的果实,又名桑葚子、桑枣等。成熟的桑葚味甜汁多,是人们常常食用的水果之一。桑葚可用来泡酒。《本草纲目》等多部医药典籍对桑葚的药用价值和用法做了详尽的阐述。

成熟的桑葚挂满枝头

鸱鸮:鸟类的一科,属夜行猛禽。头骨宽大,腿较短,面盘呈圆形,似猫,常被称为猫头鹰,部分种类有耳状羽毛,有些种类看上去似鹰。鸱鸮种类较多,体型大小不一,习性也各不相同。

直译

张天锡任凉州刺史时,称霸西南。

后来,他被苻坚擒获,被授予侍中的官职,接着,在寿阳又遭遇失败,被擒到了都城,受到孝武帝的器重。他每次进宫与孝武帝谈论国事，整日都说不完，这引起了一些人的嫉妒。

他们在席上问张天锡："北方什么东西贵重？"张天锡回答："桑葚甘甜醇香，鸱鸮鸣叫声音响亮，醇香的奶酪培养性情，最重要的是，那里的人们没有嫉妒之心。"

演绎

凉州刺史张天锡曾经是国家的高级干部，手握大权，还有部队和精壮的马匹。加上凉州地处大西北，天高皇帝远，一般不服管。东晋时期，凉州是华夏两大中心之一，除了京城建康就是凉州，除了皇帝就是张天锡，当时他被称为西北霸主。这个霸主后来竟真的成了十六国中前凉的国王。

"张霸天"有官做，有酒喝，还有香喷喷的羊肉泡馍。只可惜风光一时的他后来被前秦的苻坚所擒，做了俘虏，连西凉国也灭亡了。可是苻坚不仅没有杀他，还建好了豪华别墅给他，前有庭院，后有花园，并且封了一个侍中的要职给他，"张霸天"从此变成了"张侍中"。遗憾的是，张天锡的运气不够好，在寿阳的时候又遭遇了军事上的失利，再一次成了俘虏，被押解到都城，去了大城市。太阳的光辉再一次照耀到他的身上——张天锡被特赦，免去了俘虏身份，而且赢得了晋孝武帝的好感。张天锡每次进宫汇报工作，孝武帝都要拉着他谈论国事，东家长西家短地说个没完，有的时候，一整天都在宫里。就这样，张天锡由"张霸天"变为"张侍中"，又由"张侍中"变为皇帝的"散骑常侍""左员外"，又一次完成了华丽的转身。

运气很差的张天锡由罪犯变成了被善待的宠臣，自然引来了朝中有些大臣的"羡慕嫉妒恨"。有一次，有人就在座席中问张天锡："你是北方人，那你们北方有什么贵重稀罕的东西啊？"

张天锡听到问话，微微一笑很倾城："我们北方的桑葚甘甜美味，含糖量三个'＋'号，猫头鹰吃了都改变了难听的叫声变得妩媚悦耳；奶酪醇香，滋养人的性情，大家都没有可怕的嫉妒心理。"

说完这些，他对着发问的那个人说："或许你更需要奶酪，我让人从北方快递过来，给你打八折。还有桑葚，有冰块镇着，可以保鲜。"

一声叹息

"红眼病"是病，得治。

张天锡的口才从小就很出名，长大了更加了不得。张天锡的每一次失利都成了他人生的转折点，本人也感到十分费解和不服。

26

我是很认真地哭的

原文

顾长康[①]拜桓宣武[②]墓，作诗云："山崩溟海竭，鱼鸟将何依。"人问之曰："卿凭重桓乃尔，哭之状其可见乎？"顾曰："鼻如广莫长风，眼如悬河决溜。"或曰："声如震雷破山，泪如倾河注海。"

①〔顾长康〕顾恺之，字长康。

②〔桓宣武〕桓温，死后被追尊为宣武皇帝。

插播

顾恺之(348 年—409 年)：字长康，小字虎头，汉族，晋陵无锡(今江苏省无锡市)人，杰出画家、绘画理论家、诗人。顾恺之博学多才，擅诗赋、书法，尤善绘画，时人称之有三绝：画绝、文绝和痴绝。顾恺之作画，意在传神，为中国传统绘画的发展奠定了基础。此君想法独特，就连吃甘蔗也是从末梢吃起，美其名曰"渐入佳境"。

顾恺之画像

桓温(312 年—373 年)：字元子(一作符子)，谯国龙亢(今安徽省怀远县龙亢镇)人。东晋政治家、军事家、权臣，谯国桓氏代表人物，一代猛人，牛气冲天。桓温因溯江而上灭亡成汉政权而声名大振，又三次出兵北伐(北伐前秦、羌族姚襄、前燕)，战功累累。后来，桓温独揽朝政十余年，操纵废立，有意夺取帝位，终因第三次北伐失败而声望受损，受制于朝中王谢势力而未能如愿。桓温病重时逼迫朝廷加九锡之礼，但是被谢安等人有意而为的"拖延症"耗死了，谥号"宣武"。

桓温当年也是有着赫赫战功的名将

直译

顾恺之去拜谒桓温的陵墓时，曾经作诗写道："山崩溟海竭，鱼鸟何所依。"有人问他："你过去是因为倚重桓温才这个样子，你是如何哭悼他的，可以描述一下吗？"顾恺之说："我哭的时候鼻息如同北风呼啸，眼里的泪水如同瀑布一样倾泻而下。"也可以说："哭声如同响雷，震破山岳，眼泪如同江河，奔流汇入大海一样。"

演绎

东晋时期的天才大画家顾恺之曾经受过桓温的照顾，顾恺之一直暗暗记在心里。后来，老领导桓温病重去世了，顾恺之非常难过，就提了酒、水果去他的墓前祭奠。

他在祭奠桓温的时候写了一首诗，其中有一句："山崩溟海竭，鱼鸟将何依。"翻译成现代诗就是：

天哪，高高的山，崩了！

天哪，深深的海，枯了！

天哪，可爱的小鸟和美丽的小鱼啊，没有家了！

可见当时顾恺之的内心是多么地崩溃。

有人听闻了这句诗便问他："你之所以这么难过和崩溃，都是因为以前老领导桓温比较器重你，给了你很多机会和恩惠，提拔你做他的参军，所以你难过是情有可原的。那你去祭奠的时候哭了吗？我很好奇，对于有恩于你的老领导，你是怎么哭的？”

对于问话者的好奇心，顾恺之丝毫不生气。他拿出纸巾擦了擦眼角的泪水，说道：“我哭的时候用一句诗概括，鼻如广莫长风，眼如悬河决溜。”

问话者一脸懵，脸上都是大问号：“啥叫广莫长风，啥叫悬河决溜？”

顾恺之说道：“我翻译成现代诗给你吧。”于是就有了现代版的祭奠诗歌，如下：

我的鼻子啊，你喘啊喘！

是悲痛的北风吹过辽阔、荒凉的原野。

我的眼泪啊，你流啊流！

是忧伤的瀑布跌落十几层楼。

顾恺之越说越激动：“我还有一种比喻是声如震雷破山，泪如倾河注海。”改版如下：

我哭出声音，天上响起震雷。

噼里啪啦轰隆隆！

高高的山峰吓死了，碎成石头。

掉到西，掉到东。

我哭出眼泪，地上汇集江河。

哗啦哗啦刺溜溜！

滔滔的波浪奔向海洋。

不停步，不停休。

一声叹息

老顾，你的鼻孔得有多大，才能北风呼呼？

老顾，你的眼泪得有多猛，才能波浪汹涌？哭的声音像打雷，流的眼泪像瀑布，你把自己当盘古了？

27

要命的请假条

原文

陈仲弓[①]为太丘长[②]，时吏有诈称母病求假。事觉，收之，令吏杀焉。主簿请付狱，考众奸。仲弓曰："欺君不忠，病母不孝。不忠不孝，其罪莫大。考求众奸，岂复过此？"

①〔陈仲弓〕陈寔，字仲弓。

②〔太丘长〕太丘县的长官。

插播

陈寔(shí)(104年—187年)：字仲弓，颍川许县(今河南省长葛市古桥乡陈故村)人，东汉时期官员、名士，曾任职太丘长，故后世称其为"陈太丘"。陈寔家中人才辈出，他与儿子陈纪、陈谌在当时都很有名，人称"三君"。此君德行高洁，善于做思想工作，小偷的雅称"梁上君子"便是他取的。

陈寔画像

直译

陈仲弓是太丘县县长，当时有个小官吏谎称母亲有病请假，事情被发觉后，陈仲弓就逮捕了他，并命令狱吏将其处死。主簿请求交给诉讼机关查究其他众多的犯罪事实，陈仲弓说："欺骗君主就是不忠，诅咒母亲生病就是不孝；不忠不孝，没有比这个罪状更大的了。查究其他罪状，难道还能超过这件吗?!"

演绎

生病有病假，办事情有事假，娶媳妇儿有婚假，亲人离世有丧假。

本来请假是件再平常不过的事情了，谁还能没个事儿呀？可是还真有人请假请出了事儿，而且还是大事儿。多大的事儿？掉脑袋的事儿！

太丘县县长陈仲弓有一天接到了下属的请假条——

尊敬的陈县长：

您好！

我妈生病了，头昏、眼花、流鼻涕；咳嗽、发烧、打喷嚏，眼看就活不长了。

特此请假两周回家伺候，望县长大人准假为盼。

王小二敬上

这是孝子啊！感慨的陈县长大笔一挥——准！临走还送王小二一瓶“念慈庵”枇杷膏，告诉他：“这是从京城带的，药效不错，拿回去给老母亲试试。”

两周后，王小二来上班了，肤色黑得像东南亚人。除了戴着墨镜后的俩眼圈儿是白的，其他都是黑的。陈县长看着面目全非的小二总觉着不对劲儿，令人暗地展开调查。调查结果显示，王小二并不是因为母亲病重才请的假，他请假纯粹是为了陪女朋友去海南旅游，砍椰子，坐快艇，吃海鲜，两周的生活就是阳光、沙滩、仙人掌，还有一位老船长。

县长核实了此事之后，脸都绿了，气得心、肝、肺都疼。他命令将王小二逮捕，判了杀头的刑罚。

这下子全县的人都惊呆了——是的，你没有听错，是砍头！

俗话说，墙倒众人推。县里的主簿说话了，一字一句让王小二透心凉：“县长大人，属下建议将王小二缉捕入狱，调查他是不是还有其他犯罪事实，一并治罪。”

看来这个王小二平日在单位的人缘可真的好不到哪里去，关键时候连个帮忙说话的人都没有。

陈县长气得五官变形，胡子吹到天上去：“欺骗君主是不忠，诅咒母亲生病是不孝，没有什么罪行比这个更大了。难道还有其他罪过比不忠不孝还要大吗？假条写得真好，就是保不住脑袋！”

据传，陈仲弓担任县长期间，县政府公职人员再也没有请假的了。

一声叹息

一张请假条要了一条命，这是请假的王小二万万没想到的。所以事由要真实，请假需谨慎啊。

28

不会啼的鸡会杀人

原文

贺太傅[①]作吴郡,初不出门。吴中诸强族轻之,乃题府门云:“会稽鸡,不能啼。”贺闻,故出行,至门反顾,索笔足之曰:“不可啼,杀吴儿!”于是至诸屯邸[②],检校诸顾、陆役使官兵及藏逋[③]亡,悉以事言上,罪者甚众。陆抗[④]时为江陵都督,故下请孙皓[⑤],然后得释。

①〔贺太傅〕贺邵。

②〔屯邸(tún dǐ)〕庄园。

③〔逋(bū)〕逃亡,引申为逃亡在外的人。

④〔陆抗〕吴国名将,丞相陆逊次子。

⑤〔孙皓〕东吴末代君主。

插播

贺邵(226 年—275 年):字兴伯,会稽山阴(今浙江省绍兴市)人,三国时期吴国官员、政治家、书法家。此君仗义执言,敢于直面犯上,就连暴君孙皓他也敢上书直谏。皇帝十分生气,觉得很没面子。贺邵最终死于烧锯截头的酷刑之下,这么生猛不屈的文弱书生在历史上也是屈指可数的。

贺邵画像

陆抗(226 年—274 年):字幼节,吴郡吴县(今江苏省苏州市)人。三国时期吴国名将,吴国丞相陆逊的次子。陆抗袭父爵为江陵侯,为建武校尉,领其父众五千人。孙皓为帝时,陆抗击退晋将羊祜的进攻,并攻杀叛将西陵督步阐。他与陆逊皆是吴国的中流砥柱,并称“逊抗”,被誉为吴国最后的名将。

东吴名将陆抗画像

东吴末代暴君孙皓画像

孙皓(242 年—284 年):吴国末代皇帝(264 年—280 年在位),字元宗,孙权之孙。孙皓在位初期施行仁政,但不久即沉溺于酒色,喜欢杀人,变得昏庸暴虐,朝廷上下怨声载道。天纪四年(280 年),吴国被西晋所灭,孙皓投降西晋,被封为归命侯,四年后在洛阳去世。

直译

太子太傅贺邵出任吴郡太守。初来乍到那会儿,他足不出户。吴中的那些豪门大户没人瞧得上他,以至于在他的官府大门上写上"会稽鸡,不能啼"的字。贺邵听说后,特意走出家门。回头看过之后,命人拿来毛笔,在门上的字下面补了一句:"不可啼,杀吴儿。"随后,他就带领三班衙役到各豪门大族的庄园,仔细查对顾姓、陆姓家族奴役官兵和窝藏逃亡户口的情况,并统统加以详细记录,之后将相关情形原原本本地报告了朝廷。犯法的人非常多。当时,正担任江陵都督的陆抗也牵连其中。他只好亲自跑到长江下游的首都建业请孙皓赦免,之后得到释放。

演绎

历史上最狠的角色往往不是满脸横肉、青面獠牙,一些看起来弱不禁风的书生发起狠来,阎王都想逃命。

今天我们讲述的就是一个白面书生的生猛故事,故事的主角是伺候了三代皇帝的贺邵。这个贺邵温文尔雅,举止雍容。他爱穿袜子,坐席子上处理公务的时候,手下的人很少能看到他光着脚丫。

太子太傅贺邵当年任职吴郡太守的时候,经常大门不出,二门不迈,特别不爱交际,属于标准的宅男。吴郡地处今天的江苏苏州一带,物产丰富,商贾云集,有钱人扎堆,百万富翁满大街都是。本来宅男天天在家看书或是玩游戏，富商豪强们提笼架鸟逛大街，大家理应相安无事。可是这些吴中的豪门大户人家横竖看不上贺邵，有钱的看不惯有权的，这必定是个精彩的开始。

于是，就有好事的人出手了。这一出手不要紧，紧接着一场血雨腥风从天而降。

一天早晨，当差的衙役发现有人在太守府衙大门上题写了几个大字——会稽鸡，不能啼。因为贺邵家在会稽（今浙江绍兴），这明摆着是骂贺邵没本事，是个软柿子，是只不会啼叫的鸡。这个题字就这么在贺邵办公单位的大门上闪闪发光，路过的人都禁不住捂着嘴偷偷地笑。接到禀报的贺邵放下手中的小说，出门一看究竟。

出去回头一看，这六个大字还挤眉弄眼地留在门上。贺邵捻着胡须发了话："去，拿笔墨来。"

贺邵握着饱蘸着墨汁的毛笔在"会稽鸡，不能啼"的下面加了六个字——不能啼，杀吴儿。写完后，贺邵把毛笔一扔，眼睛里闪过一道难以察觉的寒光。站在身边的衙役都能感觉到太守大人一身素衣里透出来的寒意，忍不住打了个寒噤。

不会啼叫的会稽鸡，会用刀。

随后，贺邵召集各部主要领导开了紧急会议。会议的主题只有一项——开展对吴中顾氏集团和陆氏集团役使官兵、窝藏逃亡户口等问题的调查工作。于是，特警出动了，派出所忙活起来了。在这些大户人家家里搜查、捕捉到的犯了罪的人，包括窝藏罪犯的人都被追查连坐，一些经济上的过错也被翔实记录下来，并上报朝廷。一时间，这些大户人家鸡飞狗跳，个个不得安宁。监狱里开始大量关押获罪的人，单人间、双人间还有套间，一度人满为患。

"会稽鸡"不鸣则已，一鸣惊人。

当时担任江陵都督的陆抗也受到了牵连，他不得不赶到京城找孙皓求情。看在孙皓的面子上，贺邵才勉强作罢，不再追究。

"会稽鸡"贺邵用实际行动为吴中的土豪们上了一节生动的政治课，每一位学员都深受触动，印象极其深刻。其实他们并不知道：不能啼的"会稽鸡"在受到严刑拷打时都能隐忍不吭声，甚至被用烧红的锯子锯脖子，他都不言语一声。这个白面书生实际上才是一条真汉子啊！

一声叹息

高度怀疑贺邵的"会稽鸡"身份，他简直是"会稽鸡"里的战斗机。人不可貌相，海水不可斗量。吴中的豪强们，你们因为傲慢摊上事儿了，摊上大事儿啦。

29

我有火眼金睛，可是你是唐僧

原文

山司徒①前后选，殆周遍百官，举无失才。凡所题目，皆如其言。唯用陆亮，是诏所用，与公意异，争之不从。亮亦寻为贿败。

①〔山司徒〕山涛。

插播

山涛画像

今位于河南省焦作市武陟县的山涛墓

山涛（205年—283年）：字巨源，河内郡怀县（今河南省武陟县）人。三国至西晋时期名士、政治家，“竹林七贤”之一。此君能饮酒，八斗方醉，可称为“酒高八斗”。

陆亮：字长兴。他在《世说新语》中出场时间较晚，是典型的反面教材、纪检委的重点调查对象。

直译

陆亮画像 （现代）朱永太 作

司徒山涛前后两次担任吏部官职，几乎考察遍了朝廷内外百官，一个人才也没有漏掉。凡是他品评过的人物，都像他所说的那样。只有任用陆亮是皇帝的命令决定的，和山涛的意见不同，他为这事力争过，皇帝没有听从。不久，陆亮就因为受贿而被撤职。

演绎

“竹林七贤”之一的山涛是一个极为认真、谨慎的人，他前后担任了两次吏部官职。作为组织部部长，实心眼儿的山涛把朝中做官的人全部考察了一遍。家住哪里，有多少个亲戚，爱吃酸菜还是玉米，他统统查了个遍。至于这些官吏的才能、德行，他更是熟稔在心。

山涛的工作还是很有成效的，他考察过的官员当中，绝对没有怀才不遇的情况。他最喜欢说的一句话就是，是骡子是马，拉出来遛遛。他写过的鉴定真实有效，保质期很长。他点评过的人正如他的鉴定书里所写的一样，丝毫不差。可以这么说，在当时，山涛的鉴定书是金字招牌。只此一家，别无分号。

当然也有不听山涛推荐的人，谁呢？百官之上的大老板——晋武帝。

有一次，吏部郎一职出现了空缺，山涛就推荐了阮咸。这个阮咸也是有来头的，他也是赫赫有名的“竹林七贤”之一，平生有两大爱好：一是酒，二是音乐。总的来说，他是个酒量还不错的音乐达人。可是皇帝一听备选官员居然是放浪形骸的阮咸，果断拒绝。这个人平时上班不穿工作装，袒胸露乳穿拖鞋，而且嗜酒如命，坚决不能用！晋武帝转而听从了当时的权臣贾充的推荐，任命陆亮做了吏部郎一职。山涛据理力争，无奈胳膊拧不过大腿，山涛被气得直接请了病假回家休息了好一段时间。

打脸的是，担任吏部郎的陆亮是个不争气的家伙。他在任不久就被查出贪污受贿、巨额财产来源不明等系列情况，狼狈下台，丢了官职也丢了面子。

一声叹息

山涛在审查官员时有一双“火眼金睛”，所以皇帝对他有了依赖性。山涛年老的时候几番请辞，皇帝都不批准。至于陆亮，他丢的不仅是吏部郎的官职，还有贾充和晋武帝的脸面。这脸打得“啪啪”直响……

30

共享经济之共享鱼池

原文

王安期[①]为东海郡,小吏盗池中鱼,纲纪推之。王曰:"文王之囿[②],与众共之。池鱼复何足惜!"

①〔王安期〕王承,字安期。

②〔囿(yòu)〕中国古代供帝王贵族进行狩猎、游乐的园林。

插播

王承(约273年—318年):字安期,生活于两晋时期,太原晋阳(今山西省太原市)人,东晋官员,为政宽容,擅于清谈,被誉为东晋初年的"第一名士",是当时赫赫有名的"一哥"。

王安期画像

位于河北省和内蒙古自治区交界处的坝上草原就曾经是清王朝的皇家猎场

直译

王安期任职东海郡内史的时候,曾经接手了一个案子:有个小吏因为贪吃偷了几条池塘中的鱼,直接负责案子的主簿要追查这件事。王安期说:"周文王的猎场是他和百姓们共同使用的，区区几条池塘中的鱼又有什么值得吝惜的呢！”

演绎

王承在东海郡任职的时候，主簿找到他，向他禀报一件比较闹心的案子。

案子说来也不大，就是本单位一个小职员偷了池塘里的几条鱼，回家做了几道菜——双色鱼头、酸菜鱼外加川味水煮鱼。他倒是吃得开心，可是后来被人发现并且告到了主簿那里，这可真是吃不了兜着走。主簿于是来禀报王承，是不是要继续追查下去——吃了的鱼也得给我吐出来。

王大人微微一笑：“我听说周文王的猎场是和百姓们一起使用的，算是共享的吧。人家猎场里应有尽有：天上飞的，水里游的，草里藏的，树上蹲的，藤上挂的，土里埋的，能比吗？可是看看人家的姿态，瞅瞅人家的格局。几条小鱼吃了就吃了，没有什么可惜的，我们再因为这几条小小的鱼去治他的罪，更是不妥当的事。”

偷鱼吃的小职员因此躲过一劫，但是因为一张贪吃的嘴巴犯上官司，真是不值得的事。据说自此之后，池中的鱼再没有出现被盗取的事情。

一声叹息

东海郡来了一个好领导，世界上少了一个好厨师。

现在的共享经济大行其道，其实千年之前的老祖宗们已经在运用这种形式了。周文王的猎场就是与天下百姓共享的，那池中的小鱼钓来尝一尝也不是什么滔天罪行。王承以一颗仁心对待下属，这才是真正的治理之道。

31

尴尬的丞相

原文

丞相[①]尝夏月至石头[②]看庾公[③]。庾公正料事，丞相云："暑，可小简之。"庾公曰："公之遗事，天下亦未以为允。"

①〔丞相〕王导。

②〔石头〕今南京鼓楼区的石头城。

③〔庾公〕庾冰。

插播

王导(276年—339年)：字茂弘，小字赤龙、阿龙，琅琊(今山东省临沂市北部)人。东晋时期政治家、书法家，历仕晋元帝、明帝和成帝三朝，是东晋政权的奠基人之一。此君脾气好，也是典型的"妻管严"。

王导画像

石头城：位于南京市鼓楼区，是一处六朝时期的著名遗迹，遗址位于现清凉山一带，有"东吴第一军事要塞"之称，筑于楚威王七年(公元前333年)。东汉建安十六年(211年)，吴国孙权迁至秣陵(今南京)，在石头山金陵邑原址筑城，取名"石头城"。它扼守秦淮河与长江的交汇口,“因山以为城,因江以为池,地形险固,尤有奇势”,是保障首都建康城西部安全的军事重镇,也是兵家必争之地,素有“石城虎踞”之称,也是现在南京市的别称。

位于南京清凉山的石头城

庾冰(296 年—344 年):字季坚,颍川鄢陵(今河南省鄢陵县境内)人,东晋大臣、将领,中书令庾亮之弟。王导死后以中书监身份在内朝掌权,亦促成晋成帝传位给弟弟晋康帝,以巩固庾氏势力。及康帝即位,庾冰拜车骑将军,出镇江州,假节、镇守武昌。建元二年(344 年),庾冰病逝,赠侍中、司空,谥号“忠成”。庾冰天性节俭谨慎,至死,家中都没有服侍的下人,也没有什么物资、产业,临终遗命节葬。

庾冰画像 (现代)朱永太 作

直译

一年夏天,丞相王导到石头城探望庾冰。

庾冰正在处理公事,王导说:“天气热,这些事情可以稍为简略一些。”庾公说:“如果您留下些公事不办,天下人也未必认为妥当!”

演绎

天空万里无云,地上盛夏流火。

“什么鬼天气?!”丞相王导丢掉手中的扇子,跑去石头边,对着汩汩的山泉一阵牛饮。一个响亮的嗝打上来,瞬间透心凉。

心满意足的丞相继续前行,前面就是石头城了。那里有庾冰的办公地点,也是丞相此行的目的地。

南京的夏天动不动就三十几度的高温，石头城的树都无精打采地耷拉着，树叶里的知了都懒得叫唤，王导的脚板走得都快生出烟来。一进庾冰府衙的门，王导就忍不住捂着嘴巴乐了："您是真热啊！"

只见庾冰穿着大裤衩、小背心儿，双脚泡在水盆里，正端坐在窗外的树荫下。庾冰左手满满一茶缸龙井，右手握着毛笔写批示，面前堆着厚厚一叠公文。

听到王导的笑声，庾冰心里没好气："我这里忙得要死，上班时间你还能到处串门儿，还说风凉话。"庾冰低着头继续批，没搭腔。

尴尬的王导随即拿个蒲扇坐在庾冰边上起劲儿地扇了好几下："庾公啊，这么热的天气，人都热出油了，别那么拼命。这些公务嘛，简单点就好了，没必要太认真。"

只见庾冰把大茶缸往桌上一放，捡起被蒲扇扇到地上的几页公文，顺便给了王导一个百分之九十九的白眼："如果您遗留公务不处理，只怕天下的人都未必认为您做得妥当。"王导吧嗒了几下嘴，硬是没想到怎么回。

树上的蝉叫得更大声了……

一声叹息

王导善解人意，同情大热天忙碌不停的庾公，还殷勤地帮忙扇扇子。可是，他忘记了：庾冰作为一名优秀的公务员，理应认真处理公务，怎能因为天气热而敷衍了事呢？当然，一向宽和待人的王导丞相已经不是第一次被别人呛了，习惯就好。

32

老师不好惹

原文

郑玄在马融门下，三年不得相见，高足弟子传授而已。尝算浑天不合，诸弟子莫能解。或言玄能者，融召令算，一转便决，众咸骇[①]服。及玄业成辞归，既而融有“礼乐皆东”之叹。恐玄擅名而心忌焉。玄亦疑有追，乃坐桥下，在水上据屐[②]。融果转式[③]逐之，告左右曰：“玄在土下水上而据木，此必死矣。”遂罢追。玄竟以得免。

①〔骇(hài)〕惊吓、震惊。

②〔屐(jī)〕木头鞋子。

③〔式(shì)〕通“栻”，古代占卜用具。

插播

马融(79年—166年)：字季长，扶风茂陵(今陕西省兴平市)人，东汉时期著名经学家、畅销书作家，著作等身。历任校书郎、郡功曹、议郎、大将军从事中郎及武都、南郡太守等职，著名兼职教师。

马融画像

郑玄画像

郑玄(127年—200年)：字康成，北海高密(今山东省高密市)人，东汉末年儒家学者、经学大师，超级学霸，在经学界是神一般的存在，有“经神”之称。

木屐：简称“屐”，是一种两齿木底鞋，走起路来吱吱作响，适合在南方雨天、泥上行走。木屐底下有四个铁钉，耐磨，防滑。木屐是由中国人发明的，是汉人在隋唐以前，特别是汉朝时期的常见服饰，使用于室外。后传入日本，在日本流行至今。

三国时期吴国大将朱然墓出土的木屐，现藏于江西省博物馆

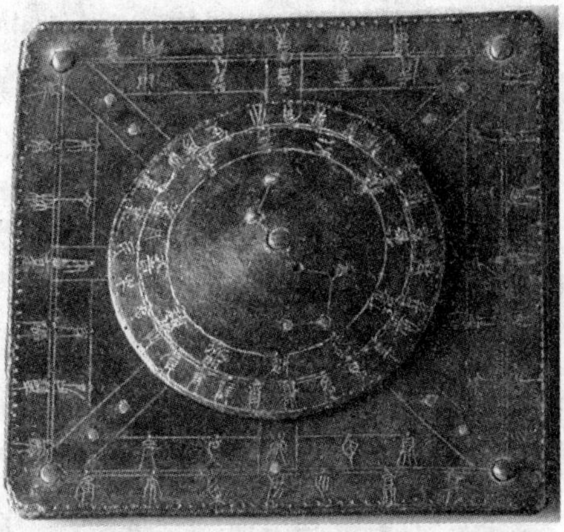

1972 年甘肃省武威市磨嘴子汉墓出土的汉代漆木栻盘，现藏于甘肃省博物馆

栻盘：古人占卜天象、历算的工具，是中国古代天圆地方思想的实物表现，和今天风水先生用的罗盘差不多，由圆形的天盘和方形的地盘组成。圆形的天盘和方形的地盘的中心以轴相连，地盘四角与天盘以双线相连，内嵌一大二小三个竹珠，构造复杂，是研究中国古代天文、历法和数术的重要实物资料，也是中国古代高级知识分子的标配之一。

直译

郑玄在马融门下求学，过了三年也没见着马融的面，只是由高才弟子为他讲授罢了。

马融曾用浑天算法测算，结果与实际不相符，弟子们也没有谁能解决。有人说郑玄可以，马融就叫他来算，郑玄转动栻盘，一推算就解出了结果，大家都很惊讶、佩服。

等到郑玄学业完成，辞别回家时，马融禁不住发出了“礼乐都向东去了”的感慨。马融担心郑玄会独享盛名，心里不由得很忌恨他。郑玄也猜测马融会来追赶，便走到桥底下，在水里垫着木板鞋坐着。马融果然旋转栻盘占卜郑玄的踪迹，然后告诉身边的人：“郑玄在土下、水上，靠着木头，他一定是死了。”他便决定不去追赶。郑玄终于因此得免一死。

演绎

马融老师在天文、经学方面拥有强大的学习能力，是典型的学霸型超人。

古代的人讲究学而优则仕，意思是好的学问掌握了就要走政途，为国效力，可是马老师直接学而优则办培训班。据史料记载，马老师的培训班不仅成功开业，而且规模庞大、学员众多。他的培训班经常有千人之多，一上课，满教室都是黑压压的人。马老师的弟子都有编号，按顺序排列，很少有直接登堂入室、亲自聆听教诲的。

人群中有一个比较悲摧的学生，名叫“郑玄”。他看到招生简章比较晚，等赶来马老师家的时候，取号机上显示他的就学号码是“Z”字头的，前面就学人数是999，请“准备好干粮、小板凳，耐心等待”。

这一等，简直没个尽头。整整三年过去了，郑玄同学生生没有见到马融老师的尊容。那他的课怎么办？对于这点，马老师早有安排：学习优异的好学生这时候充当了马老师的代课老师，教这些晚来的后生。郑同学虽然很不满，但是却没有放弃，依然认真做作业，按时交卷子。

机会总是留给有准备的人。

有一次，马融老师也遇到了难题——他用浑天仪算法解决问题，可是结果不对，接连多次都失败了。他的弟子们更是一头雾水，面面相觑。于是有人推荐了学习认真努力的郑玄前来尝试，结果，郑玄一下子就得出了正确的结论。围观的助教、同学包括马老师本人都惊呆了。

再后来，郑玄同学学业有成，拿着毕业证东行回家。马融老师望着他的背影，禁不住发出了深沉的感慨：“礼乐皆东。”

青出于蓝胜于蓝，郑玄同学成绩优秀，甚至在一些学识方面超越了马融老师，这引起了马老师的嫉妒和不满。对于这些，郑玄心里也如同明镜一般清楚。走在路上的郑玄总是心神不宁、胸闷气短。于是他就走到一座桥下面坐着，把木屐踩在水上。

郑玄为什么这么做？让我们把镜头切换到马老师。

只见马老师正小心翼翼地转动着栻盘来占卜郑玄的行踪，这个栻盘是古代占卜用的器具，类似于西方神话故事里的亮闪闪的水晶球，相当于现在的GPS卫星定位。

五分钟后，马老师停下转动栻盘的手，擦了一下额头上细密的汗珠，长舒一口气：“郑玄现在的位置是土在上方，水在下面，而且脚踩着木头，一定是死了呀。”随后，他派人通知追赶郑玄的杀手停止行动。郑玄同学最终凭借自己的聪明才智和马老师门下所学，成功避开马老师的追杀，保全了性命。

一声叹息

学而优的马融没有步入仕途，而是效仿孔子，开班授课，解疑释惑，学子众多。

遇到聪明的学生，老师不一定都会觉着是缘分的牵引，也有可能是怨恨的起因。

33

关于“梦想”，你想多了

原文

卫玠总角①时问乐令②梦，乐云：“是想。”卫曰：“形神所不接而梦，岂是想邪？”乐云：“因也。未尝梦乘车入鼠穴，捣齑③啖④铁杵⑤皆无想无因故也。”卫思“因”，经日不得，遂成病。乐闻，故命驾为剖析之。卫即小差。乐叹曰：“此儿胸中当必无膏肓⑥之疾！”

①〔总角〕指儿童时代。

②〔乐令〕乐广，曾任尚书令。

③〔齑(jī)〕捣碎的姜、蒜或韭菜的细末。

④〔啖(dàn)〕吃。

⑤〔铁杵〕一头粗、一头细的圆棒。

⑥〔膏肓(gāo huāng)〕指人体心脏与膈膜之间的部分。

插播

卫玠(jiè)(286年—312年)：字叔宝，小字虎，河东安邑(今山西省夏县北部)人，中国古代四大美男之一，魏晋时期著名的偶像巨星。他容貌俊美，风采极佳，为众人所仰慕。卫玠是魏晋之际继何晏、王弼之后的著名清谈名士和玄学家，官至太子洗马。永嘉四年(310年)，卫玠迁移南方。两年后，卫玠因为被围观“粉丝”所累，不幸去世，时年二十七岁。

卫玠画像

总角：古代少儿男未着头冠、女未及笄时的发型。此时，孩童的头发通常被梳成两个发髻，如头顶两角，后指称儿童时代。笄，古代中国女子用以装饰发耳的一种簪子，用来插住挽起的头发，或插住帽子，曾在河姆渡遗址出土。古代中国女子满十五岁结发，用笄贯之，因此称女子满十五岁为“及笄”，也称“笄年”。

北宋苏汉臣所绘的《秋庭戏婴图》中，画中小男孩剃发留鬌，大一点的女孩梳总角

著名的成语故事“杯弓蛇影”即来源于乐广和朋友之间的一次“心理辅导课”

乐广（？—304年）：字彦辅，南阳淯阳（今河南省南阳市）人，西晋时期名士。乐广出身寒门，早年即有重名，受卫瓘、王戎、裴楷等人欣赏，因而得入仕途。历任元城令、中书侍郎、太子中庶子、侍中、河南尹等职，后任尚书左、右仆射，又代王戎为尚书令，被后人称为“乐令”。他最擅长做思想工作，不仅医好了女婿卫玠的“心病”，还医好了因为“杯弓蛇影”而得“心病”的朋友。

直译

卫玠十多岁的时候，问乐令梦是什么，乐广说：“是心中所想。”卫玠说：“身形和心神不接触，却能做梦，这难道也是心中所想吗？”乐广说：“总是有原因的。没有人梦见坐着车进了老鼠洞，没有人梦见把菜捣成碎末却吃下了捣菜的铁杵，这都是因为心中不想，没有根据的缘故呀。”

卫玠整天想着乐广所说的做梦之缘由，一直想不出结果来，最后竟病了。乐广听说后，就让人驾车拉着他去看卫玠，给卫玠详细讲述，卫玠的病即刻就好了很多。乐广感叹道：“这孩子胸中应当没有不可治的病。”

演绎

被誉为古代“四大美男子”之一的卫玠从小就是个大眼睛、小鼻子的漂亮模样，而且肤白如雪，这个瓷娃娃深受大家的喜爱。幼年的他头上还扎着两个发髻，看见乐广便跑过去拉着他的衣袖问：“您能告诉我什么是梦吗？”

乐广蹲下来，摸了摸卫玠的头：“梦呢，就是你心里想的东西。”乐广先生率先启用了“梦想”一词。

这显然不能打发善于思考的卫玠同学，他决定打破砂锅问到底：“身体和心神并不会产生接触，可是梦还是会有，这是因为心里想就可以做到的吗？”

乐广被这么一问，也认真起来。于是，他带卫玠坐在回廊外的石凳上，清了清嗓子，开讲了。

“嗯哼，关于梦的形成，总是有原因的——”乐广先生背着手，踱起了步子。

“没有哪个人梦见自己坐着车子出入老鼠洞，还不交停车费；也没有哪个人梦见自己把菜捣碎了，却吃下了捣菜的铁杵。这都是因为清醒着的人没有想过这样的事情，才不会形成这样的梦。再说了，开车进老鼠洞，是老鼠洞有那么大还是自己和车子那么小？捣碎了菜却吃捣菜的铁杵，是牙口这么好还是长了一个糊涂大脑？”说完这些，乐广拍了拍小卫玠的肩膀，笑呵呵地离去了。

小卫玠带着还没有解决的疑虑，日思夜想，也没得出合适的结论。久而久之，小卫玠竟然生了病，卧床不起了。请了医生来治疗，药吃了好几斤，也没有什么特别好的起色。

乐广听说这件事情后，赶紧坐车去了卫玠的家。茶也来不及喝，乐广拽过一张凳子坐在小卫玠的床边，给他讲关于“梦”和“想”的关联和启示。讲完之后，小卫玠苍白的脸上竟然泛起了久违的血色，精神也好转起来。甚至，他还向家人要了一支笔，做起了课堂笔记和听后感。

乐广起身告辞，出门上车，整整感慨了一路：“这个孩子啊，心里一定没有无法解决的难题，将来必成大器，不可小看。”

小卫玠长大后果然玉树临风、风采极佳，是当时的清谈名士和玄学家。慧眼识珠的乐广老师后来成了美男子卫玠的老丈人，这是后话。

一声叹息

乐广老师，拜托以后的课一定要及时讲透彻，如果课程分为上下节，也要及时公示、告知。不然遇上卫玠这样的学生，迟早是要闹出人命的。

34

要听妈妈的话

原文

卫玠始渡江，见王大将军[①]。因夜坐，大将军命谢幼舆[②]。玠见谢，甚说之，都不复顾王，遂达旦微言。王永夕不得豫。玠体素羸[③]，恒为母所禁。尔夕忽极，于此病笃，遂不起。

①［王大将军］王敦。

②［谢幼舆］谢鲲，字幼舆。

③［羸(léi)］瘦弱、虚弱。

插播

王敦(266年—324年)：字处仲，小字阿黑，琅琊(今山东省临沂市北部)人，东晋权臣，琅琊王氏代表人物。王敦在西晋官至扬州刺史，与堂弟王导一同辅佐晋元帝司马睿建立东晋。其人特立独行、敢作敢为、脾气大、有想法，出牌从来不按套路，自成一派。他掌控长江中上游的军队，统辖州郡，对东晋政权造成极大的威胁。王敦以诛杀刘隗为名，在武昌起兵，攻入建康，自领扬州牧。太宁二年(324年)，王敦再次起兵攻建康，不久病逝于军中。

王敦画像

谢幼舆画像

谢鲲(281 年—324 年):字幼舆,陈郡阳夏(今河南省太康县境内)人,两晋时期名士、官员,太保谢安的伯父,因为官至豫章太守,所以称其为“谢豫章”。谢鲲弱冠知名,但是不修仪表,因为追求邻家女孩,还被女子投梭折断两颗大牙。早年,谢鲲为王衍四友之一,后名列“江左八达”。他在西晋末年曾为东海王司马越引为参军,后避乱渡江,被王敦辟为长史,封咸亭侯。

直译

卫玠刚刚渡江南下,见到了大将军王敦,于是夜坐清谈。大将军召来谢幼舆。卫玠因有谢鲲在座,非常高兴,就不再顾及身旁的王敦。他与谢鲲彻夜长谈玄理,王敦整夜都无法插话。卫玠身体向来羸弱,一直被母亲禁多说话(古人认为说话伤中气),这天晚上突然疲惫,于是病情加重,竟致卧床不起。

演绎

美男子卫玠长相出众、风采卓著,称赞他倾国倾城也不为过。他小时候出门会被路人围观,每次都要费尽力气才能“冲出重围”。卫玠的颜值秒杀众多名士,堪称东晋第一美男子。可是这个容貌绝佳的帅哥却有一个软肋,而且很软,软到可以致命,那就是身体素质差,自小体育成绩就不好。

当年,卫玠因为躲避战乱,所以渡江南下。随后他去拜访大将军王敦,因为见面的时间约在晚上,所以大将军命人去请谢鲲:“谢长史,今天晚上大将军府来了一个大名人,你赶紧来。”谢幼舆换了身衣服,打辆车直奔大将军王敦的家。

夜幕低垂,华灯初上。

客人如约而至,谢幼舆抬眼一看,小心脏扑通直跳:“卫玠?原来是你啊!”

“见过谢长史,正是在下。”卫玠嘴角清扬,屋子里的灯火都显得暗淡了许多。

虽然谢幼舆不注重穿衣打扮、修整仪表,但是在玄学研究和清谈方面还是十分有见地的。两个人原本就是清谈好友,因为战乱而过江避祸,在异乡见到老朋友,自然是喜出望外。他俩手拉手、肩并肩,有说不完的话。

谢幼舆和卫玠盘着腿坐在席上聊得超级嗨,连茶水都顾不上喝,现场热火朝天。

王大将军完全插不上话,无法参与互动环节,于是坐在一旁听他俩大侃“心灵鸡汤”。

卫玠和谢幼舆聊了整整一晚上,王大将军做了一晚上的忠实观众。遗憾的是,卫玠从小身体底子差,他妈妈甚至一直以来都禁止他长时间说话。这一晚上的彻夜长谈让卫玠说了太多的话,使得他身体很不舒服。令人意想不到的是,卫玠从此一病不起,竟然因此去世了,年仅二十七岁。

听闻噩耗的谢幼舆前去卫玠灵前吊唁,扶着棺材哭得昏天黑地。被感动的路人劝他别难过了,他的嘴里却一直念叨:“栋梁折断,不觉哀伤。”

一声叹息

卫玠,你很美;卫玠,你也很有学问,但卫玠你要听妈妈的话。

另:王大将军是个好观众。

35

可惜了一桌的好菜

原文

孙安国①往殷中军②许共论，往反精苦，客主无间。左右进食，冷而复暖者数四。彼我奋掷麈尾，悉脱落，满餐饭中。宾主遂至莫忘食。殷乃语孙曰："卿莫作强口马，我当穿卿鼻。"孙曰："卿不见决鼻牛，人当穿卿颊③。"

①〔孙安国〕孙盛，字安国。

②〔殷中军〕殷浩，字渊源，曾任中军将军。

③〔颊(jiá)〕脸的两侧。

插播

孙盛(生卒年不详)：字安国，太原中都(今山西省平遥县境内)人，东晋中期史学家、名士、官员。孙盛出身官宦名门，年轻时便以博学、善清谈而闻名，孙盛一生著述颇丰，其著作以史学居多。孙盛也是著名的"硬头钉"，面对位高权重的桓温，一样如实把他征伐前燕的败绩计入史书，不惧桓温的威胁。

孙安国画像

殷中军画像　(现代)朱永太 作

殷浩(303 年—356 年)：字渊源，陈郡长平(今河南省西华县境内)人，东晋时期大臣、将领，隐藏在朝廷的医界高手，早年因见识度量清明、高远而富有美名。简文帝司马昱重用殷浩抗衡桓温，于是一场发生在发小之间的“相捧相杀”的战争轰轰烈烈上演了。永和八年(352年)，殷浩被封为中军将军，奉命北伐，出兵征伐后赵，后中计兵败许昌。桓温趁机上表弹劾，朝廷只得将殷浩废为庶人，殷浩因此被流放并病死于东阳。

直译

孙盛到中军将军殷浩处一起清谈，两人反复辩驳，精心竭力，宾主都无懈可击。

侍候的人端上来的饭菜，他俩也顾不得吃，饭菜凉了又热，热了又凉，这样的情况已经好几遍了。双方辩论时奋力挥动着麈尾，以致麈尾上的毛都脱落下来，落满了饭菜。宾主二人竟然到傍晚也没想起吃饭。殷浩便对孙盛说：“你不要做硬嘴马，我就要穿你鼻子了！”孙盛回应道：“你没见挣破鼻子的牛吗，当心人家会穿你的腮帮子！”

演绎

孙盛博学健谈，一般人还真不是对手。

有个不一般的人听到了这个事情，决定挑战一下他，这个勇敢而不服气的人就是精通玄理的中军——殷浩。他请孙盛到家里来吃饭，借这个机会与他比试比试。毕竟“牛皮不是吹的，火车不是推的”，耳听为虚，眼见为实，咱得比画比画才知道。

饭菜已经端上了桌，宾主却无心吃饭。他俩已经刀出鞘、箭在弦，你来我往好几个回合了。两人说得嘴角起白沫，面红耳赤，哪里有心思去吃饭。这下忙坏了端菜的仆人们，饭菜冷了又热，热了又凉，然后接着热……

殷浩和孙盛入戏很深，唇枪舌剑，不分高低。谈到辩论焦点的时候，两人互相把手中的麈尾指着对方挥来甩去，情绪十分激动。结果，麈尾上的羽毛都被他们摇晃得纷纷脱落，掉在席子、盘子、菜汤上，到处都是。

就这样说啊，说啊，屋外的太阳都要落山了。他俩的麈尾还在摇啊摇，辩驳的声音一个比一个高。殷浩用麈尾指着孙盛说：“你这个家伙，别逞能了。你就是个犟嘴的马，我就该穿你的鼻子。”孙盛听到这话，扑哧一笑：“我是犟嘴马，你却要穿我的牛鼻子。你没见过挣破鼻子的牛吗？”他用没了毛的麈尾戳了戳殷浩，“小心人家穿你的腮帮子，哈哈哈哈哈哈……”

一声叹息

他俩用的麈尾质量不佳，经不起甩就掉完了毛。可惜了一桌子的菜，可怜那一帮伺候的厨师和仆人们。

36

找骂的"乡巴佬"

原文

殷中军①尝至刘尹②所清言。良久,殷理小屈,游辞不已,刘亦不复答。殷去后,乃云:"田舍儿,强学人作尔馨语。"

①〔殷中军〕殷浩。
②〔刘尹〕刘惔。

插播

刘惔(生卒年不详):一作刘恢,字真长,沛国相县(今安徽省宿州市朱仙庄镇)人,东晋著名清谈家。刘惔出身官宦家庭,但幼年家贫,通过努力,最终"草根"成功逆袭,娶了庐陵公主,做了驸马爷。他成功后被视为永和名士的风流之宗,是当时清谈的主力干将,有比较明显的"自恋癖"。历任司徒左长史、侍中、丹阳尹等职,故后世称其为"刘尹"。

刘尹画像

直译

中军将军殷浩曾到丹阳尹刘惔那里去清谈。两人谈了很久,殷浩的义理处于劣势,但是他还不停地用些浮夸的言辞来应对,刘惔也不再答辩。殷浩走了以后,刘惔说:"乡巴佬,硬要装着博学的样子来发这样的议论。"

演绎

魏晋时期的清谈之士们虽然有满腹才华,但却互相看不起,总觉着自己本事第一。

今天出场的第一位嘉宾就是一个本事大、脾气也大的人,他的名字叫刘惔。刘惔出身官宦家庭,他的爷爷刘宏在西晋时期是个很有名气的人,与其兄刘粹、其弟刘潢被时人称为“洛中雅雅有三嘏”。刘惔的父亲刘耽，官至晋陵太守，在当时也很有名气。到刘惔这一代，家道中落，处境贫寒，他和母亲不得不以编制草鞋过日子。三国时期的刘备也曾以编织草鞋和席子过日子。看来，刘氏家族都有纯手工的传统技艺，关键时候都能用得上。

刘惔虽然家里条件差，但是人家勤奋好学，自小就聪明伶俐。成人之后，他的才华更是闪闪发光，但他的傲慢和自恋程度也与日俱增。

有一次，桓温问他：“老刘啊，好多天没看到会稽王(司马昱)了，你和他是不是还串个门啥的，他清谈是不是考级成功，更进一步了？”

刘惔答：“绝对是个大进步，没得说，但是嘛——撑了天也仍是二流水平。”

桓温瞪大了眼睛，满是疑惑：“那你说说一流水平的都有谁？”

刘惔将手中的麈尾往胸前一合，下巴抬得比天都高：“远在天边，近在眼前。老桓，你这眼神不怎么好，我就是天下一等一的高手啊。”

中军将军殷浩也是口才极好的清谈名家，这个人说得过就说，说不过就骂，当时和孙盛就有一场对骂，骂得那是天昏地暗。挑战者殷浩有一次就去了刘惔的家，两人见了面清谈了好几个小时。

或许是殷浩状态不佳，或许是他准备不足，又或者是刘惔太厉害。总之，后来殷浩在和刘惔的清谈过程中，逐渐处于下风。再后来，殷浩说的都是一些虚浮、不切实际的言辞。最后，晕晕乎乎的殷浩自己都不知道说了些什么。最后，刘惔干脆不说话，不回答，懒得理会殷浩。

最终殷浩怎么离开刘惔家的不得而知，刘惔用眼角斜看着殷浩擦着额头上的汗水离开的背影，轻声说了一句：“乡巴佬，就这水平还硬要学清谈这么高尚、高深的学问，水货！”

一声叹息

上次殷浩请人家孙盛来家里吃饭，结果饭没有吃到嘴里，还被人家羞辱了一顿。这次他到刘惔家里去清谈，又被人家看不起。其实，殷浩根本就不知道刘惔的战斗值要远高于孙盛。殷浩此次明显是跨高了档次，难怪会如此狼狈。

好在刘惔的素质比孙盛要高，最起码他没有当面骂殷浩“乡巴佬”。

37

生死关头的一道下酒菜

原文

文帝①尝令东阿王②七步中作诗，不成者行大法③。应声便为诗曰："煮豆持作羹④，漉菽⑤以为汁；萁⑥在釜⑦下然，豆在釜中泣。本是同根生，相煎何太急？"帝深有惭色。

①［文帝］魏文帝曹丕。

②［东阿王］曹植，曾封东阿王。

③［大法］死刑。

④［羹（gēng）］糊状或带浓汁的食品。

⑤［漉菽（lù shū）］过滤豆瓣。

⑥［萁（qí）］豆子的秸秆。

⑦［釜（fǔ）］古代的锅。

插播

《洛神赋》（局部）中的曹植　（东晋）顾恺之 作

曹植(192 年—232 年):字子建,沛国谯县(今安徽省亳州市境内)人,是曹操与武宣卞皇后所生的第三子。曹植是三国时期的著名文学家,作为建安文学的代表人物之一与集大成者,他在两晋南北朝时期,被推尊到文章典范的地位,成语“才高八斗”指的就是曹植。其代表作有《洛神赋》《白马篇》《七哀诗》等。虽然他的文章好,但是因为他没能严于律己,在与曹丕的嗣位之争中失败,差点儿被亲哥哥煮成“肉羹”。

汉代青铜釜

直译

魏文帝曹丕曾经命令东阿王曹植在七步之内作一首诗,作不出的话,就要动用死刑。曹植应声便作了一诗:“煮豆持作羹,漉菽以为汁。萁在釜下然,豆在釜中泣。本是同根生,相煎何太急?”魏文帝听了深感惭愧。

演绎

皇宫的大殿外有一口巨大的锅,锅下面是架起来的熊熊燃烧的豆秸。

魏文帝曹丕耷拉着眼皮,瞥了一眼跪在阶下的弟弟曹植,鼻孔里出了一声闷响:“子建,之前你犯下的种种罪责我已经了如指掌。这次叫你过来,也是再给你最后一次机会。”

说完,他抬手指了一下殿外那口巨大的锅:“喏——你也看到了。”

曹植的额头紧紧贴在大殿冰冷的地面上,一阵寒意从脊梁上悄无声息地滑过。

“大家都说你文采非凡,说你才思敏捷。那好——”曹丕的声音不高,却在大殿里久久回荡,满朝文武百官都像经了霜的知了,哆哆嗦嗦地站着,不敢出声。

“限你七步之内,赋诗一首,若作得出来,可免你罪;若作不出来,哼哼哼……”曹丕的声音就像是冰箱里取出来的冰激凌,冒着丝丝凉气。

“就休怪哥哥无情无义,请你到这口大锅里洗个热水澡,送你一程。”

曹植心里嘀咕:“真觉着我傻是不是?这个热水澡没洗完我都被煮熟了,看来哥哥这一次真的是要置我于死地。”

他慢慢地支起身子站起来,揉了一下发硬发麻的腿,望向灰蒙蒙的天空。干枯的灰黄色豆秸在火堆里燃烧,偶尔发出的噼里啪啦的爆裂声,在深秋已经寒冷的天气里,显得格外清脆。那些青紫色的火苗跳跃着从火堆里升起来,缠绕着鼎足,舔舐着铜鼎上面的饕餮纹,显得格外阴森恐怖。鼎里面的水已经烧开,发出“咕嘟咕嘟”的响声,像是呜咽的哭声,听起来更加令人心神不安。

曹植抬起沉重的脚,迈出了步子:“煮豆……持作羹,漉菽……以为汁。”

文武百官互相看了看,一脸懵:煮豆、作羹,煮豆?!作羹?!天哪,这曹植都死到临头了,咋还想着吃呢?这不是大大的吃货吗?

“萁在釜下然,豆在釜中泣……”曹植的声音突然变得凄厉。旁边有人小声嘀咕:“已经四步了……”

“本是同根生……”曹植又走了两步,快到殿门口,他甚至感觉到火苗的热度开始炙烤着他,脑子里却都是小时候曹丕带他玩耍的温馨画面。

当他最后一步迈出去并且停下来时,他缓缓转回身对着远处金銮殿高台上的哥哥,两行热泪夺眶而出。他用颤抖的声音念出了最后一句:“相煎……何太急?!”

曹丕龙袍下的身体随之一颤,他望着大殿里站着的弟弟,那么瘦弱,仿佛一阵秋风就能把他吹走。曹丕难以掩饰尴尬和满面的羞愧,对着阶下的曹植挥了挥手:“你回去吧。”

两侧战战兢兢地立着的百官们也不禁暗暗赞叹:一道菜能救一条命,曹植,你可真行!

一声叹息

史书记载,曹植率真、随性,是花式文章的写作高手,才华在他的哥哥曹丕之上,但他爱喝酒,而且每次都喝醉。这也耽误了他一生中很重要的事情,最终导致曹操不再对他寄予厚望,转而立处事相对沉稳的曹丕为接班人。

这个爱酒的才子在关键的生死时刻还能以“下酒菜”为题材,沉稳作诗,从而转危为安,其才华令人折服。

38

爆粗口反被呛

原文

陈太丘[①]与友期行,期日中。过中不至,太丘舍去,去后乃至。元方[②]时年七岁,门外戏。客问元方:“尊君在不?”答曰:“待君久不至,已去。”友人便怒曰:“非人哉!与人期行,相委而去。”元方曰:“君与家君期日中。日中不至,则是无信;对子骂父,则是无礼。”友人惭,下车引之,元方入门不顾。

①〔陈太丘〕陈寔。

②〔元方〕陈纪,字元方。

插播

陈元方(129年—199年):名纪,字元方,颍川许昌(今河南省许昌市)人,陈寔之子。其与父亲陈寔和弟弟陈谌在当时并称为“三君”。陈氏三代人个个有名气,陈寔清正廉明,一家三代人非孝即贤,优秀基因强大,家庭教育影响深远。

陈元方画像

直译

陈太丘和朋友相约同行,约定的时间在中午。过了中午,朋友还没有到,于是陈太丘不再等候先离开了,陈太丘离开后朋友才到。

元方当时年仅七岁,正在门外玩耍。陈太丘的朋友问元方:“你的父亲在吗?”元方回答道:“我父亲等了您很久您都没有到,他已经离开了。”友人便生气地说道:“真不是人啊!和别人相约同行,却丢下我先走了。”元方说:“您与我父亲约在正午,正午您没到,就是不讲信用;对着孩子骂他的父亲,就是没有礼貌。”朋友感到惭愧,下了车想去拉元方的手,元方头也不回地走进家门。

演绎

上班很累，工作开会。享受假期，不能浪费。

趁着难得的假期，陈寔和一个朋友约好一起出门逛街，说好了中午在陈寔家里碰面，然后一起出发。

转眼到了约定好的时间，陈寔的朋友却没有按时到。陈寔看了看表，时辰已经过了，于是决定自己先走，边走边嘟囔："这哥们儿不靠谱。"

不靠谱的哥们儿过了约定的时间，才驾着一辆花红柳绿的马车不紧不慢地赶来。此时，陈寔的儿子小元方刚刚七岁，写完了家庭作业正在门口爬树玩。

这哥们儿停住马车，叫住了小元方："元方，你爹呢？"

"我爹？"元方从门口的树上爬了下来。

"哦，我爹等您等了好久，他等得花都谢了，结果您还是没来，所以就自己走了。"元方答道。

这哥们儿瞬间气血上头，气得满脸通红，用马鞭敲着车把，忍不住破口大骂："陈寔，你这家伙真不是人啊！说好了一起去，结果自己先跑了。"这哥们儿麦秸秆儿脾气，一点就着，肚子气鼓鼓的像个蛤蟆，头发都竖起来了。

元方仰头看看马车上怒发冲冠的叔叔，一脸平静。

"叔叔，您和我爸爸约定了见面的时间，可是您不按时到，这是不讲信用；您对着孩子骂他的爸爸，更过分，这是不讲礼貌。"小元方的脸上没有一丝笑容，认真严肃。

听到小元方的话，陈寔的朋友也觉着自己做得过分了，毕竟是自己有错在先，小元方说的也很有道理。

"元方，来、来、来，叔叔这儿有糖，拿着。"他从口袋里掏出一把糖果，下车去牵小元方的手。

只见小元方把手一甩，头也不回地走进门去了。大门口只剩下这个无比尴尬的人，手里握着一把没送出去的糖。

一声叹息

守时是做人的基本原则之一，要赢得别人的信任，就不能爽约。陈寔的朋友没有守时，而且还不分青红皂白地对着元方当面骂他的父亲，更是过分之举。小元方能有理有据地指出他人的错误，也赢得了尊重。这个脾气不好的叔叔也有一点是值得学习的，那就是知错就改。

39

滴滴快车是如何升级到滴滴专车的？

原文

晋武帝①时，荀勖②为中书监，和峤为令。故事，监、令由来共车。峤性雅正，常疾勖谄媚③。后公车来，峤便登，正向前坐，不复容勖。勖方更觅车，然后得去，监、令各给车，自此始。

①〔晋武帝〕司马炎。

②〔荀勖〕读音为“xún xù”。

③〔谄媚（chǎn mèi）〕用卑贱的态度讨好。

插播

荀勖（？—289年）：字公曾，颍川颍阴（今河南省许昌市）人，三国至西晋时的音律学家、文学家、藏书家，西晋开国功臣。荀勖少年时聪慧好学，后为大将军司马昭记室，数进策谋，深受信任，与裴秀、羊祜共掌机密。累迁光禄大夫、仪同三司，守尚书令，任内核查并罢黜尚书中不称职之人。荀勖善于逢迎，当时议论的人都以为他倾覆国家、搅乱时局。他做事小心谨慎，每有他所参与的诏令大事，就算已经宣布，他也始终不说，不想让别人知道他参与其中，嘴巴上永远都有一把密码锁。

荀勖画像　（现代）朱永太 作

和峤画像

和峤（？—292年）：字长舆，汝南西平（今河南省西平县）人，曹魏后期至西晋初年大臣。和峤年少的时候就把舅舅夏侯玄作为人生的榜样。后来,他承袭父亲爵位,做官期间,为政清简,很得人心。此人说话直接,不藏着掖着,除了有点儿抠门儿外,没啥大毛病。

直译

晋武帝时,荀勖任中书监,和峤任中书令。按照旧例,监和令向来同坐一辆车上朝。和峤本性正直,一向憎恶荀勖那种阿谀逢迎的作风。后来每逢官车来接他们上朝,和峤便上车,只往前坐,不再给荀勖留出位子。荀勖还要另外找一辆车,然后才能走。监和令分别派车,就是从这时开始的。

演绎

乳白色的晨雾还弥漫在洛阳城的大街小巷,路上行人还不多。中书令和峤已经穿着整齐,出了大门。一辆宫廷的官车从远处驶过来,车轮上的轴承发出吱吱嘎嘎的轻响,打破了清晨的寂静。和峤抬脚上了官车,赶往皇宫上朝,这就是西晋时期政府公务员的日常,好比现在的学生上学、工人们上班。

官车在路口拐了个弯,驶向中书监荀勖的家。按照西晋时期的规定:中书监和中书令乘坐同一辆官车上朝。同车共乘,既节省资源,又绿色环保。

虽然和峤和荀勖是一个部门的同事,但是两人却始终尿不到一个壶里。和峤鄙视荀勖的阿谀奉承,看不惯荀勖一见到领导就卑躬屈膝、猛摇尾巴的样子;荀勖看不惯和峤的耿直严肃,觉着他死板、不近人情。两人在工作当中没少互相翻白眼。

官车很快就到了荀勖的家门口,荀勖掀开车帘就要上车,只见和峤把屁股往前一挪,整个人坐在车子的前面,眼皮往下一耷拉:“没位子了,你再打车吧。”荀勖的火腾腾地上了头,但他还是强压着怒气假装和气地问:“和大人,车里面分明有地方,为什么说没位子呢?”和峤眼都不睁,不紧不慢地说:“我说没位子就没位子,这官车本就不宽敞,本人屁股大,占地方。难道荀大人要坐在我怀里,让我抱着你上朝吗?”荀勖的脸色一会儿青,一会儿白,却又不知道该怎么说下去,索性把袖子一甩,“哼”了一声就走开了。

自从这场“打的”事件起,荀勖再也没有和和峤同乘一辆车上朝。他写了一张申请单,申请了另外一辆官车。从此,中书监和中书令同乘一辆车的规矩被打破,改为各自乘车上朝,这也是两个人预先没有想到的福利。

一声叹息

上朝的官车不够大,和峤的屁股够大,荀勖的肚量也够大。原本的共享马车因为两人的互不相容变成了两辆专车,滴滴快车瞬间变身滴滴专车,这才是最大的意外收获。

40

你“君”你的，我“卿”我的

原文

王太尉[①]不与庾子嵩[②]交，庾卿之不置。王曰：“君不得为尔。”庾曰：“卿自君我，我自卿卿。我自用我法，卿自用卿法。”

①〔王太尉〕王衍，字夷甫。

②〔庾子嵩〕庾敳，字子嵩。

插播

王衍（256年—311年）：字夷甫，琅琊（今山东省临沂市北部）人，西晋时期的著名清谈家，西晋末年重臣。王衍外表清明俊秀，肤白如雪，风姿文雅，喜好老庄学说，最讨厌钱。他口才很好，可以颠倒黑白，“信口雌黄”便是源于他。永嘉五年（311年），石勒将其与西晋旧臣一同活埋。

王太尉画像

庾敳画像　（现代）朱永太 作

庾敳（ái）（262年—311年）：字子嵩，颍川鄢陵（今河南省鄢陵县境内）人，西晋名士、清谈家。他不爱管闲事，不爱说话，身宽体胖，喜欢并擅长攒钱，有经济头脑，却被当时的人们讥笑。

直译

太尉王衍从不和庾子嵩交往，庾子嵩在和他讲话的时候总是称他为“卿”，很不严肃。王衍说：“你以后不要这样说。”庾子嵩说：“你可以以‘君’称呼我，我也可以以‘卿’称呼卿。我用我自己的叫法，卿用卿自己的叫法。”

演绎

太尉王衍与长史庾子嵩不熟悉，也未曾有过什么交往，说两人关系有多好都是瞎扯。可人家庾子嵩偏偏不这样想，他瞅王太尉怎么瞅都舒服，怎么看怎么喜欢。其实，这不是庾子嵩的个人所见，而是当时大家都这么看。为什么这么说？原因很简单，王衍是个帅哥，即使在帅哥辈出的晋代，王衍也绝对是个出类拔萃的顶级帅哥，不仅是个学霸，而且是个领导级别很高的学霸。

王衍本人长相出众，皮肤嫩滑白皙，简直是天上的白云、冬天的雪、包子上的白糖、草丛里的羊。此人精通玄学，深研《老子》《庄子》，是当时人们争相学习的好榜样。

长史庾子嵩这个人呢，不好意思形容，因为他“长不满七尺，而腰带十围”。一围是两只手的拇指和食指合拢起来那么长，“腰带十围”可见他的腰有多粗了。这个数据是十分壮观的，因为三国时期的猛将吕布和许褚都是有“十围”之腰的。西晋时期的一尺大约等于现在的24.2厘米，那么“不满七尺”就是一米六多点。从上述几个数字，我们可以大概知道庾子嵩的体型了。“白富美”遇到了“矮大矬”将会碰撞出什么样的火花呢？我们谁都没有想到。油腻的中年男人见到了长相俊美的上级领导，居然两眼放光，口水流淌。庾子嵩竟然称王衍为“卿”，听得王衍起了一身的鸡皮疙瘩。王衍看着又凑过来搭讪的庾子嵩，往后挪了一下身体：“呵呵——庾长史，我们关系好像没有那么好，还是不要‘卿来卿去’的，实在不妥。”庾子嵩听到这话，嘴一咧露出了十几颗大牙：“没关系，别客气。你呢，可以称呼我为‘君’。我呢，就用‘卿’来称呼你。我用我的叫法，卿可以用卿自己的叫法，卿意下如何？”

只听得座席上噼里啪啦猛响，王衍和周围的吃瓜群众鸡皮疙瘩掉了满满一地。

一声叹息

胖不是问题，丑也不是问题。只是这么厚脸皮的胖子世间罕见啊。虽然庾子嵩形象不佳，也比较爱财，但是他也是当时有名的清谈家，水平还是有的。只是生逢乱世，刻意无为，这种思想在他的《意赋》中曾有体现：“意在有无之间耳。”

值得一提的是，庾子嵩与王太尉的“卿”与“君”的故事一直延续到永嘉五年，两人在护送东海王司马越灵柩东行的路上，为石勒所擒，一起遇害，真正做到了同年同月同日死。

41

鬼　话

原文

阮宣子[①]论鬼神有无者，或以人死有鬼，宣子独以为无，曰："今见鬼者，著生时衣服，若人死有鬼，衣服复有鬼邪？"

①［阮宣子］阮修，字宣子。

插播

阮修(270 年—311 年)：阮脩，字宣子，陈留尉氏(今河南省开封市)人，著名无神论者，善清谈，性简傲，不喜见俗人，倘若真的正好遇见了，啥话不说，掉头走人。

《阮修沽酒图》(明末清初)陈老莲 作

直译

阮宣子同人讨论是否有鬼神的问题，有人认为，人死之后便会有鬼，只有阮宣子认为没有。他说："现在那些自称见过鬼的人，都说鬼穿的是活着时的衣服，如果人死之后有鬼，难道衣服也会有鬼吗？"

演绎

世界上有没有鬼神和我们处在相同的空间或者时间里？这历来都是一个不明确的问题。正因为如此，所以现在的世界上还有唯物主义者和唯心主义者，也存在着许多不同的宗教信仰，西方的基督教、中东的伊斯兰教、东南亚的佛教等都是不同的存在形式。

有宗教信仰的人信奉鬼和神，逢山拜庙，遇寺烧香；也有一些人压根儿就不信这些，他们持不同的意见，还有自己的群体，叫"无神论战线联盟"，阮宣子就是其中的佼佼者。

阮宣子这个人性格简傲，擅长清谈，口才很好，思考问题时脑子转得像发动机一样快。

没事儿喜欢喝上两杯的阮宣子，这天又准备出门去村口的小酒馆。他把一百钱挂在杖头上，晃晃悠悠地出了门。小酒馆今天人不是很多，阮宣子进店之后，像往常一样坐在了靠窗的位置。放眼望去，窗外黄莺娇啼、绿柳迎风，阮宣子一口酒下肚，通体舒坦。

正在此时，门口的一阵吵闹声传来，阮宣子不禁皱起了眉头。转头望去，发现是村东头的李胖子和村西头的刘瘦子正激动地说着什么，口水四溅，唾沫横飞，而且还一脸的神秘。

刘瘦子端着酒杯对李胖子说："这世上一定有鬼神，人要是死了就一定会灵魂出窍，变成鬼。"

"啊——呸！"刘瘦子话还没说完，忽然听到窗户边上有人随地吐痰，抬头一看，原来是阮宣子。

只见阮宣子把脸一侧，不以为然："简直是胡说八道！这世界上哪有什么鬼神，只不过是自己骗自己罢了。"

看到刘瘦子和李胖子一脸的不信、不屑、不服气，他把袖子一撸，用手指着天说道："你们太年轻，你们太单纯啦。"

"你说没有就没有?!"李胖子的小眼睛瞪了起来，就像两只小号手电筒，"我家邻居崔麻子前两天走夜路就看到了他死了几年的老婆，穿着水绿色的衣服，还是以前的老样子。要是没有鬼，那崔麻子看到的是什么?"

"就是就是，李胖子说得太对了。老阮，你这么说，是在亵渎神灵，小心报应啊。"刘瘦子压低了嗓音，扯了扯阮宣子的袖子。

"切——"阮宣子从嘴角里轻蔑地挤出一声。

"这些自己说见过鬼的人，都说人死后变成的鬼还穿着生前的衣服什么什么的。"阮宣子一把拉过李胖子厚厚的手说道。

"人死了会变成鬼，衣服呢？衣服死了是不是也要变成鬼？如果衣服死了不会变成鬼，那么死人变成的鬼岂不是光着身子了？哈哈哈哈哈……"阮宣子说完仰头大笑，不再去看囧得满脸通红的李胖子和刘瘦子，拿起打包的花生米，飘然而去。

一声叹息

人死了会变成鬼，衣服死了也要变成鬼，要不然死人就没衣服穿了，还有我的手机、我的 IPAD、我的内衣……

一个都不能少……

变、变、变……

42

柱子，咱俩喝一杯

原文

顾孟著①尝以酒劝周伯仁②，伯仁不受。顾因移劝柱，而语柱曰："讵③可使作栋梁自遇？"周得之欣然，遂为衿契④。

①〔顾孟著〕顾显，字孟著。

②〔周伯仁〕周顗，字伯仁。

③〔讵(jù)〕难道。

④〔衿契(jīn qì)〕情投意合的好朋友。

插播

顾孟著：顾显，字孟著，吴郡（今江浙一带）人，骠骑将军顾荣兄弟之子，很小的时候就已经展示出不凡的才华，但是去世太早，当时的人们都很惋惜。

顾孟著不仅会喝酒，还有办法劝人喝酒

周伯仁画像

周伯仁（269 年—322 年）：周顗（yǐ），字伯仁，汝南安成（今河南省汝南县境内）人，两晋时期名士、大臣。周顗少年时便有重名，弱冠时袭封武城侯。王敦之乱时，周顗被大将军王敦杀害，就义场面血腥，但是周顗凛然面对，胆气十足。此人喜欢喝酒，在任期间经常喝酒至大醉，有“三日仆射”之称，因此丢过官职。他还喜欢找能喝酒的人比拼，甚至因此让人丢了性命。

直译

顾孟著曾劝周伯仁喝酒，伯仁不肯喝。顾孟著便转而向柱子劝酒，并且对柱子说：“难道就可以把自己看成栋梁吗？”周伯仁听到这话很高兴，两人便成了要好的朋友。

演绎

顾孟著和周伯仁坐在一张桌上喝酒。酒不错，纯粮酿制，绝无勾兑，瓶子一开，满屋飘香。

周伯仁家里弟兄三个，他排行老大，是个性格温和的人。可是这一次，温和的周老大要起了犟脾气。桌上的酒虽然好，他却不肯喝。顾家的人向来热情好客，顾孟著的叔叔顾荣在洛阳的时候就曾经把自己的那份烤肉给店小二吃。这天，顾孟著与周伯仁对饮，他想喝个尽兴，可他软磨硬泡，办法使尽，也没能让周老大端起杯子。

没辙的顾孟著将杯子一放，满脸不高兴地往后靠在房间的柱子上。他就这么一靠，顿时计上心头。顾孟著斟满一杯酒，把身体转过去对着柱子，用手指在上面敲了敲，声音高了八度：“柱子啊柱子，我敬酒给你，你喝不喝？你不就是根柱子吗？”坐在对面的周老大有点儿懵圈：“这位仁兄是不是受刺激了？我不陪他喝，他要找柱子喝啊？”

再看顾孟著，他依然自言自语个没完：“柱子啊柱子，你还真就是根柱子，难道你把自己当作栋梁之材了吗？哼哼……小样，和我喝酒难道委屈了你不成？”周老大听到这句话，嘴巴一咧，端起桌上的杯子，说道：“哥们儿，不好意思，这酒，我喝。今天，咱俩不醉不归。”从此，一段深厚的情谊就此拉开了帷幕。

一声叹息

人们常说：敬酒不吃吃罚酒。周老大不吃敬酒，被顾孟著冷嘲热讽了之后，反倒开怀畅饮。对于这种做法，笔者表示十分纳闷儿；对于顾孟著的机智，笔者表示十分佩服。其实，伯仁确实是不能喝，因为他在担任尚书左仆射的时候，经常饮酒至醉，三日方醒，人称“三日仆射”。

酒喝到一定境界的人，不仅能跟人喝酒，也能跟柱子、墙壁、小桌子喝酒。后来酒量不错的唐朝大诗人李白还留下了“举杯邀明月”的千古绝唱。

43

狭路相逢"疯子"胜

原文

孔车骑[1]与中丞[2]共行，在御道逢匡术，宾从甚盛，因往与车骑共语。中丞初不视，直云："鹰化为鸠[3]，众鸟犹恶其眼。"术大怒，便欲刃之。车骑下车，抱术曰："族弟发狂，卿为我宥之！"始得全首领。

①〔孔车骑〕孔愉，赠车骑将。

②〔中丞〕孔群，官至御史中丞。

③〔鸠(jiū)〕类似鸽子的鸟类。

插播

孔愉(268 年—342 年)：字敬康，会稽山阴(今浙江省绍兴市)人，祖籍梁国(今陕西省韩城市)，东晋名臣，野生动物保护者。

此图讲述的就是孔愉放生乌龟的故事

孔中丞画像　(现代)张燕 作

孔群:字敬林,东晋会稽山阴(今浙江省绍兴市)人,官至御史中丞,孔愉的堂弟。此君爱饮酒,王导丞相都劝不动他。当粮食丰收的时候,他关心的不是够不够吃,而是担心够不够酿酒。

匡术:苏峻之乱时担任阜陵(今安徽省全椒县境内)县令,是"苏峻之乱"的同案犯,当时驻守宛城。后苏峻战死,匡术投降,因为受到王导丞相的保护,匡术得以幸存下来,但是还是少不了被朝中官员尤其是骂过自己的孔群的羞辱。

匡术画像 (现代)张燕 作

直译

车骑将军孔愉和御史中丞孔群一起外出,在御道遇见匡术,后面跟随的宾客随从很多,匡术于是停车跟孔愉说话。在一旁的孔群却并不看他,只是说:"就算鹰变成了鸽子一样的鸠,所有的鸟还是讨厌它的眼睛。"匡术听了大怒,便想杀掉孔群。孔愉赶紧下车抱住匡术说:"堂弟发疯了,你看在我的面上饶了他吧!"孔群这才得以保全性命。

演绎

车骑将军孔愉和堂弟御史中丞孔群一起出门。

他俩的车子刚走到御道,迎面碰到了一支随从众多的队伍,仔细一看,原来是匡术。

"这世道真的是变了!"孔群的牙齿咬得咯咯吱响。

"一人得道,鸡犬升天。他匡术是什么玩意儿,像一条狗一样跟着苏峻,摆什么牛气哄哄的排场?!"孔群越说越激动。

匡术跟着苏峻反叛,甚至攻入了建康,但是为了拉拢人心,匡术还是要装作一副十分亲民的样子。他见人就打招呼,逢人就攀关系。碰到了孔愉和孔群,他主动停下车子和他们寒暄起来。

"二位都吃了吗? 这是上哪儿去啊?"匡术的脸笑成了一朵花。

孔愉虽然也不喜欢匡术,但是人在屋檐下,不得不低头。他还是打着哈哈,有一搭没一搭地说着话。

"啊——呸——"一直不搭话的孔群往地上吐了一口口水。

"唉,就算是凶狠的老鹰变成了温顺的布谷鸟,"孔群瞟都不瞟一眼旁边搭讪的匡术,只翻了个大白眼儿,"可是鸟儿们还是极其厌恶它可恨的眼睛,哼!"

只见匡术拔出腰间的宝剑,另一只手直接抓住孔群的衣领。

“你这个狗东西，小爷今天与你讲话是看得起你，你竟敢用这种比喻来羞辱我，爷爷今天非让你白刀子进红刀子出不可。”匡术的脸都被气得变形了，七窍生烟。

“匡大人！”孔愉像屁股上安了弹簧一样从车上跳了下来，一把抱住了匡术。

“匡大人息怒，”孔愉用了全身的力气，“我这个堂弟最近精神失常，三级疯子。看在我的面子上，您就大人有大量，别和他一般见识，当他是个屁，放了吧。”

匡术把宝剑插回剑鞘，一脚踢到孔群坐的马车轮子上：“滚！”

孔愉催车夫赶紧驾车走开，远远地对匡术说了一句话：“匡大人，我这就带他住院去——”

一声叹息

孔群虽然是个文人，但却胆识过人，这是十分令人钦佩的。孔群被孔愉称作“疯子”才躲过匡术的宝剑，最后的胜利者还是他。在后来朝廷平叛苏峻之乱的时候，孔群不失时机地好好羞辱了一次匡术，当然，用的还是“鹰化为鸠，众鸟犹恶其眼”这一句。

44

起床，就是这么简单

原文

桓大司马[①]诣刘尹[②]，卧不起。桓弯弹弹刘枕，丸迸碎床褥[③]间。刘作色而起曰："使君如馨地[④]，宁可斗战求胜？"桓甚有恨容。

①〔桓大司马〕桓温。

②〔刘尹〕刘惔。

③〔褥(rù)〕床上的铺垫物。

④〔馨地〕如此，这样。

插播

弹弓：中国古代一种"射"的工具。其原理与弓箭的原理相同，都是利用弹射力来进行发射，只是弹弓用的是弹丸，而弓箭用的是箭。

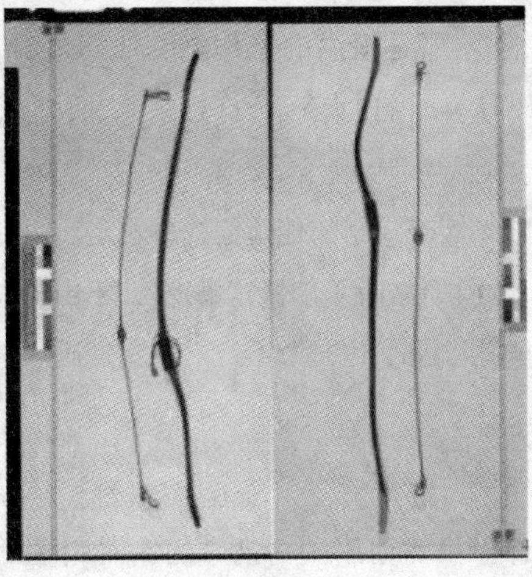

今日本奈良正仓院收藏的唐代弹弓

《西岳降灵图卷》(局部)中有各种类型的弹弓　(宋代)李公麟 作

直译

大司马桓温有一天去探望丹阳尹刘惔，当时刘惔躺着并没有起床。桓温于是用弹弓射他的枕头，弹丸突然碎裂，溅了满床，被子、褥子上都是。刘惔气得脸都变了颜色，他起床对桓温说："使君怎么能这样做，难道打仗也可以用这种方法取胜吗？"桓温听到刘惔这样说，也非常不满，脸上带着十分怨恨的神色。

演绎

"丹阳尹呢，还没有起床吗？"桓温手里把玩着一把精致的弹弓，来到刘惔的家，正好碰到了引见的仆人。"我家主人正在休息，我这就去通报。"仆人准备领着桓温往卧室方向走去。桓温摆了摆手，直接跨步走进了刘惔的卧房。

听见外面粗喉咙大嗓门的声音，刘惔已经知道是桓温来了。可是他正睡得舒服自在，实在不想起来，于是翻了个身，继续睡。

进到卧室里，桓温喊了几声。刘惔哼哼唧唧地回应着，也不起床。桓温看了看手里的雕花弹弓，一时间玩心大起，从口袋里摸出一个弹丸。"不起床，我有招。"桓温拿起弹弓，瞄准了刘惔枕着的青瓷枕头。只听"嗖"的一声轻响，弹丸从弓弦上应声而出，不偏不倚，正好打在刘惔睡觉的枕头上。用泥制作的弹丸碎裂，被子上、枕头上甚至刘惔的头发上都溅满了碎屑。

"哎呀！"刘惔在迷迷糊糊中被惊醒，一个激灵从床上坐了起来。鞋都顾不得穿，跳下床就往外边跑，结果，一头撞到了桓温身上。

"哈哈哈哈哈……"桓温捂着肚子笑得站不起来，弹弓也扔到了一边。

刘惔看了看丢在地上的弹弓，马上就明白了刚才那是桓温的恶作剧。他回过身，去床边穿鞋子，一脸的不高兴："真是的，你怎么可以这样？打打杀杀，打打杀杀，你是不是觉得打仗也可以这样子来取胜呢？"

桓温听到刘惔说出这样的话，脸上青一阵白一阵。恼羞成怒的他捡起弹弓就走。太和四年(369 年)，桓温与前燕作战，在枋头(今河南浚县)吃了败仗，听了刘惔这番挖苦，不由得失了面子。这个刘惔，不仅能讲义理，还擅长清谈，说起讽刺人的话，也是个不折不扣的"毒舌"。

一声叹息

桓温本来就是行伍出身，平日就喜欢舞枪弄棒。虽然他用随身携带的武器叫醒刘惔有欠妥当，但也正是因为两人关系不错所以才有这样的事情发生。至于刘惔，他尖牙利嘴，才不会忍受这样的捉弄。

话说回来，到底是军人武将，桓温瞄得还是挺准的，说打枕头就绝不打头。

45

爹就是这么自信

原文

王述①转尚书令，事行便拜。文度②曰：“故应让杜许。”蓝田③云：“汝谓我堪此不？”文度曰：“何为不堪？但克让自是美事，恐不可阙④。”蓝田慨然曰：“既云堪，何为复让？人言汝胜我，定不如我。”

①〔王述〕字怀祖。

②〔文度〕王述之子王坦之，字文度。

③〔蓝田〕王述承袭父爵蓝田侯。

④〔阙(quē)〕同“缺”。

插播

王述(303年—368年)：字怀祖，承袭父爵蓝田侯，又称“王蓝田”，太原晋阳(今山西省太原市)人，东晋官员。此人性格耿直、脾气急躁，最讨厌吃鸡蛋。他因为成名较晚，所以时常被人嘲笑智商有问题。

王述画像

王文度画像 (现代)张燕 作

王坦之(330年—375年):字文度,太原晋阳(今山西省太原市)人,东晋名臣,尚书令王述之子,算得上将门虎子,被当时的人们称为"江东独步王文度",也是一个著名的牛人。

直译

王述升任尚书令时,诏命下达后就去受职。他儿子王文度说:"本来应该让给杜许。"王述说:"你认为我能否胜任这个职务?"文度说:"怎么不能胜任?不过能谦让一下总是好事,礼节上恐怕不可缺少。"王述感慨地说:"既然说能胜任,为什么又要谦让呢?人家说你胜过我,依我看,你终究还是不如我。"

演绎

王述在家里整理官服,准备出门去受职尚书令。

他的儿子文度看着父亲忙来忙去,不帮忙也就算了,反倒还冷不丁地冒出一句:"老爸,我觉着你这个尚书令应该让杜许去干。"

王述转过身来,脸上挂着一个大大的问号:"啥意思?再说一遍我听听。"

"应该让杜许来做这个尚书令。"文度又重复了一遍。

急脾气的王述听到儿子的话,声音像是隧道里开过来的火车,轰隆直响:"你小子的意思是我没这个能力担任这个尚书令的职位吗?"

"老爸担任这个职务的能力肯定是没问题的,不过能够表示一下谦让,也是一种美德啊,礼节上还是不要少了这一环比较好。"文度赶紧解释,生怕这个急脾气的老爹像个点燃的炮仗一样,"砰"的一声就炸开了。

听到这番解释,王述摊开两只手说道:"既然说你爹可以,那就是可以,干吗还非得假惺惺地让来让去呢?多没劲!你爹在这个事情上还就是这么自信,可不是任性。"

王述说完这些,转身出了门,走到门口又停了下来。他转身用手指点了点儿子:"文度,大家都说你比我强,依我看,你小子终究还是不如老子我啊。"

一声叹息

王述脾气暴躁,全国人都知道,但是他的性格也有可爱之处。他成名比较晚,以至于很多人都私底下笑话他是"傻子"。王述认为,做事情要量力而行,做不来别充大头,但若是能力可及,一定当仁不让。

或许是受了父亲的影响,王文度后来在与谢安一起辅政期间,刚正不阿,直言进谏,甚至敢于当着皇帝的面撕毁诏书,也算是青出于蓝啦。

46

剪刀侠刘大脚

原文

王[①]、刘[②]与桓公[③]共至覆舟山看。酒酣后，刘牵脚加桓公颈。桓公甚不堪，举手拨去。既还，王长史语刘曰："伊讵可以形色加人不？"

①〔王〕王濛。

②〔刘〕刘惔。

③〔桓公〕桓温。

插播

王濛(309年—347年)：字仲祖，小字阿奴，太原晋阳(今山西省太原市)人，东晋名士、外戚。王濛深得辅政的会稽王司马昱倚重，官至司徒左长史。王濛与刘惔是好朋友，两人互相赞许，就连自恋的表现都是一模一样的。

王濛画像　(现代)张燕 作

覆舟山位于南京市玄武区太平门内西侧，现称九华山，是紫金山山脉西走入城的第一山丘，北隔明城墙，毗邻玄武湖，是南朝时期的皇家园林"乐游苑"的所在地，为当时帝王

南京九华山公园，古称“覆舟山”

将相消夏纳凉、娱乐休闲的福地。因临湖一侧陡峻如削，像一只倾覆的行船而名“覆舟山”。

直译

王濛、刘惔和桓温一起去覆舟山上观赏。喝酒喝得半醉时，刘惔伸腿，把腿放在桓温的脖子上。桓温很受不了，抬起手拨开。回来以后，王濛对刘惔说：“他难道可以拿脸色给人看吗？”

演绎

草长莺飞、乱花迷眼的春天悄悄地来了，王濛、刘惔和桓温几个都坐不住了。

“王哥、刘哥，趁着春光明媚，咱们也出去玩一下。”桓温想约两人一起出去玩。

一拍即合的三个人带上啤酒、花生米、简易帐篷和小马扎愉快地乘车出发了。

建康城（今南京市）外的山，因为邻湖的一侧十分陡峻，山体像被刀子削过一样，远远看去像一只倾覆的行船，所以大家都叫它“覆舟山”。覆舟山真是一个好去处，山中有寺，山顶有塔，山畔有湖，山下有城，简直是高级别的皇家园林，是当时那些帝王将相们避暑纳凉、爬坡练身体、登高亮嗓子、娱乐休闲的不二之选。

一路走来，到处是鲜艳的山花、淙淙流淌的清泉，春天温暖的阳光透过树梢洒落一地的光斑。三个小伙伴一路行来，边走边唱，唱得响亮，兴致很高。

到了一处向阳的斜坡上，三个人拿出酒和食物摆放在地上，野餐正式开始了。眼前美景无限，口中美酒甘洌，推杯换盏不久，大家不知不觉中都有了点醉意。

刘惔学习成绩好、学问高，可是酒量不咋地。不一会儿，他已双目微闭、口齿不清了。他用脚丫子戳了戳坐在前面的桓温，没有动静，估计桓温也喝得差不多了。然后刘惔做了一个令人意想不到的动作——他竟然把脚伸到桓温的肩上，并用两只脚夹住了桓温的脖子！

桓温正喝着酒呢，腮帮子两边突然就出来一双鞋子、两只脚。他用手拍了拍刘惔的脚，结果没动静。刘惔哼着曲子，脚尖还在桓温的脸旁边打着拍子。桓温心里蹿出了腾腾的火苗，他伸出手把刘惔的脚从肩膀上拨了下去。

这一切都被王濛看在眼里，他嚼着花生米，又倒了一杯酒，没有出声。

美好的一天很快就过去了，三个人打道回府。因为不顺道，桓温先辞别两人，迈着踉跄的步子回家了。

王濛用下巴指了指桓温的背影，对刘惔说："就他这小子，还敢给你脸色看？"

刘惔躺在马车里，脑子里突然浮现出桓温那天用弹弓打他枕头的事情。暮色四合的马车里，刘惔回应了一个响亮的嗝。

令这两个都有醉意的高人名士万万没有想到的是，这个被刘惔用脚丫子夹住脖子的年轻人，后来成了南征北伐的枭雄，甚至差点成了一国之君。

一声叹息

刘惔是位名士，品行为世人称道，可是一喝了酒便管不住脚了。桓温本人武艺高强，又年轻气盛。当初桓温用弹弓打刘惔枕头的时候，刘惔可是勃然大怒。由此可见，桓温的度量还是大过刘惔的。

所以刘惔可别听王濛瞎咧咧，他是看热闹的不嫌事儿大，十五岁就敢手刃仇人三个儿子的桓温对你已经很客气了。

47

你个傻儿子

原文

王文度[①]为桓公[②]长史时，桓为儿求王女，王许咨蓝田[③]。既还，蓝田爱念文度，虽长大犹抱著膝上。文度因言桓求己女婚。蓝田大怒，排文度下膝曰："恶见文度已复痴，畏桓温面？兵，那可嫁女与之！"文度还报云："下官家中先得婚处。"桓公曰："吾知矣，此尊府君不肯耳。"后桓女遂嫁文度儿。

①〔王文度〕王坦之。

②〔桓公〕桓温。

③〔蓝田〕王文度之父王述。

直译

王文度在桓温手下任长史时，桓温为儿子求娶文度的女儿，文度答应回去和父亲蓝田侯王述商量。

回家后，王述因为怜爱文度，虽然文度长大了，也还是把他抱在膝上。文度便说到桓温求娶自己女儿的事。王述非常生气，把文度从膝上推了下去，说道："真是不善之见！文度我看你是又犯傻了，你是害怕得罪桓温吗?！他一个当兵的，你怎么可以嫁女儿给他家！"文度就回复桓温说："下官家里已经给女儿找了婆家。"桓温说："我知道了，这是令尊大人不答应呢。"后来，桓温的女儿便嫁给了文度的儿子。

演绎

看到儿子王文度掀了帘子进屋子里来，王述向他招了招手，一脸灿烂的阳光。

"文度，来来来，坐到这里来。"王述拍了拍自己的大腿。

虽然王蓝田已经是爷爷辈了，但是宠爱儿子的毛病却始终未改，和王文度谈论事情的时候还经常把他抱在膝上。自古都有宠溺孩子的家长，即使孩子已经长大成人也还抱在膝盖上，这个场景简直辣眼睛。

王文度已经有儿子和女儿，女儿也到了谈婚论嫁的年龄。他当时在桓温的手下担任长史的职位，有一天，桓温找他谈话，说自己的孩子也大了，想求娶他的女儿，两家结个儿女亲家。王文度没有当场答应，也没有立刻拒绝，犹豫不决的他决定回家和自己的父亲王述商议一下。

“父亲，有个事情和您商量一下。”王文度坐在父亲的膝盖上，吞吞吐吐地张了口。

“说吧，说吧。”王述的眼里满是慈爱。

“桓温大人想要我把女儿嫁给他家孩子，您看——哎哟喂……”王文度话还没有说完，整个人已经被王述推到地上了。

回头看去，王述的眼睛瞪得比鸡蛋还大，长长的胡子在粗重的鼻息中上下飞舞。

“你是不是又犯傻了?”王述指着坐在地上的王文度，声音像打雷，“怎么着，你和我商量?！难道你怕那个桓温吗？他就是个当兵的，你怎么可以把女儿嫁到他们家?”王述气哼哼地掀开帘子出去了，留下王文度坐在冰凉的地上，王文度半天没有回过神来。

第二天上班，王文度忐忑不安地回复了桓温：“不好意思，老大。我们家的女儿已经许配了人家，对不起了。”

桓温听了王文度的话，禁不住大笑：“别说了。这事儿你做不了主，是你爹王述的意思。老头子不肯，我知道。”

作为下属的王文度是老鼠钻风箱——两头受气。令人意外的是，行伍出身的桓温虽然没有娶到王文度的女儿做儿媳妇，但是他把自己的女儿桓伯子嫁给了王文度的儿子。桓温也是个拗脾气，非要与王家结一门亲事，你不嫁孙女，那我嫁女儿。

一声叹息

王述对儿子王文度疼爱至深，即使王文度已经为人父，王述也仍旧时常把他抱在膝盖上谈论事情。

从这件事情上我们可以推断出两点：一是王述老爷爷经常锻炼，体态强健，满身肌肉，即便年纪大了也能抱得动成年的儿子；二是或许王文度先生身形娇小，细胳膊细腿儿，体重不过一百斤。

但是王述老爷子脾气实在暴躁，刚才还对儿子疼爱有加，转眼就把他推倒在地，做他的儿子也不容易啊。

48

正气凛然地"磨洋工"

原文

太极殿始成，王子敬①时为谢公②长史，谢送版，使王题之。王有不平色，语信云："可掷箸门外。"谢后见王曰："题之上殿何若？昔魏朝韦诞③诸人，亦自为也。"王曰："魏阼④所以不长。"谢以为名言。

①〔王子敬〕王献之，字子敬。

②〔谢公〕谢安。

③〔韦诞〕曹魏时期的著名书法家。

④〔阼(zuò)〕国运。

插播

太极殿：三国曹魏时期，魏明帝在洛阳兴建宫殿，太极殿被视为皇宫的正殿，国家政治活动、元旦大朝、新皇即位、大赦改元、政治决策等重要活动都在太极殿内进行。三国时，中国形成了太极殿制度。之后，从唐宋起至明清时期，历代皇宫正殿皆为太极殿。据《晋纪》载，太元三年二月，内外军六千人始营筑，至七月而成。太极殿高八丈，长二十七丈，广十丈。

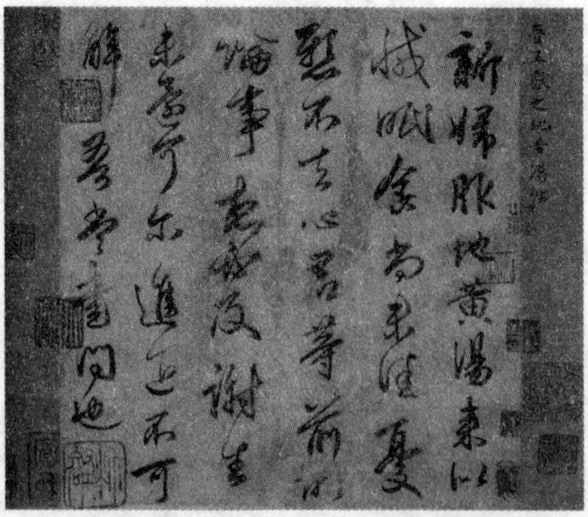

王献之书法作品《地黄汤帖》

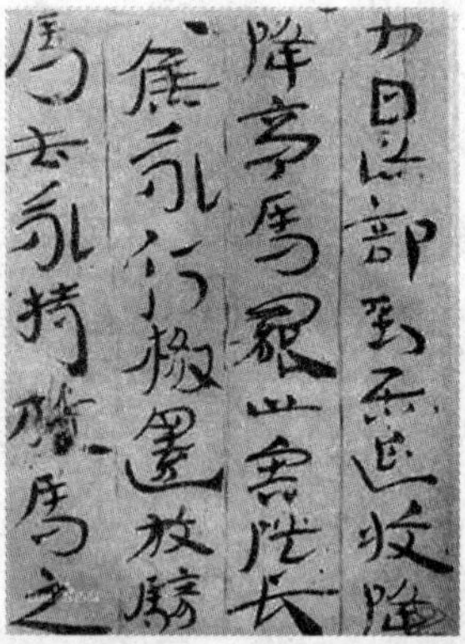

韦诞的书法作品

韦诞(179 年—253 年):字仲将,魏京兆(今陕西省西安市)人,太仆端之子,擅长各种书体,三国魏书法家、制墨家,官至侍中,有严重的恐高症。诸书并善,题署尤精。韦诞的书法特点是如龙盘虎踞、剑拔弩张。

韦诞凌空书写凌云台 (当代)苏文 作

直译

太极殿刚刚建成的时候,王献之那时正在谢安手下任长史一职。谢安派人送去牌匾让王献之题词,王献之脸上有不高兴的神色。他对来人说:“可以先扔到门外边。”

谢安后来问王献之:“上殿的匾额题写得怎么样了?以前魏朝韦诞他们这些人也都是这样做的。”王献之回答道:“这就是为什么魏朝国运不长久的原因。”谢安认为王献之所说是至理名言。

演绎

刚刚建好的太极殿,雕梁画栋,美妙绝伦。橘黄色的屋瓦在太阳底下闪着迷人的光芒,屋脊上蹲着的小鸟们昂着高傲的小脑袋。工人们正在收拾大殿内外的杂物和工具,谢安踱着方步走上台阶来。

负责监工的官员紧随其后,边走边讲:“大人,这个太极殿太元三年二月开始动工,截至今天,用时六个月,前前后后参与工程建设的工人有六千多人。”

谢安停下脚步,脸上露出一丝笑意:“太极殿观之巍峨,够大够威猛。”

监工直起了腰:“确实如同大人您说的一样。这太极殿高八丈、长二十七丈、广十丈。高到能看月亮,长到能赛马,广到能踢足球。”

一行人走到大殿门口,抬头看到悬挂牌匾的地方还是光秃秃的,谢安的脸马上晴转多云。

“上次你们给王长史送去牌匾了吗?这地方怎么还空着呢?”谢安的语气明显透着不耐烦,晴转多云马上要大到暴雨了。

“下官半个月前就已经派人把做好的牌匾送去了,可是……”监工开始支支吾吾起来。

“可是什么?快说!”谢安的眉头拧成了天津大麻花。

“王大人说——先丢到门口吧,有空了再说。”监工的脸上开始沁出一层汗来。

“哦?——来人,备车去王长史府邸。”谢安一甩宽大的袖子,径直奔王府而去。

谢安一行人到了王府。

到底是怎样的书法家这么牛？没错，他就是——“猛牛派”书法大家王献之。

谢安当时也是朝廷的高级官员，长史只是他手下的一个官职。对于领导安排的工作，这么吊儿郎当不当回事儿的，也只有书法家王献之干得出来。

谢安和王献之见了面，直接就问起了牌匾的书写问题，这么长的时间都没有按时完成工作任务，这是消极怠工，要扣工资、记大过的。

谢安斜视一下王献之，开了口：“小王啊，我让你题写的匾额咋样了，有没有完工啊？”

王献之回答道：“没呢，这个大匾还在我后厢房里锁着呢，大人放心，丢不了，太沉了，贼也背不动，呵呵呵……”

谢安这下子不淡定了：“以前魏朝的韦诞等名流们，他们也是这样亲自写匾额的，这是惯例，也是分内的工作，你咋就不上心呢？”

听到上司不高兴了，王献之倒是神色自若，他端起手边的茶啜了一口：“韦诞题写匾额的事情不假，但是把他吊在二十五丈高的空中，仰着头写数尺大字。脸上不知道滴了多少墨汁，嘴巴里不知道喝了多少墨水。碰上刮大风，他就整个身子悬空吊在空中乱转了，真以为他是蜘蛛侠吗？”

谢安没有吱声，王献之的嘴巴成了没有开关的收音机，继续吐槽：“魏朝建凌云台，没题字就把牌匾钉上了，韦诞被装在笼子里吊上去写。这三个字写完，他的头发、胡子都白了，整个人没剩几口气了。”

“完事了之后，韦诞是怎么给家人说的，你们知道吗？”说到这，王献之更激动了，见谢安没有回答，王献之继续说道，“‘宜绝此楷！’严戒子孙学习大楷榜书，甚至还把这条列入家令之中。”

王献之脸色凝重，说话的声音也低沉起来：“这就是为什么魏朝干不了几年就‘嗝屁’的原因。”

谢安听完王献之的话，频频点头，然后伸出一个大拇指：“高！实在是高！小王的这番话是至理名言，难能可贵。”

一声叹息

能把“磨洋工”说得这么正气凛然的，只有王献之。他把工作的性质上升到国家命运的高度，而且别人还觉得是至理名言。我也想给个赞：“高！实在是高！”

49

“小子”也是你叫的吗?

原文

王爽与司马太傅[①]饮酒。太傅醉,呼王为“小子”,王曰:“亡祖长史[②],与简文皇帝[③]为布衣之交。亡姑[④]、亡姊[⑤],伉俪[⑥]二宫。何小子之有?”

①〔司马太傅〕司马道子。

②〔亡祖长史〕王濛。

③〔简文皇帝〕司马昱。

④〔亡姑〕此处指王穆之

⑤〔亡姊〕此处指王法慧。

⑥〔伉俪(kàng lì)〕女子嫁人为妻。

插播

王爽:字季明,小名睹,东晋王恭之弟,官至侍中,赠太常。王爽后参与哥哥王恭起兵之事,兵败被诛杀。

王爽画像 (现代)朱永太 作

司马道子画像 (现代)朱永太 作

司马道子(364 年—402 年):东晋皇族,河内温县(今河南省温县)人,孝武帝之弟,简文帝之子。初封琅琊王，后改会稽王。淝水之战后，司马道子嫉妒谢氏的功业，罢了谢氏的兵权。太元十年(385年)，进位丞相。他和孝武帝都是酗酒无度的人，司马道子与其子司马元显背靠皇帝这棵"大树"，专事聚敛，奢侈无度，终于激起了孙恩起义。元兴元年(402元)，桓玄东下破建康(今江苏省南京市)，司马道子父子皆被杀。

直译

王爽跟太傅司马道子喝酒，司马道子喝醉了，称呼王爽"小子"。王爽说："我的先祖长史王濛，跟简文帝司马昱是布衣之交；我已故的姑姑、已故的姐姐，是哀帝、孝武两宫的皇后。这里哪有什么'小子'可言呢？"

演绎

满面通红的太傅司马道子似乎喝多了，尽管他的酒量还不错，经常陪着哥哥孝武帝推杯换盏。他拿起筷子往盘子里伸了几下也没能夹住碟子里油光光的红烧猪蹄。

司马道子索性把筷子一放，端起酒杯望着旁边的王爽，含糊不清地说："爽，爽啊……小子，来。你小子，把酒杯端……端起来，我和你再喝……喝……喝一杯，感……感情深，一口闷哈。"

听到太傅的话，王爽放下刚刚端起的酒杯，脸上也没有了刚才的笑容，表情十分严肃。

"太傅大人，"王爽开了口，"我故去的爷爷王濛王长史，与您的父亲简文帝是布衣之交，关系好得不得了。"

"还有已经不在人世的姑姑王穆之，是哀帝的皇后。"太傅放下了酒杯，王爽却不想停下来，而是继续说了下去。

"我的姐姐王法慧虽然在二十一岁的时候就去世了，但是她的身份也是高高在上的孝武帝的皇后。"王爽说话语速不快，字字句句清晰流畅。

"所以，太傅大人，在这一桌子上，哪里有什么'小子'呢？"说完这些，王爽端起桌上的酒杯，对着司马道子一饮而尽。

一声叹息

司马道子自恃位高权重，又是皇族，喝了点酒就大呼小叫地喊人家"小子"，同是晋朝豪门望族的王氏家族的人自然是难以接受的。论酒量，司马家还真不一定能匹敌会稽的王家，王爽提到的姐姐王法慧就是嗜酒如命的人。孝武帝也拿这个特别能喝的老婆没办法，把老丈人王蕴请过来劝诫一番，老婆才有所收敛。

所以，司马道子，你有什么可牛的？

50

帅哥，你是真雷人

原文

夏侯太初①尝倚柱作书。时大雨，霹雳②破所倚柱，衣服焦然，神色无变，书亦如故。宾客左右，皆跌荡不得住。

①〔夏侯太初〕夏侯玄，字太初。

②〔霹雳（pī lì）〕强烈的雷电现象。

插播

夏侯玄(209 年—254 年)：字太初，沛国谯县(今安徽省亳州市境内)人，三国时期曹魏玄学家、文学家、官员。夏侯玄少时有名望，仪表出众，博学多识，才华出众，尤其精通玄学，被誉为当时智商最高的“四聪”之一，与何晏等人开创了魏晋玄学的先河，是早期的玄学领袖。夏侯玄因为密谋诛杀当时的权臣司马师，事情败露，而被司马师杀害，并被夷灭三族。

夏侯玄的画像

霹雳：也叫落雷，是云和地面之间发生的一种强烈雷电现象。响声很大，能对人、牲畜、植物、建筑物等造成很大的危害。

直译

夏侯玄曾倚着柱子写信，当时正下大雨，雷电击裂他倚的柱子，衣服都被烧焦了，夏侯玄依然神色镇定，书写如故。左右的客人此时都东倒西歪，站立不稳。

演绎

夏侯玄是大家公认的学霸，小时候就十分勤奋好学。

学霸们有一个共性，就是一旦投入了自己的注意力，就雷打不动，即使泰山崩于眼前也不会眨一下眼睛。别以为这是夸张的说法，还真有这样经历的人。

关于夏侯玄，《世说新语》中是这样记载的："时人目之以为朗朗如日月之入怀。"翻译过来的意思就是：当时的人看到夏侯玄好像怀里揣着日月一样光彩照人。

历史上还有一个小插曲——魏明帝曾经让自己相貌不怎么好看的小舅子毛曾和夏侯玄并排坐在一起，结果当时的人这样评论：这是芦苇倚靠着玉树。这便是"蒹葭倚玉树"典故的由来。看来毛曾是躺了枪，魏明帝绝对是个坑舅子的好姐夫。

人长得帅也就罢了，关键是学习成绩还非常优异，一大批红眼病人坐不住了。

当时，魏国有四个远近闻名的学霸——夏侯玄、诸葛诞、邓飏、田畴，当时的人们称他们为"四聪"。夏侯玄帅哥排名第一，开创了魏晋玄学的先河。

有一天，又帅又好学的夏侯玄帅哥嫌屋子里太过闷热，就走出门靠在柱子上写文章。旁边还围着几个欣赏的客人，一个个摇着大蒲扇。不一会儿，瓢泼大雨忽然而至。

夏侯玄靠着柱子继续写，大雨一直下。

正在此时，天空突然响起炸雷，一道金光耀眼的闪电直接劈中了帅哥夏侯玄靠着的柱子。只见木头柱子顶端裂了开来，夏侯玄帅哥的衣服都被闪电烧焦了，发出刺鼻的焦煳味。

再看写作文的帅哥，虽然"小鲜肉"差点变成了"烤肉"，但他仍然面不改色心不跳，手握毛笔继续写。

旁边被闪电惊雷吓倒的众人，脸色苍白，纷纷捡起地上的蒲扇和麈尾退回屋里去。

夏侯帅哥开了口："别急，再写一段就写完了。"

一声叹息

坏人做了坏事才会被雷劈，夏侯玄帅哥被雷劈一定不是这个原因。那真相只能是一个——天妒英才。

闪电的温度在17000℃ ~28000℃之间，是太阳表面温度的 3 ~5 倍。夏侯玄没被雷烧得外焦里嫩，实在是万幸。

51

不听阿戎言，吃苦在眼前

原文

王戎七岁，尝与诸小儿游。看道边李树多子折枝。诸儿竞走取之，唯戎不动。人问之，答曰："树在道边而多子，此必苦李。"取之，信然。

插播

王戎(234年—305年)：字濬冲，琅琊临沂（今山东省临沂市白沙埠镇诸葛村）人，三国至西晋时期名士、官员，"竹林七贤"之一。王戎出身琅琊王氏，长于清谈，以精辟的品评与识鉴著称。和庾敳和和峤一样，王戎也是一个精打细算的守财奴，这个爱好也常常被其他六贤拿来开玩笑。

《高逸图》(局部)中的王戎　(唐代)孙位 作

李子：是蔷薇科李属植物，别名嘉庆子、布霖、玉皇李、山李子。其果实七八月间成熟，形态美艳，口味甘甜，是人们最喜欢的水果之一，世界各地都广泛栽培。

直译

王戎七岁的时候曾经有一次和同伴们一起出去游玩。

他们看到大路边上长着几株李子树，李子硕果累累，压弯了枝条。大家都跑过去摘着吃，唯有王戎站立不动。

有伙伴问他为什么不去摘，王戎回答："李子树长在人来人往的大路边，还有这么多的果子，味道一定是苦的。"

大家不信，摘下品尝，果然是苦的。

演绎

太阳高高地挂在天上，散发出白色的炽热的光，七月的天燥热异常。

七岁的小王戎蹑手蹑脚地溜出家门，叫上隔壁的狗蛋、毛头、小石头等一帮小伙伴们出去游玩。

几个小朋友边走边玩，不知不觉已经日上三竿。大家走得有些饥渴，可是周围也没便利店，想买瓶水也不可能。这时候，狗蛋指着前面大路边的林子大喊起来："快看，那边有果树。"

小伙伴们欢呼雀跃，撒腿就往路边的果树跑过去。

那是几株李子树。正值挂果的季节，满树黄色的李子挂满枝头，压得枝条都弯了下来。小石头像猴子一样，蹭蹭几下就攀上了树。

跑到树下的毛头回头一看，王戎还待在原地，像电线杆似的杵着一动不动。

毛头冲王戎大喊一声："快来啊，王戎，你个呆瓜，愣着干吗，快来摘李子吃啊。"

只见王戎摆了摆手，说："别傻了，这李子树长在人来人往的大路边，现在还能有这么多果子在，一定是苦李子。"

大家笑作一团，都觉得王戎是个呆傻。性子急的小石头扯过枝条摘下几个李子丢给树下的狗蛋和毛头，自己也挑了个大的塞到嘴里，就准备咬。

只见咬了果子的三个小伙伴，脸上都浮现出奇怪而痛苦的表情，然后开始张大嘴巴往外吐。

"呸！呸！呸！"毛头、狗蛋和小石头的五官都挤在了一起，恨不得把舌头都吐到地上去。几个人把手里的李子使劲地往地上一扔，用脚踩了个稀碎。

一声叹息

小王戎的逻辑思维强大无比，如果在现在，一定是个标准的理科男。

长大后的王戎预知未来的特异能力更加强大：他预见钟会叛乱失败；他劝导王衍善待孙秀，使王衍及时躲避了迫害；甚至预见他比较讨厌的并经常托病不愿意见面的族弟王敦日后也会引兵叛乱……

王戎，你真算得上是个"王半仙"了。

52

与老虎面对面

原文

魏明帝[①]于宣武场上断虎爪牙，纵百姓观之。王戎七岁，亦往看。虎承间[②]攀栏而吼，其声震地，观者无不辟易颠仆。戎湛然不动，了无恐色。

①〔魏明帝〕曹叡（ruì）。

②〔承间〕趁机。

插播

曹叡（204年—239年）：即魏明帝，字元仲，豫州沛国谯县（今安徽省亳州市境内）人。三国时期曹魏的第二任皇帝，魏文帝曹丕的长子。魏明帝在军事、政治和文化方面都颇有建树，但在统治后期大兴土木，扩充后宫，因此留下负面影响。此君爱养宠物，尤其喜欢体型庞大的猫科动物。

影视剧中的魏明帝曹叡

直译

魏明帝曾经在宣武场上用笼子关了一只大老虎，老虎被拔掉了尖利的爪牙，任老百姓围观看稀奇。

王戎当时只有七岁，也过去看了。

老虎瞅个机会攀住栏杆大声吼叫，大地都为之震动，围观的人四散逃开，有的甚至跌倒在地。

小王戎站立不动，脸上一点儿害怕的神色都没有。

演绎

许多人都有养宠物的习惯，电视上经常看到古时候的公子哥提笼架鸟，养老鹰、八哥什么的。平民百姓也会养小猫小狗，用来抓老鼠护院子。现在我们知道，在中东最有钱的地方迪拜，那里的有钱人还养狮子和老虎这些大型动物。其实，养狮子、老虎做宠物并不是迪拜的有钱人独创的，早在曹魏时期，任性的魏明帝曹叡就已经养老虎了。

魏明帝曾经命人抓了一只老虎，剪掉了它爪子上锋利的趾，拔掉了虎牙。老虎被关在宣武场的大笼子里，任由百姓参观，而且不收门票，全程免费。

尽管老虎被拔掉了爪牙，但是作为百兽之王的它余威仍在。

当好奇的人们围着笼子叽叽喳喳、评头论足地说个不休的时候，老虎不开心了。这么被人指指戳戳，它实在听不下去了。“老虎不发威，你当我是病猫”，于是，老虎趁人们不注意的时候，猛地扑到笼子的边上，用爪子攀住栏杆，大声吼叫起来。老虎的叫声如同响雷滚过，大地都为之震动。

毫无心理准备的观众顿时被吓得魂飞魄散，转身就跑，有的人甚至被吓得跌倒在地，尿了裤子。

唯有小王戎静静地待在原地，嘴里含着没吃完的棒棒糖，两只眼睛还盯着笼子里十分生气的老虎。他自言自语道：“哦，原来老虎真的会生气啊。”

接着，小王戎转过身，跨过一地凌乱的鞋子，不紧不慢地回家去了。

他并不知道，远处的高楼上的魏明帝曹叡带着惊异的表情，正命人去打听他的名字。

一声叹息

敢于和老虎如此近距离面对面的人不是眼瞎就是胆子大。

王戎显然是后者，泰山崩于前亦神色自若，一只老虎算什么？这种临危险之境地而处之泰然的表现正是魏晋时期大家追求和仰慕的高尚品行。人家王戎自小就能如此，这种勇敢看来是天生的。

53

打脸换来的答案

原文

王夷甫①尝属族人事，经时未行，遇于一处饮燕，因语之曰："近属尊事，那得不行？"族人大怒，便举樏②掷其面。夷甫都无言，盥③洗毕，牵王丞相④臂，与共载去。在车中照镜，语丞相曰："汝看我眼光，乃出牛背上。"

①〔王夷甫〕王衍，字夷甫。

②〔樏(léi)〕古代一种食器。

③〔盥(guàn)〕洗手或脸。

④〔王丞相〕王导。

插播

樏：古代一种盛食物的器具，像盘，中有隔挡。

西晋灰陶刻画云气纹樏

直译

王夷甫曾托一个族人办事，过了一段时间还没办。有一次，两人在宴会上相遇，王夷甫借机对他说："最近我让你办的事，怎么还没办？"族人听罢大怒，随即举起食器朝他脸上扔去。

王夷甫一句话也没说，清理洗漱后，就拉着王丞相一起乘车走了。在车里，王夷甫照着镜子对王丞相说："你看我的眼光，高过牛背之上。"

演绎

这桌菜非常丰盛，王夷甫和王导丞相一起参加了一个聚餐活动。手撕包菜酸辣带甜，南瓜饼金黄诱人，蔬菜沙拉淋着番茄酱，每个人旁边还有一碗鸡蛋紫菜汤。

看着对面喝得开心的王红雷，酒一杯一杯地干，王夷甫放下酒杯，犹豫再三还是把身子凑了过去。

“雷子，我之前跟你说的事情，你要放在心上啊。这么长时间了，没听到动静，你是不是都忘记了？”王夷甫到底还是有点儿不开心，语气里有些埋怨。

话音未落，王夷甫只觉着眼前一黑，一个巴掌大的物体从对面飞过来，撞到自己的脸上，“哐啷”一声掉在了地上。

低头一看，是雷子扔过来的一个饭盒。

抬头看去，对面醉醺醺的雷子瞪着一双通红的牛眼睛。王夷甫默默地站起来，把衣服上的青菜叶子捡干净，起身去了卫生间。

清理完毕，王夷甫挽着王导丞相的胳膊上了马车，飘然而去，再好的饭菜也不吃了。

在奔驰的马车上，王夷甫拿出一面镜子反复地照自己的脸，又拿出粉饼心疼地补了补妆。那个年头，颜值的重要性不用多讲，雷子这一砸，差点儿坏了王夷甫的招牌脸。

王夷甫一边对着镜子揉青肿的脸颊，一边对旁边的王丞相说：“茂弘，你说说看，我看人的眼光是不是高于牛背之上啊。雷子这种人，不能与他计较，要不然自己就俗了。”

王丞相默默递过来一个冰袋，不再说话。

一声叹息

据考证，樏的材质有木头的和陶制的。本文中，砸王先生脸的应该是木制樏，倘若换作陶制的，只怕王夷甫先生担心的不仅是脸面的问题，而且还有性命问题了。

王夷甫只是问一句话便招来砸脸的悲剧，看来，文中的王家人存在明显的性格缺陷。

54

不就是钱嘛，拿去

原文

刘庆孙[①]在太傅[②]府，于时人士，多为所构。唯庾子嵩[③]纵心事外，无迹可间。后以其性俭家富，说太傅令换千万，冀其有吝[④]，于此可乘。太傅于众坐中问庾，庾时颓[⑤]然已醉，帻[⑥]坠几上，以头就穿取，徐答云："下官家故可有两娑[⑦]千万，随公所取。"于是乃服。后有人向庾道此，庾曰："可谓以小人之虑，度君子之心。"

①［刘庆孙］刘舆，字庆孙。

②［太傅］指司马越。

③［庾子嵩］庾敳，字子嵩。

④［吝(lìn)］小气。

⑤［颓］意志消沉。

⑥［帻(zé)］古代的一种头巾。

⑦［娑(suō)］"三"字的转音。

插播

刘舆(265 年—311 年)：字庆孙，中山魏昌(今河北省无极县)人，西晋大臣，是当时闻名的名士，记忆力超好，很有计谋。他有一个弟弟叫刘琨，体力好，特别能打。

刘舆画像　(现代)朱永太 作

东海王太傅司马越画像　(现代)朱永太 作

司马越（？—311年）：字元超，河内温县（今河南省温县）人，西晋宗室，晋惠帝至晋怀帝时期权臣，“八王之乱”的主要参与者之一。在他死后，这场轰轰烈烈的皇族内讧终于结束。

直译

刘庆孙在太傅府上任职，在这期间，当时有名望的人很多被他构陷，摊上了麻烦。不过也有例外的，庾子嵩就不把心思放在世事上，使他没有空子可钻。

后来，刘庆孙就抓住庾子嵩生性吝啬而家境富裕这点，怂恿太傅向庾子嵩借千万钱，希望他表现得吝啬不肯借，然后在这里找到可乘之机。于是，太傅就在大庭广众之下向庾子嵩借钱，这时，庾子嵩已经醉醺醺的，头巾掉落在小桌上，他把头伸进头巾里戴上，慢吞吞地回答道：“下官家原来大约有两三千万，随您取多少。”刘庆孙很是佩服。后来，有人向庾子嵩谈起这件事，庾子嵩说：“这可以说是以小人之心，度君子之腹。”

演绎

“啪”的一声，一个青铜酒爵从桌上滚落下来，清冽的酒洒了一地。

“哈哈，大家看，子嵩又醉了。”酒席上有人大笑。

太傅司马越看着已经坐不稳的庾子嵩，眼睛一转，想起了前几日刘庆孙说的话。

“都说庾子嵩家财万贯，是个有钱人。可是他又是个吝啬鬼、铁公鸡。太傅不妨张口借他千万钱，看他怎么说。若借了还好，若是不借，得给他好果子吃，治治他的罪，让他吃不了兜着走。”

刘庆孙是太傅身边的红人，做事一丝不苟，日理万机还能有条不紊，而且记忆力超强。这个“超强大脑”给太傅减少了不少麻烦，所以乐得清闲的太傅大人很器重他。

人一旦手中有了权力，自然就轻飘飘起来。刘庆孙倚靠着太傅这座大山，自恃后台硬，老喜欢挑别人毛病，四处找事。当时，许多有名望的人都被他整治过，所以提到“刘庆孙”这三个字，黑白两道都得给面子。唯有一个人不理世事，刘庆孙居然一下找不到下手的地方。

他就是胖子庾子嵩。

不过，但凡是人就有爱好，有爱好就有缺点和短板。刘庆孙想找到收拾庾子嵩的短板，自然也不用太费力气。

因为庾子嵩爱财惜金，喜欢攒钱，不喜欢花钱。放在现在，这也是个好习惯。

于是太傅在刘庆孙的怂恿下，张了口：“子嵩，听说你家资殷富，保险柜有现金，银行有存款，经常玩股票，时常买基金。”太傅的脸上露出一丝诡异的笑，“庾卿，借我千万行不行，给你算利息。”

庾子嵩正醉得糊里糊涂，头巾都掉在案几上了，也不用手去捡拾，两手往案几上一撑，把发髻对着头巾拱上去。听完太傅一番话，他醉眼惺忪地转头说道：“没错，下官家……家……里太多的钱也没……没……有，两……两三千……万吧，太傅大人如有需要，尽管拿去，千万别……别客气。”

太傅和刘庆孙心里暗暗折服，于是，庾子嵩顺利逃过此劫。

庾子嵩可真不简单，醉眼看阴谋，心清涉险关。

后来，有人和庾子嵩谈起这件往事，他摆了摆肥嘟嘟的手，一脸的不屑：“以小人猜忌之谋虑，度坦荡君子之心。哼，这游戏我不玩了。”

一声叹息

庾子嵩在醉意中能猜度太傅和刘庆孙的阴谋，还能行云流水地化解危机于无形之中，这是晋朝时期官场的保命绝招。

幸好，庾子嵩的成绩是合格的，所以，他活下来了。

55

牛棚里的牛人

原文

褚公[①]于章安令迁太尉记室参军，名字已显而位微，人未多识。公东出，乘估客船，送故吏数人投钱唐亭住。尔时吴兴沈充为县令，当送客过浙江，客出，亭吏驱公移牛屋下。潮水至，沈令起彷徨，问："牛屋下是何物？"吏云："昨有一伧父[②]来寄亭中，有尊贵客，权移之。"令有酒色，因遥问："伧父欲食饼不？姓何等？可共语。"褚因举手答曰："河南褚季野。"远近久承公名，令于是大遽[③]，不敢移公，便于牛屋下修刺诣公。更宰杀为馔[④]，具于公前，鞭挞[⑤]亭吏，欲以谢惭。公与之酌[⑥]宴，言色无异，状如不觉。令送公至界。

①［褚公］褚裒（chǔ póu），字季野。

②［伧父（cāng fù）］中国古代吴中人对于中原人的蔑称。

③［遽（jù）］惊慌。

④［馔（zhuàn）］饭食。

⑤［鞭挞（tà）］用鞭、棍打人。

⑥［酌（zhuó）］倒酒、喝酒。

插播

褚裒（303 年—350 年）：字季野，河南阳翟（今河南省禹州市）人，东晋时期名士、外戚，康献皇后褚蒜子之父，晋康帝司马岳的岳父。他出行比较低调，经常着便装微服私访，知道他来头的人往往被吓一大跳。

褚裒画像 （现代）朱永太 作

沈充和他所铸的五铢钱，五铢钱又名“沈郎钱”

沈充(？—约324年)：字士居，吴兴武康人，晋代官员，出身于吴兴沈氏豪族，少习兵书，以雄豪闻于乡里，深得王敦器重，沈充和钱凤都是王敦的死党。后王敦阴谋篡位，约沈充共同起兵。沈充兵败后被旧将吴儒所杀。

沈充最著名的还不只是响应王敦造反，铸钱的行当也让他留名青史。沈充所铸大孔小钱，称“五铢”“五金”。钱呈圆形，有方孔，正面和背面都有外郭，外郭同文字一样高低，可保钱文不受磨损，钱重五铢(约3.33克)，铸有篆字“五铢”二字。东晋时，钱币很混乱，大的大，小的小：大钱叫“比轮”，意思是比得上车轮；小钱叫“小五铢”，是沈充铸造的，又叫“沈郎钱”。

直译

褚季野由章安县令升为太尉记室参军，当时褚公名气很大，但地位卑微，认识他的人不多。褚公坐了当时行商的贩船，和几个送行的下属半路在钱塘亭投宿。

当时，吴兴县令沈充送客正好经过浙江。因客人太多，褚季野等人被亭吏赶到牛棚睡觉。半夜，潮水上涨，声音太大，沈充无法入睡，起来散步的时候看见牛棚下有人，便问亭吏：“牛棚下是什么人？”亭吏说：“昨天有个粗野的中原人前来投宿，因为有您这样的尊贵客人下榻，我就让他改睡牛棚了。”

沈充当时喝多了酒，就对着牛棚喊：“伧夫，想不想吃饼子？你是什么人，我们聊聊可以吗？”褚公听到有人喊话就扬了扬手，说：“我是河南褚季野。”因为远近都知道褚公的名字，沈充大吃一惊，又不敢叫褚公移动地方，随即在牛棚款待褚公，并在褚公面前鞭打亭吏，表示赔礼道歉。褚公与沈充喝酒吃菜，淡然自若，言谈毫无异状，就像没事一样。之后，县令沈充一直送他到县界。

演绎

牛把头伸进石槽默默吃草，嘴里发出咯吱咯吱的咀嚼声。牛棚外边，是夜色中的钱塘江，潮水正在泛起，能听到一波又一波的潮起潮落声。

长夜漫漫，没有电视看。褚季野就坐在旁边的破床上和几个下属聊天，其中一个微胖的人满脸的怒色：“褚公，您看看这个钱塘亭的小吏，因为客人多就把我们赶到牛棚里住，也不分个先来后到。您是升任太尉记室参军，又不是贬官流放，何必隐瞒身份，受这等小人的窝囊气呢？”

其他几个人纷纷随声附和：“就是啊，褚公。我们搭乘这行商的顺风船，船家商人们也不知道您的身份。虽然之前褚公只是一县之主，可是您的名望已远播四方，无人不晓，这样悄无声息地走马上任是不是太低调了。”

褚公微微一笑:“诸位大可不必做此感想,县令也好,太尉记室参军也好,都是为人民服务,岗位不同罢了。再说,褚某虽有微名,也是大家错爱,又何必招摇过市、牛气冲天呢?”

众人正在牛棚里聊天的时候,屋外正有一个没有睡意的人在散步,他就是吴兴县令沈充。

因为送别一位客人,他路过浙江,夜宿在钱塘亭。沈充因为晚上涨潮的水声太大,竟然失眠了,于是走出屋外,散散步,解解晚宴上的酒意。

听到牛棚那边似乎有声音,沈充就问亭吏:“牛棚下面是什么东西?”

亭吏回答:“昨天有几个北方人前来投宿,赶上大人也来下榻,房间不够,我就把他们赶到牛棚里住了。”

“哦,北方人?”沈充打了个酒嗝。

“喂,北方人。”沈充冲牛棚那边大声喊了一嗓子,“要不要吃葱油饼啊,还有生煎包。你姓什么,来来来,过来聊聊天。”

“鄙人是河南褚季野。”听到沈充的喊声,褚季野站起身举手回应。

“哦,褚季野啊。”沈充听着名字有点耳熟。

“什么?! 阁下就是褚裒褚季野?!”沈充的酒当时就醒了一大半,脸上的汗唰地一下就下来了。

天哪,这个北方人竟然是少有盛名、与杜乂齐肩的褚裒褚季野!

沈充也不敢轻易让褚裒挪出牛棚,赶紧令亭吏杀鸡宰羊,备了一桌好酒好菜端到牛棚里。当着褚裒的面,那个眼皮子往上翻的亭吏被脱了裤子,屁股上结结实实地挨了一顿鞭子。再看褚裒,该吃吃,该喝喝,好像没有这回事儿一样。

第二天起床后,沈充一直把褚裒一行人送到县界方才告辞。

临走的时候,褚裒握着沈充的手说:“沈大人,其实牛棚也挺好的,既通风又凉快,还能和食草动物亲密接触,就是蚊子多了点。”

一声叹息

看人下菜碟的亭吏栽了,说话不怎么文明的沈充县令也差点栽了。在名士辈出的晋代,低调能自保。

褚季野这招微服潜行用了不止一次,后来他在吴中的金昌亭吃饭时也用了一回。当时,一群势利的上流社会人士对不认识的褚季野十分轻视。给的饭菜汁水多,干饭少,以至于褚季野最后都没吃饱。吃完了后,他掏出纸巾擦擦嘴巴,举手作揖:“俺是褚季野。”搞得在座的大腕们十分尴尬。

56

肚皮姻缘

原文

郗太傅[1]在京口[2]，遣门生与王丞相书，求女婿。丞相语郗信：“君往东厢，任意选之。”门生归，白郗曰：“王家诸郎，亦皆可嘉，闻来觅婿，咸自矜持[3]。唯有一郎，在床上袒腹卧，如不闻。”郗公云：“正此好！”访之，乃是逸少[4]，因嫁女与焉。

①［郗太傅］郗鉴。

②［京口］今江苏省镇江市。

③［矜持(jīn chí)］庄重、严肃。

④［逸少］王羲之，字逸少。

王羲之画像

插播

王羲之(303 年—361 年)：字逸少，汉族，东晋时期著名书法家，有“书圣”之称，琅琊(今山东省临沂市北部)人，后迁会稽山阴(今浙江省绍兴市)。历任秘书郎、宁远将军、江州刺史，后为会稽内史，领右将军。其善于隶、草、楷、行各体，广采众长，冶于一炉，摆脱了汉魏

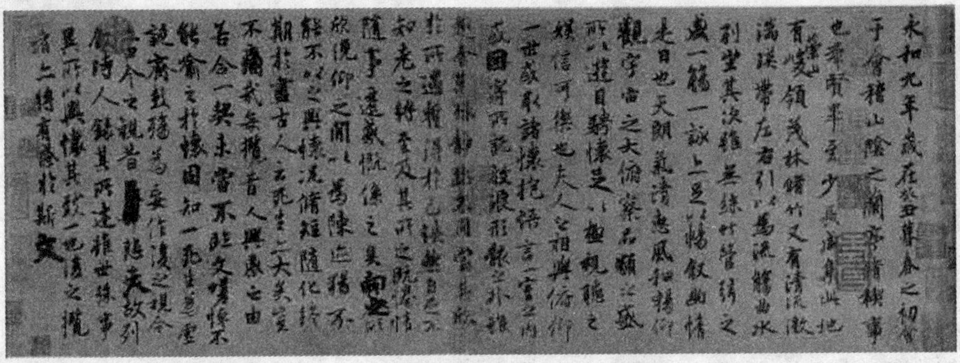

王羲之书法代表作品——《兰亭集序》，被誉为“天下第一行书”

笔风，自成一家，影响深远。风格平和自然，笔势遒美健秀。代表作《兰亭集序》被誉为“天下第一行书”。在书法史上，他与其子王献之合称为“二王”。王羲之到了谈婚论嫁的年龄，凭借家门的名气和“惊天一脱”，奇招取胜。

直译

郗太傅在京口，派一个门客拿着自己给王丞相的亲笔信到王府去，想要从王家为女儿选一个夫婿。

王丞相见过信后对这个门客说：“你到东厢房去任意挑选吧！”门客到东厢房看过之后，赶回郗府，对太傅说：“王丞相的各个儿子都值得夸奖。听说我为您选女婿，都故作姿态，以示不凡，只有一个年轻人，露出腹部躺在东床上，好像没听说有这回事似的。”郗太傅说：“就是这个公子最好。”太傅郗鉴询问调查之后，得知那人是王羲之，于是将女儿嫁给了他。

演绎

东厢房里热闹非凡，这让跨进门来的王羲之感到很意外。

只见这些公子哥们意气风发地踱步吟诗，倚窗做文章，有的还对着镜子梳理头发。

“啥情况，这么热闹？平日里也没见你们这么热爱学习啊。”王羲之皱起了眉头问。

王劭拿着麈尾，掩着嘴巴笑出声来：“逸少，这么大的事情你居然不知道？”

看着王羲之一脸的茫然，旁边憨厚的王荟走上前来。

“逸少，今天郗鉴大人遣门客面见丞相，并送来一封信。”王荟压低了声音，“你知道太傅大人家的千金郗璿吧，人家这是选女婿来了。”

郗璿是太傅郗鉴的掌上明珠，眉清目秀，聪明伶俐，而今妙龄待嫁，自然是“窈窕淑女，君子好逑”啊。更重要的是，郗鉴是太傅，乃当朝重臣，能让郗鉴大人当老丈人，无疑是攀了高枝，靠了大树，以后，仕途就可以青云直上了，想想都好激动。所以，王家的子弟们一个个梳洗打扮、描眉画眼，把过年压箱底的好衣裳都穿出来了。

“快点儿，你也回去换身衣服来，时间还来得及。”王荟拍了拍王羲之的肩膀，“快去吧。”

“我以为是多大的事儿呢，原来是选女婿啊，呵呵……”王羲之斜着眼睛瞅了瞅大家，甩着宽大的袖子走到房间靠东边的窗户下的床上坐了下来。

“真能装。”王羲之嘴里低声嘟囔着。

天气有点闷热，王家的公子们衣襟齐整，有的人后背都出汗了，却丝毫不敢怠慢和松懈。王羲之往床上一躺，扯开了衣服，露出白花花的肚皮。

“啊——，还是这样凉快。”他心满意足地抚摸着光溜溜的肚皮，不一会儿，竟然睡着了。

看着酣睡的王羲之，其他人都忍不住捂着嘴偷偷笑了。大家都在想，这下子，最起码少一个竞争对手，多了一份胜算。

此时，郗鉴家的门客奉了太傅大人之托，也得到了王导丞相的批准，正趴在窗户上窥探王家这些才华横溢、玉树临风的帅哥才子们。当然，那个睡着了的王羲之也被门客看在眼里。

门客趴在窗户上一番审视，谢过王丞相后，就回了郗府。

“大人，王家的人果然名不虚传。近日在东厢房看到王家的众弟子，真如他人所言，见王家之子，琳琅满目，实在是百闻不如一见。到了王府才知道，那些王家弟子一个比一个帅，哦，不！一个比一个漂亮。听说我此次是为您选女婿，他们都精心打扮，举止矜持，有的还有些拘谨、不好意思。”门客说到这里，陶醉地眯上了眼睛。

郗鉴听到这些，频频点头，满意地捻着胡须。

“但是，唯有一个人行为异于他人，让属下十分费解，至今没有答案。”门客的眉头忽地皱起来，“他就躺在靠东面窗户的床上，好像没这回事儿一样。关键是，关键是……”门客说到这里，欲言又止。

郗鉴听到这里，放下手里的茶杯：“说说看，关键是什么？”

“关键是他睡着了，还袒胸露乳，这，这成何体统？在举止得当、温文尔雅的王家众弟子中，这简直是一朵盛开的奇葩。”说到这里，门客满脸的不可思议。

哪知道郗鉴听到门客的描述后居然大笑起来：“哈哈哈哈……奇葩？”

“快去帮我问问，那个‘袒腹东床’的是王家的哪个公子。处事不惊，坦诚率真，我看哪，这个肚皮里或许另有乾坤，哈哈……”

经过进一步了解，郗鉴知道了那个露出肚皮、睡觉不盖被子的年轻人就是王旷家的公子王羲之，他十分开心。因为王羲之七岁的时候书法已经远近闻名，青年王羲之更是文雅豁达、神采飘逸，是王家颇具才华的“一枝花”。

就这样，太傅郗鉴便将女儿郗璿嫁给了他。郗璿为王羲之家里一气儿生下了七个儿子、一个女儿，为王家的人丁兴旺立下了汗马功劳。

王家其他的子弟们辛辛苦苦白忙活了一场，王羲之这个最没有可能的人竟然中了头奖，让人好生羡慕。于是，“袒腹东床”“东床快婿”这些成语流传至今，为人津津乐道。

一声叹息

光着肚子无罪，睡觉还挺有理。这种相亲见面会上的大胆举动也就是在特立独行的晋代才有，放在今日，王羲之光着膀子上《非诚勿扰》，估计当即全场灭灯。

57

二弟，你太二了

原文

周仲智①饮酒醉，瞋目②还面谓伯仁曰："君才不如弟，而横得重名！"须臾，举蜡烛火掷伯仁。伯仁笑曰："阿奴火攻，固出下策耳！"

①〔周仲智〕周嵩，字仲智。

②〔瞋目(chēn mù)〕瞪大眼睛表示愤怒。

插播

周嵩(？—324年)：字仲智，汝南安成(今河南省汝南县)人，周顗之弟。此君脾气直爽、暴躁，时不时还殴打同事，有时候亲哥哥他也不放在眼里。

直译

周仲智喝酒喝醉了，瞪着眼扭着头对他哥哥周伯仁说："你才能比不上我，却凭空获得大名声！"

接着，他举起点着的蜡烛扔向伯仁，伯仁笑着说："阿奴用火攻，的确是用的下策啊！"

演绎

伯仁拿起茶壶，倒了一杯铁观音，放到仲智的案几上。

"二弟，你又喝多了。喝点儿茶吧，正宗安溪铁观音。"

侧卧在席子上的仲智扭过头来，瞪着铃铛一样的布满红血丝的眼睛。

"谁……谁说我喝……喝多了？白……白的，啤……啤的，红……红的，还……还有洋的，我是来……来者不拒，样样有……有……戏。"

周家老二喘着粗气，面前案几上的蜡烛都被搅动得忽明忽暗。

"老大，说……实话，论酒，你喝……喝不过我；论本事，你……你也不如我，我就纳闷了，你凭……凭什么横得这……这……这么大的名气，我就得屈居你后……后面？”仲智的眼睛瞪得快要跳出眼眶。

伯仁还没接上话，就看见仲智随手揪起案几上的蜡烛，“呼”地一下朝伯仁扔了过去。

只见伯仁摇身一闪，蜡烛“啪”地一声掉到了席子上。

“你这个家伙用火攻，真是下策啊。”

伯仁微笑着摇了摇头：“老二，你这么二，还好意思说我本事不及你？”

一声叹息

什么酒都好，可不要贪杯啊。

伯仁厚道，闪躲腾挪的功夫比较好。仲智性格急躁，能喝酒，爱打架，一言不合就开撕。周老二在朝廷里打同僚，在家里又和哥哥干仗，这个暴脾气就好比火药桶，不过，倒也直率得可爱。

58

捉虱子捉出个官

原文

顾和[①]始为扬州从事。月旦当朝，未入顷，停车州门外。周侯[②]诣丞相[③]，历和车边。和觅虱[④]，夷然不动。周既过，反还，指顾心曰："此中何所有？"顾搏虱如故，徐应曰："此中最是难测地。"周侯既入，语丞相曰："卿州吏中有一令仆才。"

①〔顾和〕字君孝。

②〔周侯〕周顗，字伯仁。

③〔丞相〕指王导。

④〔虱(shī)〕寄生在人、畜身上的小昆虫。

插播

顾和(288年—351年)：字君孝，吴郡吴县(今江苏省苏州市)人，东吴荆州刺史顾容曾孙、侍中顾众族子，晋朝官员。顾和为王导所赏识，多次升迁，后迁任散骑侍郎、尚书吏部，在所有任上都很称职。

《搏虱如故》（现代）徐乐乐 作

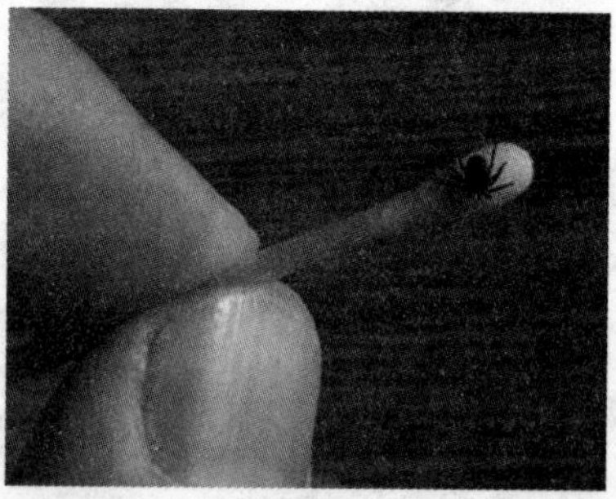

吸满血的虱子

虱子：寄生在温血动物体上的各种无翅且通常扁平的小昆虫。虱子呈浅黄色，或灰白、灰黑色，头小，腹大，吸食血液，能传染疾病。

直译

顾和当初任扬州州府从事的时候，初一该觐见长官了，他还没有进府，暂时在州府门外停下车。这时，武城侯周顗也到丞相王导那里去，从顾和的车子旁边经过，顾和正在抓虱子，安闲自在，没有理他。周侯已经过去了，又折回来，指着顾和的胸口问道："这里面装些什么？"顾和照样掐虱子，慢吞吞地回答道："这里面是最难捉摸的地方。"周侯进府后，对王导说："你的下属中有一个可做尚书令或仆射的人才。"

演绎

马车在州府门口停下来，因为要觐见长官，新任扬州从事顾和今天出门特意来早了一点儿。

两根油条、一碗豆浆，顾和的早餐简单却可口。这时候，他坐在马车上打着嗝，沐浴着早晨温暖的阳光，掀开衣服领子，把手探进去，开始认真地捉虱子。

什么？捉虱子?!

是的，捉虱子，不要大惊小怪。魏晋时期，大家都喜欢服用一种叫"五石散"的东西。由于服用太多丹药且服用过于频繁，他们的体温容易升高，所以不能穿太紧身的衣服，否则会磨破皮肤。同时，又因为人们长期穿着旧衣服，而且因皮肤问题不能常洗澡，所以小虱子们就应运而生。于是在那个时期经常可以见到这一幕：大家坐在一起聊天，一边说一边把手伸到衣服里捉虱子，席间时常会传来指甲掐虱子的清脆的"哔哔啵啵"声。

服用"五石散"是当时的流行时尚，地位一般、级别太低的人还没资格服用，或者消费不起。所以，"扪虱而谈"是级别比较高的对话模式，大家见了面不从身上捉几只虱子出来，都不好意思说自己是上层人士。

顾和歪在马车旁悠然自得地捉虱子，这时，有个人从车子旁边经过，往王导丞相的府邸走过去。来人是周侯周伯仁，也要去见王导丞相，正好经过顾和的车子。顾和看到周侯走过去，没抬眼，也不作声，继续捉虱子。

已经走过去的周侯折返回来，站在顾和面前问道："忙着哪？"

顾和正捉得认真仔细，也不回答，只是点点头。

周侯又用手指指着顾和的胸口问道："这里面装的是什么啊？"

顾和用手指甲掐住一只虱子使劲一摁，发出一声清脆的响声。他头也不抬，不紧不慢地说："这里面是最难琢磨的地方，深浅难测啊。"

见了王导丞相之后，周侯万分感慨："王丞相啊，您的下属中有个能人啊。按照他的本事，他至少可以做到尚书令或仆射的职位。"

一声叹息

周侯的预言在顾和后来的人生中得到了应验。曾被顾荣称作顾家"麒麟"的他,后来被丞相王导赏识,多次升迁,迁至司徒左曹掾、主簿、司徒掾;太宁初年,升任太子舍人、车骑参军、护军长史等;最终升任散骑侍郎、吏部尚书。这一切或许都源于那个捉虱子的早晨吧。

59

手头功夫堪忧

原文

庾太尉[1]与苏峻[2]战，败，率左右十余人，乘小船西奔。乱兵相剥掠，射，误中舵工，应弦而倒。举船上咸失色分散，亮不动容，徐曰："此手那可使著贼？"众乃安。

①〔庾太尉〕庾亮。

②〔苏峻〕当时的叛乱之臣。

插播

苏峻（？—328 年）：字子高，长广郡掖县（今山东省莱州市）人，晋朝将领、叛臣。苏峻既是朝廷命官，又是流民统帅。西晋末年，苏峻纠合流民数千结垒自保，后率众南渡，被元帝任为鹰扬将军。因破王敦功，而拜为冠军将军、历阳内史。苏峻拥精兵万人，庾亮执政时解除了苏峻的兵权，征为大司农。他于咸和三年（328 年），以讨庾亮为名，与祖约起兵反晋，攻入建康（今江苏省南京市），大肆杀掠并专擅朝政。不久，温峤、陶侃起兵讨伐，苏峻战败被杀。

苏峻画像　（现代）朱永太 作

直译

太尉庾亮率军和苏峻作战，被打败了，带着十几个随从坐小船往西边逃去。这时，叛乱的士兵正抢劫百姓，小船上的人用箭射贼兵，失手射中舵工，舵工随即倒下了，全船的人都吓得脸色发白，想逃散。庾亮神色自若，慢慢说道："这样的手怎么可以用来杀贼？"大家这才安定下来。

演绎

浓烟四起的建康城外，靠近岸边的江面上散布着船只，水面已经被鲜血染红，漂着士兵和百姓的尸体，江面上还有零星的对战，不时响起骇人的惨叫声。

一只小船离岸仓皇向西驶去，船上载有十几个人，个个面容惊惶，没有血色。

小船的后面有一艘苏峻叛军的船，他们在抢完民船后发现了正在逃离的这只小船，于是调转船头，穷追不舍。眼看着越来越近，船上叛军们龇牙咧嘴的样子都看得一清二楚了。逃跑的小船上划船掌舵的船夫们把吃奶的力气都用上了，一个个划得胳膊抽筋，却还是拼不过追赶的船只。

“太尉，我们该怎么办，叛军要追上来了。”船上的人对一个相貌俊美的男子大声喊道。

此男子正是此次征伐苏峻失败的太尉庾亮。他命令左右的侍卫弯弓搭箭，试图射退追兵。

侍卫们哆哆嗦嗦地从箭筒里拔出箭，搭弦便射。或许是临场实战经验不足，侍卫们来不及瞄准，搭箭就射，慌乱中只听得弓弦一响，有人闷哼一声，应声倒下，掉进了江里。

听到众人一阵惊呼，射箭的侍卫睁大了眼睛。这时候他才发现，刚才站在船尾的舵工不见了。原来，那一箭不偏不倚，正好射中了舵工。可怜他逃过了叛军，却死在了自己人的手里。

船舱里的人们都紧张得发抖，唯有庾太尉微微一笑，他用手中的麈尾指着侍卫，不急不慢地说道：“就这手上功夫，如何杀贼兵？”

看到如此淡定的庾太尉，船上的人这才稍稍安定下来。侍卫重新弯弓搭箭，终于射退了追赶的敌人，成功突围。

一声叹息

庾太尉面色自若，谈笑间内衣湿了一大片，当然，这是别人都看不到的。

60

演砸了的“马戏”

原文

庾小征西[①]尝出未还。妇母阮是刘万安妻，与女上安陵城楼上。俄顷，翼归，策良马，盛舆卫[②]。阮语女：“闻庾郎能骑，我何由得见？”妇告翼，翼便为于道开卤簿[③]盘马，始两转，坠马堕[④]地，意色自若。

①〔庾小征西〕庾翼，字稚恭。

②〔舆卫(yú wèi)〕车舆和卫兵。

③〔卤簿(lǔ bù)〕古时候的仪仗队。

④〔堕(duò)〕掉下来。

插播

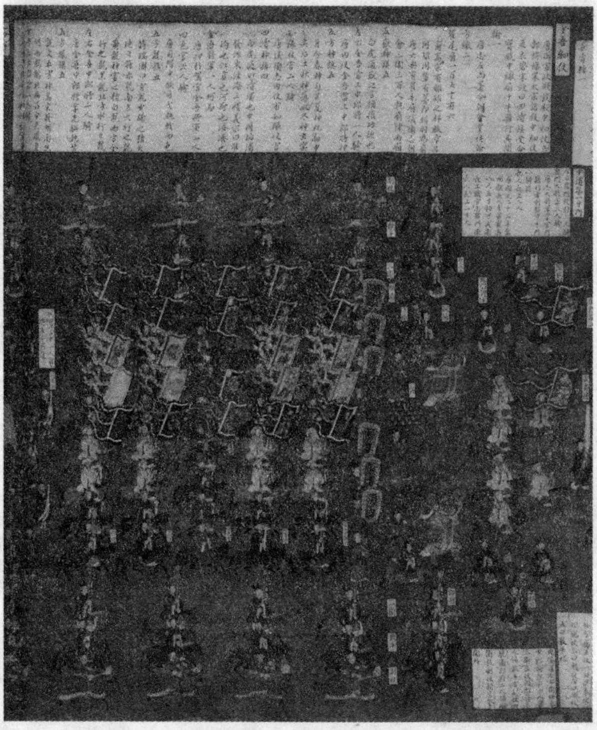

现藏于中国国家博物馆的《大驾卤簿图书》(局部)　(北宋)佚名 作

卤簿:中国古代皇宫的仪仗队,规模庞大,气势威严。汉代蔡邕《独断》卷下记载:“天子出,车驾次第,谓之卤簿。”汉代以后,后妃、太子、王公大臣皆有卤簿,各有定制,卤簿已经不再为天子所专用。

《大驾卤簿图书》(局部)中威严的仪仗队

直译

征西将军庾翼有一次外出,很久都没有回来。他的岳母阮氏是刘万安的妻子,和女儿一起上安陵城楼观望。不一会儿,庾翼回来了,骑着高头大马,带领着浩大的车马卫队。阮氏对女儿说:“听说庾郎会骑马,我怎能见到?”庾翼的妻子于是告诉了庾翼,庾翼就为丈母娘在道上摆开仪仗,骑着马驰骋盘旋,刚转了两圈,就从马上摔了下来,可是他神色泰然自若。

演绎

站在安陵城楼上往远处看去,只有灰青色的连绵起伏的山,蜿蜒于城外的路上也看不到有什么行人。

刘万安的妻子阮氏回身摸了摸身边女儿的头,安慰道:“闺女,你丈夫庾翼此次出征,虽然会有凶险，但他一定可以逢凶化吉、安全归来，放心吧，不会有事的。”

不久，城外的大路上出现了一队人马，往城门处行进过来，正是庾翼的车队回来了。只见丰仪秀伟的庾翼穿着锦袍，骑着高头大马，身后浩浩荡荡的车马仪仗队布列整齐，格外有气势。

俗话说，丈母娘看女婿，越看越欢喜。阮氏频频点头，脸笑成了一朵盛开的菊花。她对女儿说：“听说庾郎擅长骑马，驭马之术了得，我从未见过，能不能让我开开眼界啊。”

庾翼听完妻子传达的丈母娘的心愿，翻身上马。这是个向丈母娘献殷勤的绝好机会，也是展示自己高超水平的契机。庾翼于是就在城楼下面的大道上摆开了仪仗队，然后策马奔腾，跑起了圈。

庾翼的坐骑跳起了舞步，蹦恰恰、蹦恰恰……

城楼上，庾翼的妻子和岳母高兴地合不拢嘴。

不料此时，入戏正深的庾翼竟然一不小心从马背上跌落下来，啃了一嘴泥。

城楼上的妻子和丈母娘发出一阵惊呼。庾翼从地上站了起来，拍了拍身上的尘土，吐出嘴里的泥和青草，冲城楼上大喊一声：“这一次不算，可以重来。”

一声叹息

庾翼在最重要的一次表演中演砸了。当然，这不是他第一次在关键时刻掉链子。以前做荆州刺史的时候，他好心送一把毛扇给武帝，武帝却觉得那扇子是旧的，要不是侍郎刘劭在旁边帮腔，估计庾翼要“吃不了兜着走”了。

历史上因为坠马而遭受惨痛后果的人不在少数，梁怀王和北齐孝昭帝高演就是坠马而死的；《水浒传》中的关胜也因醉酒坠马而死。从小在马背上长大的游牧民族的英雄们也有难逃厄运者。据蒙古人撰编的《元朝秘史》（卷十四）记载，1226 年秋，一代天骄成吉思汗在围猎时，其坐骑受惊导致成吉思汗坠马跌伤。次年，不治。

在现代，拍戏时坠马受伤者也有很多，如演员刘德华、林志玲。

61

"肌肉男"蔡二公子

原文

支道林①还东，时贤并送于征虏亭。蔡子叔②前至，坐近林公。谢万石③后来，坐小远。蔡暂起，谢移就其处。蔡还，见谢在焉，因合褥举谢掷地，自复坐。谢冠帻④倾脱，乃徐起，振衣就席，神意甚平，不觉瞋沮。坐定，谓蔡曰："卿奇人，殆坏我面。"蔡答曰："我本不为卿面作计。"其后，二人俱不介意。

①〔支道林〕支遁，字道林。

②〔蔡子叔〕蔡系，字子叔。

③〔谢万石〕谢万，字万石。

④〔帻(zé)〕头巾。

插播

支遁(314 年—366 年)：字道林，世称支公，也称林公，别称支硎，本姓关，陈留(今河南省开封市境内)人，东晋高僧、佛学家、文学家。他精通佛理，有诗文传世。支遁的倾慕者，如晋哀帝、大丞相谢安以及曾写下"天下第一行书"的王羲之等，都是大人物。

中国邮政发行的邮票上印有唐代韩干所绘的《神骏图》，《神骏图》讲述了支遁爱马的故事

谢万(320 年—361 年)：字万石，陈郡阳夏(今河南省太康县境内)人，东晋名士，谢安之弟。谢万在担任司徒府掾属时，曾与兄长谢安等四十二人一同参加兰亭雅集，并在会

上赋诗一首。其人有文采，但没什么气度，太把自己当回事儿。

谢万石画像

蔡子叔画像

蔡子叔：蔡系，字子叔，东晋晋阳（今山东省菏泽市定陶区西北部）人，蔡谟家的二公子，能写文章，经常健身，一身肌肉。

直译

支道林要回到剡县沃洲山，当时，名流们都到征虏亭送行。蔡子叔先到，就坐到支道林身边；谢万石后到，座位稍远些。蔡子叔暂时离开，谢万石就移坐到他的座位上。蔡子叔回来，看见谢万石坐在自己位子上，就连坐垫一块抬起把谢万石扔到地上，自己再坐回原处。谢万石的头巾和帽子都歪了，落到了地上，谢万石于是慢慢爬起来，拍干净衣服，回到自己座位上去，神色很平静，看不出他生气或颓丧。谢万石坐定后，对蔡子叔说："你真是个怪人，差点儿碰破了我的脸。"蔡子叔回答："我本来就没有替你的脸打算。"后来，两个人都不介意。

演绎

高僧支道林交游甚广，与当时的许多知名人士都是好朋友，包括当时的晋哀帝。这次他应哀帝邀请，在京城建康住了好长一段时间，可是还是不喜欢京城的喧嚣，决意要回东边的沃洲山。听到这个消息，当时的一帮名士都到征虏亭送行。

司徒蔡谟的二公子蔡子叔来得比较早，抢了个好位置，坐到了偶像支道林的旁边，那可是要签名、拍合影的好位置。来得晚的只能坐到外围比较远的位置，比如谢万石。当时在场的人个个都是有身份、有名气的大人物，所以即便谢万石是太傅谢安的弟弟，也得讲究先来后到。

坐了一会儿后，蔡子叔离座上厕所。谢万石远远看着，心里大喜：天赐良机！于是他赶紧拿着自己的坐垫坐到了蔡子叔的位置上，两眼含情脉脉地看着偶像支道林，心情无比激动。

谢万石正激动得满眼泪花的时候，蔡子叔回来了。当他发现自己的座位居然被谢万石趁机占据时，气得眼睛都绿了。

蔡子叔于是快步走上前，弯腰把谢万石连同屁股下的坐垫一起举起来，“砰”地一声丢在地上。蔡二公子拿过自己的坐垫，重新坐回座位上，还不忘记撸起袖子，露出胳膊上疙疙瘩瘩的肌肉。

趴在地上的谢万石头巾掉了，衣服乱了，坐垫也掀在了一边，他扶着腰愣是半天没起来。几分钟后，他才慢慢地坐了起来，整理好衣服后，坐到垫子上，脸上居然没有恼怒或者沮丧的表情。

“伙计，你这个家伙真是奇葩。”谢万石摸着自己的脸，对蔡子叔说，“你知道吗？这一下差点碰坏了我的脸。”

“嗤——”蔡子叔从牙缝里来了一声，“我压根儿就没有考虑你的脸！”

看着蔡子叔结实的肌肉，谢万石张了张嘴，咽下了要说的话。

“要不是打不过你，我早就……”关于谢万石的内心活动，此处省略一万字。

一声叹息

一场送别差点上演全武行，看来在魏晋时期，占上风的也不总是风姿绰约的“宛若仙人”，直接干脆的“肌肉”男也有市场啊。

62

老七，你是要火的节奏啊

原文

王子猷①、子敬②曾俱坐一室，上忽发火。子猷遽走避，不惶取屐；子敬神色恬然，徐唤左右，扶凭而出，不异平常。世以此定二王神宇。

①〔王子猷〕王徽之，字子猷。

②〔子敬〕王献之，字子敬。

插播

王徽之（338 年—386 年）：字子猷，东晋名士、书法家，“书圣”王羲之第五子。曾历任车骑参军、大司马参军、黄门侍郎，但生性高傲、放荡不羁，对公务并不热忱，有班不好好上，有工作不好好做，时常在工作日东游西逛，后来索性辞官，住在山阴（今浙江省绍兴市）。

王子猷酷爱竹子，曾有名言：“不可一日无此君。”

王子敬即王献之，是王子猷的弟弟，其知名度比他不拘小节的五哥高多了。作为中国小学生练字的第一偶像，他在儿童连环画中也是主角之一。

直译

王子猷和子敬曾经同坐在一个房间里，忽然房顶上起火了。子猷急忙逃跑，慌得连木鞋也来不及穿，子敬却神色安然，慢悠悠地叫随从来把他扶出去，同平时一样。世人就此事评定二王气度的高下。

演绎

“书圣”王羲之有七个儿子，其中，老五叫王徽之，字子猷；老七叫王献之，字子敬。兄弟七个当中，属这兄弟俩关系最好，他们经常在一起吃喝玩乐。

有一天，哥俩又聚在一起聊天，从家长里短到时事要闻，无话不谈。

王徽之生性高傲、放荡不羁，是当时著名的资深“驴友”。他最大的爱好就是游山玩水，最不感兴趣的就是做公务员。王献之不像五哥那样，虽然也赋闲在家，不想当官，可仍然气度不凡，举止雍容。

王徽之正盘腿坐在席子上和王献之聊得起劲儿，嘴角起白沫，谈到开心之处，干脆四仰八叉地往席子上一躺。

这一躺不要紧，王徽之盯着头上的房顶，突然“啊”的一声坐了起来。

“老七，快、快跑！”王徽之脸色都变了，手指着房顶，话都说不连贯了。

王献之端着茶杯正在品茶，听到五哥的喊声，鼻子里隐约也闻到了木头烧焦的味道。

不好，着火了！

只见王徽之从床上爬起来，提起袍子，一个箭步蹿到了门口。这一套逃跑的动作十分标准、流畅，简直一气呵成。

火苗在房上熊熊燃烧，火势越来越大，浓烟开始在屋子里弥漫开来，王献之挪了挪屁股，从床上站起来，穿上木屐。不紧不慢地喊了一声：“来人哪，扶我出去。”

王献之在两个随从的搀扶下，晃晃悠悠地从屋子里走了出来，看到站在院子里的五哥，把手里的鞋往他面前一扔：“五哥，你忘记穿鞋了。”

这个事情传出去之后，王献之的大名街巷皆知，一场大火让王老七彻底火了一把。

一声叹息

老七王献之不急不缓地起身、穿鞋，左右搀扶出屋这一套慢动作，和老五王徽之形成了鲜明的对比。如果不是因为吓得腿软了才要搀扶的话，老七王献之的临危不惧也称得上气度非凡。

63

其实我就是为了蹭饭

原文

羊绥第二子孚[①]，少有俊才，与谢益寿[②]相好，尝蚤[③]往谢许，未食。俄而王齐、王睹来。既先不相识，王向席有不说色，欲使羊去。羊了不眄[④]，唯脚委几上，咏瞩自若。谢与王叙寒温数语毕，还与羊谈赏，王方悟其奇，乃合共语。须臾食下，二王都不得餐，唯属羊不暇。羊不大应对之，而盛进食，食毕便退。遂苦相留，羊义不住，直云："向者不得从命，中国[⑤]尚虚。"二王是孝伯两弟[⑥]。

①［孚］羊孚，字子道。

②［谢益寿］谢混，字叔源，小名益寿。

③［蚤（zǎo）］通"早"。

④［眄（miǎn）］斜视。

⑤［中国］腹中。

⑥［孝伯两弟］王恭的兄弟王齐、王睹。

插播

羊孚：字子道，泰山南城（今山东省费县西南部）人，东汉羊绥之次子，东晋官员、文人。历太学博士、兖州别驾，桓玄为太尉，以为记室参军。自幼才华横溢，长相俊秀，巧于文章，爱蹭饭。

俊美又有才华的羊孚是《世说新语》中频频露面的主角

谢混风姿俊美、才华横溢，有"风华江左第一"之美誉

谢混(？—412 年):字叔源,小字益寿,陈郡阳夏(今河南省太康县境内)人,东晋名士、官员,太保谢安之孙,会稽内史谢琰第三子,累官至尚书左仆射。谢混年轻时颇有美誉,娶了晋陵公主为妻。他善写文章,被当时的人们称为珍贵的“猪颈肉”。东晋时期,经济比较落后,猪肉是极为宝贵的珍馐,一般人家吃不起。猪脖子上的肉更受追捧,被称为“禁脔”,皇家专享。

直译

羊绥的次子羊孚,少年时就才智出众,和谢益寿关系很要好。

有一次,羊孚一大早就到谢家去,还没有吃早饭。不一会儿,王齐、王睹也来了,他们原先不认识羊孚,面对酒席有点不高兴,想让羊孚离开。羊孚心里很明白,看也不看他们,只是把脚搭在小桌子上,旁若无人地吟诗咏词。谢益寿和二王寒暄了几句后,就与羊孚对谈起来。二王方才体会出羊孚的不同一般,这才和他一起说话。不一会儿上菜了,二王都顾不上吃,只是不停地劝羊孚吃喝。羊孚也不大搭理他们,只顾大吃特吃,吃完就要告辞。二王苦苦挽留,羊孚决意不肯留下,直截了当地说:“刚才我不能顺从你们的心意马上走开,只不过是因为我肚子还是空的。”二王是王恭的两个弟弟。

演绎

“益寿,有没有什么吃的啊,我没有吃早餐呢。”羊孚推开谢家的大门喊道。

谢益寿看到好朋友羊孚来了,就去吩咐下人到后厨去做早餐。不一会儿,门口又走进来两个人。羊孚抬头一看,不认识。

进来的两个人也是谢益寿的朋友——王齐和王睹。他俩看见屋子里坐了一个不认识的人,心里有点不大乐意,暗地里想着怎么把这个家伙赶走。心里这样想,脸上的神色自然也难看起来。羊孚看在眼里,记在心上。他把脚一翘,放在案几上,旁若无人地吟诗、看书,把王家哥俩气得够呛。

谢益寿进屋里和王家哥俩寒暄了几句后,就和羊孚聊起来。刚开始二王还不当回事,谁知道越听越觉着这个跷着脚、不礼貌的家伙是个深藏不露的高人。于是,他俩脸色也变得温和起来,加入谈话的队伍中。

不一会儿,做好的饭菜上了桌,包子、油馍、胡辣汤、锅贴、水饺、热干面。看着热腾腾的早饭,王家哥俩顾不上下筷子,一个劲儿地劝羊孚多吃点。羊孚倒也不客气,自顾自地大口吃喝,完全不理会他俩。

不一会儿,羊孚用纸巾擦了擦嘴巴,打了一个满意的饱嗝,随即起身和大家告别:“就此别过,今天的早餐味道真不错。”

"别介,请留步,容我等再求教一二。"王家哥俩慌忙站起来挽留。

"不好意思,我吃饱了。"羊孚大手一摆,"刚才我也知道你们进来的时候不待见我,我之所以没有顺着你们的心意当时就走,是因为肚子是空的。现在我吃饱喝足了,没必要留下了。我只是为了蹭一顿饭,至于您二位嘛,后会无期。"

望着羊孚大摇大摆离开的身影,二王的脸上青一阵白一阵。王恭要是知道自己的两个弟弟如此出丑,估计要气得吐血。

一声叹息

"饭""饭"之交,高人出没。

王家兄弟俩的倨傲根本不被羊孚放在眼里,一顿早餐吃出了高下。一大早,羊孚就大摇大摆地走进谢府要早餐吃,看来他和谢混的交情确实不浅。

64

送别的代价

原文

羊公[1]还洛，郭奕[2]为野王[3]令。羊至界，遣人要之。郭便自往。既见，叹曰："羊叔子何必减郭太业！"复往羊许，小悉还，又叹曰："羊叔子去人远矣！"羊既去，郭送之弥日，一举数百里，遂以出境免官。复叹曰："羊叔子何必减颜子！"

①〔羊公〕羊祜，字叔子。

②〔郭奕〕字太业。

③〔野王〕古县名，今河南沁阳。

插播

羊祜(221 年—278 年)：字叔子，泰山南城(今山东省新泰市)人，魏晋时期大臣，著名战略家、政治家和文学家。羊祜博学能文、清廉正直、品行高尚，是当时大家学习的榜样。

羊祜画像

郭奕画像　(现代)朱永太 作

郭奕：字太业，太原阳曲(今山西省太原市)人，郭淮之弟、郭镇之子，西晋时期大臣，官至尚书、雍州刺史，封平陵县男。此君见贤思齐，也是一个好学习的人。

直译

羊祜回洛阳，路过野王县，郭奕任野王县县令，羊祜到了县界，派人去请郭奕，郭奕便亲自前去。见面后，郭奕赞叹道："羊叔子哪会比不上我郭太业呢！"过后再前往羊祜住所，不多久便回来了，又赞叹道："羊叔子远远超过一般人啊！"羊祜走后，郭奕连日送他，一送就送了几百里，最终因为出了县境被免官。他仍旧赞叹道："羊叔子哪会一定比颜子逊色呢！"

演绎

羊祜勒马停在一棵老槐树下，前方的夕阳正缓缓落下，满地金黄。

"大人，前面就是野王县了。"手下的人指着前面隐约的城郭说道。

"哦，野王县的县令是不是郭淮的弟弟郭奕郭太业？"羊祜若有所思，"据说此人高尚通达，颇有才识，到时候通知他来见我一下，聊聊。"

翌日，郭奕如约前往，领导约见，作为下属不得不去。再说羊祜已经声名在外，郭奕倒也想见识见识。

只聊了一回，郭县长就大发感慨："大家都说羊祜羊叔子厉害，今天聊了一下，真是大有收获。羊叔子怎会不如郭太业呢？看来是羊叔子太谦虚了。"

这事儿过了后，郭县长又去了一趟，这次没聊多久就回来了。当天晚上，郭县长又发了一通感慨："羊叔子，你不是不如我郭太业，你确实是远超过一般人啊。"

再后来，羊祜要离开野王县继续前行。郭奕心里十分舍不得，骑着马跟着羊祜，送了一程又一程，送了一天又一天。没想到，这一送竟然送了几百里，甚至送出了自己管辖的野王县地界，这在晋代是明令禁止的行为。终于，郭奕因为这件事情被免除了官职，郭县长成了平头百姓。

这一次，野王县前县长郭奕又发了一通感慨："羊叔子这个人怎么会比颜回差呢？"

一声叹息

送君千里，终有一别。

郭奕县长真该先准备一张野王县地图再去送行啊。

送人能把自己的官儿送没了，这也是没谁了。

不过是金子总会发光，火眼金睛的吏部尚书山涛曾经夸赞他"高简有雅量"。郭县长后官至尚书和雍州刺史，仕途可谓辉煌。

65

把臂入林

原文

谢公①道豫章②:“若遇七贤,必自把臂入林。”

①〔谢公〕谢安。

②〔豫章〕谢鲲,曾任豫章太守。

插播

江左八达:谢鲲渡江后,与阮放、毕卓、羊曼、桓彝、阮孚、胡毋辅之、光逸并称“江左八达”。他们经常披头散发、赤身裸体,在室中酣饮不止。当时的贵族子弟都认为谢鲲等人豪放豁达,仰慕不已。

直译

谢安称道谢鲲:“他如果碰上了竹林七贤,肯定会被挽着胳膊邀入竹林中去游乐。”

演绎

“伯父又在饮酒啦。”

谢安进到屋中,看到伯父谢鲲又在大碗喝酒,禁不住笑起来。桌上大大小小的碗和盘子里盛放着肘子、扣肉和花生米,满屋子都是酒菜的味道。

“安石,来来来,咱叔侄俩喝两碗。”谢鲲端着酒碗,向谢安直招手。兴许是天热,或许是酒喝得开心,谢鲲光着脚盘坐在席子上,乱蓬蓬的头发挽成发髻,

谢鲲石刻墓志(1964 年 9 月出土于南京中华门外)

用一根筷子插在头上。谢鲲的嘴角上沾着一片绿色的香菜叶，胡子上的酒水顺着胡子滴在沾着油渍的衣襟上。

“伯父，你最近好生自在，不用上班，天天饮酒作乐，好吃好喝，这是神仙日子啊。”谢安坐在谢鲲的对面，捋起宽大的袖子倒了一碗酒。

“我的大侄子哎——你知不知道，为无为，事无事，味无味。这里面有深意，你呀，好好品品。”谢鲲手捋着胡子，嘴里嚼着花生米，咯吱咯吱地响。

谢安端起酒碗，脸上尽是毕恭毕敬的神色：“伯父啊，您若是能遇见‘竹林七贤’，肯定会被他们欣赏，他们定会挽着你的胳膊，邀你到林子里一醉方休。您随意，我干了。”

“哈哈哈哈，俗人昭昭，我独昏昏。俗人察察，我独闷闷。贤侄，你说得对极了！”谢鲲张口大笑，露出两颗折断的大牙，这牙是他年轻时追求、叨扰邻家女孩子的时候，被人家用织布的梭子砸断的。这段风流故事当时被人津津乐道，成了人们茶余饭后的笑话。“任达不已，幼舆①折齿”这一典故说的就是这个故事。据说，谢鲲被砸断了两颗牙齿后，张狂依旧：“才断了两颗牙，这不影响我长啸放歌，多大点儿事啊。”

酒足饭饱后，谢安告辞回家。虽然人已经走远了，但依稀还能听到谢鲲拨弄琴弦在唱歌：“我有三宝，持而保之：一曰慈，二曰俭，三曰不敢为天下先。”

一声叹息

谢鲲很有才华，但不修仪容、衣衫不整，而且平素不喜欢穿鞋子，喜欢光膀子，觉着麻烦的时候甚至连裤子都不穿，难怪邻家女孩子不喜欢他。

---

①〔幼舆〕谢鲲，字幼舆。

66

好朋友，够长久

原文

王长史[①]云:“刘尹[②]知我,胜我自知。”

刘尹抚王长史背曰:“阿奴[③]比丞相,但有都长。”

刘尹、王长史同坐,长史酒酣起舞。刘尹曰:“阿奴今日不复减向子期[④]。”

①[王长史]王濛。

②[刘尹]刘惔。

③[阿奴]对年龄小的人的昵称。

④[向子期]“竹林七贤”之一的向秀。

插播

向子期(约227年—272年):又名向秀,字子期,魏晋之际哲学家、文学家,河内怀县(今河南省武陟县西南部)人,“竹林七贤”之一。他最擅长的是写赋和鼓风箱。

向秀墓位于今河南省焦作市武陟县三阳乡西尚村

直译

王长史说："刘尹对我的了解，胜过我了解我自己。"

刘尹抚摸着王长史的背说："阿奴和丞相相比，的确比他漂亮、敦厚。"

刘尹和王长史在一起的时候，王长史喝酒喝得有点微醺，这时候他站起身来翩翩起舞。刘尹感慨地说："阿奴不比当年的向子期差啊。"

演绎

王濛用深情的眼神看着身边手拿麈尾、一身仙气的刘惔，悠悠地说道："刘惔对于我的了解，可以说是比我还了解自己呢。"

刘惔听到此话，轻摇麈尾，莞尔一笑。

王濛和刘惔的交情非常深厚，可以说无话不谈、亲密无间：吃饭一张桌子，睡觉一间屋子，就差同穿一条裤子。在魏晋时期，有些男人之间的感情好得难以描述。别说这些贵族高干子弟，就连当时的皇族甚至皇帝也都沾染这样的"流行时尚"。魏明帝曹叡就曾经与曹休的儿子曹肇关系非同一般：经常与容貌俊美的曹肇同榻共寝，两人十分亲密。

两个好朋友经常喝茶饮酒、吟诗作对。有一次，两人在一起喝酒，喝到开心的时候，醉醺醺的王濛起身挥舞长袖，踮起脚尖跳起了《天鹅湖》。刘尹坐在一旁当忠实的观众，打着拍子大声喝彩："哎呀——哎呀——哎呀呀——，你小子今天的表现可不输给当年的向子期啊。"

向子期是"竹林七贤"中的名人高士，与嵇康关系特别铁。刘惔这个心机男在夸赞王濛不输给向子期的同时，主要是为了表明他和嵇康是一样优秀的人。

一声叹息

在《世说新语》中，关系好得不像话的人不在少数：王濛和刘惔、王献之和他的哥哥王徽之、羊孚和谢益寿，等等，他们一起喝酒，一起出游，互相吹捧，相互欣赏。

其实，人生得一知己很难。在清谈名士辈出、相互看不起的晋代，能有这样惺惺相惜的人，倒也是人生的一大幸事。

67

终于能露全脸了

原文

王大将军[①]在西朝时,见周侯[②]辄扇障面不得住。后度江左,不能复尔。王叹曰:“不知我进,伯仁退?”

①〔王大将军〕王敦。

②〔周侯〕周伯仁。

插播

王敦半遮面 (现代)张燕 作

直译

大将军王敦在西晋时期,每次见到武城侯周伯仁,总止不住要拿扇子遮住脸。后来到了江南,王敦就不再这样做了。王敦感叹道:“不知是我进步了,还是伯仁退步了?”

演绎

性格直爽、做事干脆的大将军王敦一向特立独行、我行我素，虽然未成气候时总是被别人轻蔑地唤作“乡巴佬”，但是他从来没把这个当回事儿。事实上，那些叫别人“乡巴佬”的人，最终也未必有什么成就，倒是这个“乡巴佬”能遵从内心，在有限的人生里敢爱敢恨，终有枭雄的风采。就连叱咤风云的桓温大将军在多年之后路经王敦墓时，还禁不住连声感叹：“可人！可人！”

当然，“卤水点豆腐，一物降一物”，时光穿梭，回到当年的西晋朝，谁都不怕的“乡巴佬”真的有个十分忌惮、不敢直视的人——周伯仁。每一次，他看到周伯仁的时候，都会拿把扇子挡着脸。这可不是白居易《琵琶行》中的“犹抱琵琶半遮面”，按照王敦的性格，这种羞答答的姿势打死他都做不出来。

根据《晋书·周顗》记载：“敦素惮顗，每见顗辄面热，虽复冬月，扇面手不得休。”意思是说，王敦一向很忌惮周伯仁，每次看到周伯仁就会不由自主地脸红心跳、出虚汗。即使是寒冬腊月天，他也用手作扇子扇风，扇个不停。

十年河东，十年河西。后来晋室南迁渡江到了建康，此时的王敦已经掌控长江中上游的军队，统辖州郡，甚至自收贡赋，早已经不再是当年懵懂莽撞的毛头小子。这个时候他再与周伯仁见面，脸也不红了，心也不跳了，再也不拿讨厌的扇子来遮脸了。

终于能在周伯仁面前直起腰的王敦感慨不已：“而今我也能露全脸了。这到底是我进步了，还是周伯仁退步了呢?”

一声叹息

半张脸和整张脸的区别，相当于如今明星们合照时的站位，不是面积的多少，而是地位的高低。王敦在后来的政治生涯中羽翼渐丰，露整张脸也是早晚的事情。王敦曾经十分忌惮的偶像——周伯仁，最终屈死在“粉丝”王敦的手里，令人扼腕叹息。

68

踩肿了的脚

原文

王大将军[1]下，庾公[2]问："卿有四友，何者是？"答曰："君家中郎[3]，我家太尉[4]、阿平[5]、胡毋彦国[6]。阿平故当最劣。"庾曰："似未肯劣。"庾又问："何者居其右？"王曰："自有人。"又问："何者是？"王曰："噫，其自有公论。"左右蹑[7]公，公乃止。

①〔王大将军〕王敦。

②〔庾公〕庾亮。

③〔中郎〕庾敳庾中郎。

④〔太尉〕王衍王太尉。

⑤〔阿平〕王澄。

⑥〔胡毋彦国〕胡毋辅之，字彦国。

⑦〔蹑(niè)〕有意识地踩踏。

插播

胡毋辅之塑像

胡毋辅之(约 269 年—318 年)：字彦国，泰山奉高(今山东省泰安市东部)人。他与王澄、王敦、庾敳号称"四友"，与毕卓、王尼、阮放、羊曼、桓彝、阮孚、谢鲲号称"江左八达"。此人生性放纵，他的儿子也口不择言，对他没大没小的。一看到他喝酒，他儿子就直呼其名，语气难听。

直译

大将军王敦从武昌东下建康后，庾亮问他："听说你有四位好友，是哪几位？"王敦答道："您家的中郎、我家的太尉、阿平和胡毋彦国。阿平当然是最差的。"庾亮说："好像他还不同意最差。"庾亮又问："哪一位更出众？"王敦说："自然有人。"庾亮又追问："是哪一位?”王敦说:“噫,那自然会有公论。”手下的人踩了一下庾亮的脚,庾亮才没有再问下去。

演绎

庾亮对面坐着王敦大将军,王敦带着高高的冠帽,系着长长的带子,神情十分骄傲。

周围一圈人只能看到王大将军给出的下巴。在这之前,王敦从武昌城东下到建康,大军一路上所向披靡,敌人被打得落花流水。那些败退的士兵只恨爹妈少生了几条腿。当年被无数人小瞧的“乡巴佬”,而今成了炙手可热的权贵重臣,手握生杀大权,真是世事无常啊。

“呃,王大将军,听说您有四个好哥们儿,有没有这回事儿,都是谁呀?”庾亮表示很好奇。

“哥们儿?哦,是的。”王敦拿起茶几上的酒杯喝了一口,“你家的胖子庾敳,我们家的太尉王衍、阿平王澄和胡毋彦国。我们是老铁,别人叫我们——五朵金花。哈哈……不过,这五个人当中,阿平水平算是最差的吧。”

“哦?不不不,依个人所见,阿平好像不是最差的。”庾亮自言自语,头摇得像拨浪鼓。

“王大将军,阿平如果最差的话,谁是最出众的?”庾亮再问。

“肯定有人啊,这还用问?”王敦高傲地抬起头,直接给了庾亮两个鼻孔。

“说说呗,到底是谁啊?”庾亮完全无视大将军的鼻孔,决心打破砂锅问到底,一头撞到南墙根。

“这个家伙还真实心眼,大家都知道最出众的是本将军了,非要我亲口说出来吗?”王敦心里烦死了这个多嘴好问的庾亮。

于是王敦转过身来,拉长着脸,没好气地回答:“噫——,你咋这么多话呢?都说过了,自然有公论,还一遍遍地问个没完?”

“可是,哎哟喂……”庾亮本想接着问,却突然弯下腰去捂住了脚。

再看庾亮旁边的侍从,一脸的惶恐和掩饰不住的尴尬。

出门后,庾亮一瘸一拐地上了马车,边走边对身边的侍从嘟囔:“你这家伙,踩得这么用力,脚都肿了。”

一声叹息

庾亮大人天生好问问题,有着极强的好奇心,却缺乏观察力。幸好庾大人身边的侍从懂得察言观色,及时制止了庾亮喋喋不休的提问,顾及了王大将军的面子。只是,踩脚的力度确实大了点儿。

庾大人,红花油专治跌打扭伤,有奇效。

69

捡的都是我不要的

原文

桓公[①]少与殷侯[②]齐名，常有竞心。桓问殷："卿何如我？"殷云："我与我周旋久，宁作我。"

殷侯既废，桓公语诸人曰："少时与渊源[③]共骑竹马，我弃去，己辄取之，故当出我下。"

①〔桓公〕桓温。

②〔殷侯〕殷浩。

③〔渊源〕殷浩，字渊源。

插播

竹马：一种儿童玩具。典型的式样是一根杆子，一端有马头模型，有的另一端装轮子。孩子跨立在上面，装作骑马。2008 年 6 月 7 日，竹马经国务院批准被列入第二批国家级非物质文化遗产名录。

竹马是中国古代儿童的一种游戏用具

直译

桓公年轻的时候和殷侯齐名，他常常有跟殷浩一较高下的心思，桓公问殷浩："你和我比起来，怎么样？"殷浩说："我已经和自己打交道很久了，现在宁愿做回自己。"

殷浩被罢官以后，桓温对大家说："我小的时候和殷浩一起骑竹马，他总是捡我扔掉的竹马，由此可以看出他原本就不如我。”

演绎

桓温和殷浩是自小一起长大的哥们儿，这一对小伙伴经常在一起玩耍。骑竹马、琢钉戏、捉蛐蛐、和尿泥，可以说形影不离，算是很好的兄弟了。

可是，人长大了都会变。

这一对哥们儿也很争气，小时候不分彼此，一起成长、求学。后来，两人还同朝为官，一文一武，而且官职都还不小。成人后的桓温依然有极强的好胜心，什么事情都爱和殷浩比一比。后来，简文帝司马昱启用殷浩担任朝廷要职，殷浩做了皇帝的心腹大臣，以此抗衡权势如日中天的桓温。从此，两人友谊的小船一直在明争暗斗中起伏不定，险象环生。

有一次，桓温和殷浩聊天，说：“阿浩，看看我们朝堂内外，就属你是青年才俊，水平无人能比。”

殷浩听了此话，不明白桓温为什么这么说，所以也就打了个哈哈，干笑两声。

接着，桓温话锋一转：“殷大才子，如果我俩相比的话，你又觉着如何呢？”桓温斜视着的眼睛如同刀锋一样寒冷锐利。桓温问得那么直接，就看殷浩怎么回答了。殷浩要么奉承桓温，承认己不如人；要么狂妄地说自己最厉害，当然也会不可避免地得罪桓温，留个把柄。

殷浩拱手作揖，回答道：“我一直都和自己打交道，想来想去，我还是做我自己最合适。”其实殷浩的潜台词再明白不过了：我就是我，不一样的烟火。

再后来，殷浩因为率大军北伐失利，被桓温落井下石，上了弹劾表。桓温使了个绊子，殷浩被罢了官，流放至东阳，最终郁郁而终。

在殷浩被贬至东阳之后，桓温还时不时地在群臣面前说殷浩的笑话。

“我小时候和殷浩一起玩骑竹马。我玩腻了就丢掉，他总跟在我屁股后边捡我丢掉的竹马，屁颠屁颠地接着玩。由此可见，他根本就不如我，捡的都是我不要的。”桓温禁不住哈哈大笑，一帮幕僚也跟着拍马屁，把脸都挤成了一朵朵花。

桓温仰天大笑时，眼睛的余光中再也找不到曾经的那个小伙伴、曾经的强劲对手。他收起笑容，一阵孤独感从心里弥漫开来，往日轻快的脚步居然也沉重起来……

一声叹息

退一步，海阔天空。

如果世人都能够像殷浩那样“宁作我”，岂不是少了许多烦恼？善处世者，与“竞心”无关。

70

一流的是咱们

原文

桓大司马[1]下都，问真长[2]曰："闻会稽王[3]语奇进，尔邪？"刘曰："极进，然故是第二流中人耳！"桓曰："第一流复是谁？"刘曰："正是我辈耳！"

①〔桓大司马〕桓温。

②〔真长〕刘惔。

③〔会稽王〕司马昱。

直译

桓大司马来到京都建康，问刘真长："听说会稽王清谈有很大长进。"刘真长回答："长进很大，不过仍是第二流里的人罢了！"

桓温又问："那第一流的人又是谁呢？"刘说："正是我们这样的人啊！"

演绎

大司马桓温到京城建康，专程去刘真长家里串了个门儿。

宾主落座，两杯茶，一盘象棋。两人一边下棋，一边闲聊。桓温突然问道："老刘，听说会稽王最近的清谈水平有非常大的进步，真的假的？"

"嗯！这个事儿是真的。"刘惔盯着棋局，回答道，"司马昱的清谈水平精进不少，不同以往了。"

"不过——嘿嘿……"刘惔斜着眼睛看着桓温，"他终究还是二流里的人啊。"

"哦？那谁又是第一流的人呢？"桓温凑过身来，手里捏着一枚棋子。

刘惔用手指着桓温的鼻子哈哈大笑："这还用问？就是你我这样的人啊。"

一声叹息

魏晋名士多清高自傲，觉得自己才是天下第一。刘惔和桓温的这一席话确实有夸大的嫌疑。历史记载，司马昱出身皇族，精于玄学，擅长清谈，后来被桓温立为傀儡皇帝，不到一年就郁郁而死。司马昱实在不是做领导的料，做课题研究应该会很厉害。

71

传话简

原文

有人问谢安石、王坦之优劣于桓公[1]。桓公停欲言，中悔曰："卿喜传人语，不能复语卿。"

①〔桓公〕桓温。

插播

自古以来，喜欢"咬耳朵"的人都不在少数　（现代）张燕 作

直译

有人向桓温询问谢安石和王坦之的优缺点，桓公沉吟了一会儿，正欲开口，中途又反悔，说："你这人喜欢传话，我不能再跟你说了。"

演绎

有一天，桓温和人聊天。

当别人问起当朝谢安石和王坦之谁更出众的时候，桓温思忖片刻便要张口分析。看着人家凑过来的耳朵，桓温却突然停了下来，不再发表意见，并且脸上带着后悔的神色。

“桓公，请讲，我都听着呢。”问话的人脖子都僵了。

“别介，我还是不说的好。”桓温用手轻轻地拍了拍自己的嘴巴。

“为啥啊?”听到桓温这样回答，问话的人一脸懵。

“没啥，你这个家伙是个传话筒，我怕跟你说的话会立马传到别人的耳朵里。”桓温直摇头，“就此打住，我还是不说的好。”

看着问话的人离开的背影，桓温身边的人凑过来，说：“桓公，他哪是什么传话筒啊，他简直就是复读机。”

一声叹息

静坐常思己过，闲谈莫论人非。

背后议论人的是是非非，确实为当时的名士们所不齿。好在桓温能识人，不至于让“传话筒”们坏了自己的声誉。

72

各有其美，各有其味

原文

桓玄为太傅，大会，朝臣毕集。坐裁竟，问王桢之曰：“我何如卿第七叔①？”于时宾客为之咽气。王徐徐答曰：“亡叔是一时之标，公是千载之英。”一坐欢然。

桓玄问刘太常②曰：“我何如谢太傅③？”刘答曰：“公高，太傅深。”又曰：“何如贤舅子敬④？”答曰：“楂、梨、橘、柚，各有其美。”

①［第七叔］王献之。

②［刘太常］刘瑾。

③［谢太傅］谢安。

④［子敬］王献之，字子敬。

《洗手图》（近代）傅抱石 作

插播

桓玄（369年—404年）：字敬道，小字灵宝，谯国龙亢（今安徽省蚌埠市怀远县龙亢镇）人，东晋将领、权臣，大司马桓温之子。大亨元年（403年），威逼晋安帝禅位，在建康（今江苏省南京市）建立桓楚，改元“永始”。他自小就是一个调皮捣蛋的孩子，长大后却做到了他父亲很想做但是没有做到的事情。不过，令人啼笑皆非的是：这个足足300斤重的大胖子在登基那天直接把龙椅坐塌了。

《洗手图》讲述的就是文艺青年桓玄的故事。桓玄

（画中左下方侧身站立者）酷爱书画，经常邀请宾客观赏所藏珍品，为了避免珍品被玷污，观者须洗手之后才能展卷欣赏。

王桢之（生卒年不详）：字公干，东晋末年琅琊（今山东省临沂市北部）人，生于会稽（今浙江省绍兴市），王羲之之孙、王徽之之子。头脑机敏，善于言辞，常能化解危机于无形之中，是个做外交官的好苗子。

王桢之画像　（现代）朱永太 作

刘瑾用水果来化解危机，看来是恰当无比的

刘瑾：字东，号天诏，名棣鉴，又名洪举，比较有才干，官至尚书、太常卿等职，是王献之的外甥。他的口才和思维都算得上一流水平，这在动荡不安的晋代算是必备的“保命绝招”了。

直译

桓玄任太傅的时候，举行了盛大的集会，朝中大臣全都聚集在一起。刚刚坐定，桓玄就问王桢之：“我和你七叔相比，谁更强？”当时在座的宾客都为王桢之紧张得不敢喘气。王桢之从容回答道：“亡叔只是一代的楷模，您却是千古的英才。”满座的人听了都非常欣喜。

桓玄问太常刘瑾：“我和谢太傅相比，怎么样？”刘瑾回答：“公高明，太傅深厚。”桓玄又问：“比起贤舅子敬来怎么样？”刘瑾回答：“楂、梨、橘、柚，各有各的美味。”

演绎

桓家的人好像好胜心都很强，都喜欢问问题，都喜欢比来比去。

桓温喜欢和殷浩比，经常问人家他俩谁厉害。桓玄作为桓温最小的儿子，深得老爹的真传，青出于蓝胜于蓝，问得更直接、更彻底、更频繁。

当桓玄已经是太傅的时候，权势通天，朝中的大臣们都得仰看他的鼻孔说话。有一次，家中举行宾客大会，朝中的大臣们都来了。大家屁股都还没有坐热，桓玄的问题就来了。

“公干，我和你七叔比，你觉着咋样啊？”桓玄手拿麈尾，故作斯文。

这一问，满座人都惊呆了，大气不敢喘。为啥？王桢之的七叔是大名鼎鼎的书法家王献之。桓玄虽然性情暴烈，但却喜欢书画文章，是个艺术特长生。在艺术圈子里，他谁都不服，就服王献之。今天这么一问，大家都替王桢之捏了一把汗——这下子凶多吉少啊。

王桢之低眉顺目地说道：“我那去世的七叔无论是做官还是为人，包括艺术成就，都堪称一代人的楷模。”

桓玄听到这里，手里的麈尾也停了下来。

“可是，我的七叔只是一代人的榜样和偶像，每个时代都有流行时尚。而您太傅大人是千古的英才啊。”王桢之说话不紧不慢，语调也不高。

听到这句话，所有人紧绷着的脸都松弛下来，桓玄用麈尾指着王桢之，一脸的笑容，称赞道：“你小子真会说话。”

爱问问题的桓玄曾经问了太常刘瑾同样的问题：“刘大人，我这水平和谢太傅比的话，谁高谁低啊？”

“您是高明的人，谢太傅是深厚的人，您俩各有所长。”刘瑾的回答还是非常老道的，谁也不得罪。

桓玄看来是不满意刘瑾的圆滑，接着又问：“那和你家舅舅王子敬比呢？”

“呃——这好比一篮子水果，里面有山楂、梨子、橘子、柚子……”刘瑾掰着手指数着，“各种水果有各自的味道，就是这样。”

一声叹息

桓玄应该有重度强迫症，不问清楚决不罢休。王桢之的回答高雅、巧妙，成功过关；刘瑾的回答更显机智，他应该比较喜欢吃水果，所以举起例子来相当得心应手。当然，这个例子是有出处的——《庄子》曾经有言：“楂、梨、橘、柚，其味相反，而皆可于口也。”所以说，多读书是好事，关键时候能救命。

73

“妻管严”的王牌

原文

王夷甫①妇郭泰宁②女，才拙而性刚，聚敛无厌，干豫人事。夷甫患之而不能禁。时其乡人幽州刺史李阳，京都大侠，犹汉之楼护③，郭氏惮之。夷甫骤谏之，乃曰：“非但我言卿不可，李阳亦谓卿不可。”郭氏小为之损。

①〔王夷甫〕王衍，字夷甫。

②〔郭泰宁〕郭豫，字泰宁。

③〔楼护〕西汉名士。

插播

郭泰宁：郭豫，字泰宁，山西太原人，官至相国参军。在当时很知名，但是去世得比较早。

中国古代多有行走江湖、武艺超群的侠客们

李阳：字景祖，高平（今山东省巨野县南部）人，武帝时任幽州刺史。此人有游侠品行，是王夷甫对付悍妻的后台。

楼护：字君卿，西汉齐（今山东省淄博市境内）人。家里世代为医，所以他少年时读过数十万字的本草、医经、方术之类的书籍，医术高明，又善辞令，虽然个子不高，但是名气很大。楼护提倡节约，在饮食方面勇于创新，曾经把贵族们馈赠的菜肴煮了一锅杂烩，竟然出现了新的口味，或许他就是烩菜的鼻祖。此事在《语林》《世说》《西京杂记》等书中都有记载。

直译

王夷甫的妻子是郭泰宁的女儿，头脑愚笨，性情暴烈，贪得无厌，爱干预别人的事情。王夷甫为此事发愁却束手无策。当时，他的同乡幽州刺史李阳是京城的侠客，就像汉朝的楼护那样，王夷甫的妻子郭氏很怕他。王夷甫屡次规劝郭氏，并且说："不只是我说你不好，李阳也说你不好。"郭氏就有所收敛。

演绎

"好汉没好妻，赖汉娶个娇滴滴。"王夷甫叹了口气，心里想了想却没敢说出来，他知道，这话一旦说出来，夫妻俩少不了一场唇枪舌剑，搞不好自己还会被身强体壮的妻子暴揍一顿。

老婆是王夷甫自己选的，想当年王夷甫装疯卖傻才勉强拒绝了当朝皇亲杨骏家貌美如花的女儿，现在想起来心里还有点儿隐隐作痛。太原郭氏从东汉时期起就名满天下，如今更是如日中天。王夷甫这次和郭家联姻，也是为以后的政治道路加上一个有分量的砝码。郭家的这个小姐长相不好看也就算了，脾气还挺暴躁古怪，最爱的就两件事情：一攒钱，二管闲事。

王夷甫对老婆的这种行为十分头疼，可是又没有什么好办法。每次受了老婆的气，也没地方说，只好找个隐蔽的地方，默默地抽自己嘴巴子。

天无绝人之路，正当王夷甫在痛苦中挣扎的时候，超人出来拯救世界了。

王夷甫有个老乡——幽州刺史李阳（和疯狂英语的创始人同名），人称"京都侠客"。人们提到李阳时，总是这样举例子——李大侠简直就像汉代的楼护那样厉害。李阳李大侠在当时享有盛誉，就连王夷甫老婆郭氏都很怕他。王夷甫借李阳的威名对老婆说："不只是我说你这样做不好，就连李大侠也告诉我，说你这样是不对的。"郭氏听完马上脸色苍白，随即就收敛了嚣张的气焰，悄悄地回厨房刷碗去了。

"卤水点豆腐，一物降一物。"令王夷甫头痛的事情，居然被老乡李大侠轻松搞定。

这种方法王夷甫屡试不爽，就像是唐僧念给孙猴子的紧箍咒，见效很快。每当郭氏一犯浑，王夷甫就转过头来，一脸严肃地说："李大侠也认为这是不对的。"

每次看着老婆去厨房洗碗的背影，王夷甫心里就像吃了蜜糖一样甜。

一声叹息

堂堂太尉也得拉个老乡来撑腰，位高权重、颜值爆表的王衍也是个不折不扣的"妻管严"。在两晋时期，这种现象虽不是普遍现象，但是也绝不罕见，著名的"好好先生"王导丞相就是一个严重的"妻管严"患者。

74

碍眼的东西

原文

王夷甫雅尚玄远，常嫉其妇贪浊，口未尝言“钱”字。妇欲试之，令婢以钱绕床，不得行。夷甫晨起，见钱阂[1]行，呼婢曰：“举却阿堵[2]物。”

①〔阂(hé)〕阻隔不通。

②〔阿堵〕六朝时期的口语，意为“这个”。

插播

政治经济混乱的两晋时期，除了十六国有零星的铸钱，基本上都沿用汉代的五铢钱

直译

王夷甫十分崇尚超逸清远的境界，常常讨厌他妻子的贪婪鄙浊，因此他口中从来不说“钱”字。他妻子想试探他，让婢女用一串串的钱把床绕起来，让他无法走路。王夷甫清晨起床，看到钱阻碍自己走路，就高喊婢女：“把这个东西拿走！”

演绎

“春眠不觉晓，处处蚊子咬。喷上杀虫剂，不知死多少。”

王夷甫一边念着诗，一边挠着胳膊上蚊子咬的红包，打了个哈欠，就要下床去厕所。一穿上木屐发现踩着了什么东西，硌了一下，还听到了金属清脆的声音。

低头一看，王夷甫吓了一跳：“来人，这是怎么回事？”

原来，他睡觉的床周围布满了密密麻麻的一串串的铜钱，地上甚至都没有落脚的地方。

伺候的丫鬟们走进来，也不敢作声，只是喃喃地说：“这是夫人的意思，她说您不喜欢钱，甚至都不说‘钱’这个字，她想试一试，看看是真是假。”

“哎呀——”王夷甫气得直拍脑袋，“快快快，把这些个碍眼的东西统统拿走，再也别让我看到。”

一声叹息

阿里巴巴的掌舵人马云说过：“我这个人不喜欢钱，我对钱没有概念。”

王衍太尉也一样不喜欢钱，谈钱伤的不是感情，伤的是洁身自好的高贵品行，谈钱有失身份，太俗！甚至在这些名士口中，“钱”不能称为“钱”，而是“这个东西”。

75

叔嫂全武行

原文

王平子[①]年十四五，见王夷甫妻郭氏贪欲，令婢路上儋[②]粪。平子谏之，并言不可。郭大怒，谓平子曰："昔夫人临终，以小郎嘱新妇，不以新妇嘱小郎！"急捉衣裾，将与杖。平子饶力，争得脱，逾[③]窗而走。

①〔王平子〕王澄，字平子。

②〔儋〕通"担"，挑。

③〔逾（yú）〕越过。

插播

王澄（269年—312年）：字平子，琅琊（今山东省临沂市北部）人，西晋官员、名士，太尉王衍之弟、司徒王戎堂弟。王澄出身高贵，勇猛过人，力大无比，喜好清谈。但是他行为举止不拘礼俗，喜欢脱衣"裸奔"，这样的标新立异之举却为他哥哥王衍所赞赏。他在任荆州刺史时，不好好上班，不分日夜地饮酒，最终荆州大乱，流民反叛，凶猛的王澄袭杀叛众八千余人，确实惊悚。他对部下过于凶狠，导致上下离心，王澄最终辞去刺史一职。永嘉之乱后，王澄南渡，途经豫章时被王敦所杀，时年44岁。

王平子画像 （现代）朱永太 作

直译

王平子十四五岁的时候，看到哥哥王夷甫的妻子郭氏贪婪，想让婢女在路上担粪。平子劝阻她，并说不可以这样做。郭氏大怒，对平子说："以前老夫人临终时，把你这小叔子托付给了我，而不是把我托付给你这个小叔子。"说罢就突然抓住平子的衣襟，要用棍子打他。平子力气大，奋力挣脱，跳窗逃跑了。

演绎

看着王家的丫鬟们挑着柳筐出门拾粪，王平子心里又气又恨。

“哥，你也不管管嫂子，什么都能攒？这是准备天天让下人们出去拾粪吗？这马粪能卖多少钱，我们王家的面子还要不要了？”王平子气呼呼地跑到哥哥王夷甫的面前告状。

“你嫂子是个什么样的人，你又不是不知道，我能管得住吗？”之前我们也说过，王夷甫对这个贪财、爱管闲事的老婆没有丝毫办法，被逼得狠了就搬出老乡“京都大侠”李阳吓唬她一下。

哥俩正说着话，门帘一动，有人进来了。王平子抬头一看，不是别人，正是刚才说到的嫂子。

于是小叔子就把刚才的话又对嫂子说了一遍，不说还好，一说坏了事。

嫂子一听小叔子的话，就暴怒如雷。她叉着腰，指着王平子的鼻子说：“想当年你妈死的时候把你这个小叔子托付给了我这个当嫂子的，可没有说要把我这个嫂子托付给你这个小叔子。现在你长大了，敢对我横挑鼻子竖挑眼了，看来是皮痒欠收拾了。今天我就给你松松皮，看你还说不说我？”

话音未落，郭氏的手就直接伸过去抓住了小叔子的衣领，另一只手顺手抽了一根擀面杖，上手就要开打。

王夷甫赶紧伸手去拦，被老婆一把推了个趔趄。王平子眼看要挨揍了，好在他才十四五岁，力气大，挣脱了嫂子的手，跳窗跑掉了。郭氏紧跟着王平子追了好久，远远还能听到她的骂声：“兔崽子，今天回来看我怎么收拾你！”

一声叹息

王平子成年后孔武有力、身手敏捷、满身肌肉，让人很是羡慕和忌惮。这其中也有他嫂子郭氏的一份功劳，没有他嫂子的围追堵截、棍棒相加，这个小叔子哪来这么好的身手呢？

76

悲壮地戒酒

原文

元帝①过江犹好酒，王茂弘②与帝有旧，常流涕谏。帝许之，命酌酒，一酣，从是遂断。

①〔元帝〕晋元帝司马睿。

②〔王茂弘〕王导，字茂弘。

插播

晋元帝司马睿(276年—323年)：字景文，东晋开国皇帝(318年—323年在位)。永嘉之乱中，晋愍帝被俘，司马睿在晋朝贵族与江东大族的支持下于建兴五年(317年)称晋王，建元“建武”，太兴元年(318年)即帝位，史称晋元帝。晋元帝在位期间，重用王导为相，后来，大权旁落，被王敦控制，因此忧愤而死。据野史记载，此君姓牛姓司马都不好说，身世成谜。

明人所绘晋元帝司马睿画像

直译

晋元帝到江南后还是喜欢喝酒。

王茂弘和元帝向来有交情，常常流着泪规劝他。元帝答应了他，下令畅饮一番，从此就戒酒了。

演绎

元帝是个爱喝酒的人。

爱好一旦成为习惯，甚至上瘾的时候，天长地久没个头。元帝嗜酒如命，即便在被迫南渡长江后，这个习惯也一直改不掉，或者说，元帝压根儿就没想改。

王导和元帝向来有交情，关系很不错。元帝在位期间，大小事情都基本上由王导来打理。元帝很满意，他把王导比作自己的“萧何”，称之为“仲父”。关于元帝嗜酒的事情，王导曾经不止一次地规劝，甚至流泪劝谏：喝酒容易伤肝，容易伤脾，容易胃下垂。每一次，元帝都端起酒杯一饮而尽：“不喝酒，伤心。”

王导也够执着的，只要有机会就劝，劝得元帝实在没脾气，点头答应了。

“可是，我还有个条件。”元帝已经在屋子里走了好几圈。

“我得大喝一次，从此之后，滴酒不沾。”元帝望着窗外，夕阳余晖照在他的脸上，晕染了一层金灿灿的悲壮神色。

于是，酱香、浓香、清香等各种香型，高度、中度、低度等各种度数，透明、黑色、橙色、黄色等各种色彩的酒水琳琅满目地一字排开。元帝开怀畅饮，直到酩酊大醉，不省人事。

当然，元帝也是一个言出必行的人，从此之后，元帝再也没有沾过一滴酒，是个真爷们儿。

一声叹息

这一场悲壮的戒酒，遂了苦口婆心的王导的心愿。晋元帝也是咬了好几次牙才下了戒酒的决心的，不管怎样，这个东晋的开国皇帝最终还是赢得了他人的尊重。

元帝，为你的戒酒成功，来、来、来，干了这一杯。

77

热汤和化妆

原文

何平叔①美姿仪，面至白；魏明帝②疑其傅粉。正夏月，与热汤饼。既啖，大汗出，以朱衣自拭，色转皎然。

①〔何平叔〕何晏，字平叔。
②〔魏明帝〕曹叡。

插播

电视剧《虎啸龙吟》中何晏的形象

何晏（？—249 年）：字平叔，南阳宛（今河南省南阳市境内）人。三国时期曹魏大臣、玄学家。何晏之父早逝，曹操纳其母尹氏为妾，他因而被收养，为曹操所宠爱。何晏少年时已经有了名气，喜好老、庄之言，后娶曹操之女金乡公主为妻。其人天生皮肤白嫩，不用化妆也容貌秀丽，能气死现在的一大片“网红”、帅哥们。他与夏侯玄、王弼等倡导玄学，竞事清谈，遂开一时风气，为魏晋玄学的创始者之一。高平陵之变后，何晏与曹爽同为太傅司马懿所杀，被灭三族。

直译

何晏姿容俊美，脸特别白皙，魏明帝怀疑他搽了脂粉。

正值夏天的时候，魏明帝请他吃带热汤的面饼。吃完后，何晏大汗淋漓，于是用红色的朝服擦汗，脸随即变得更加白净光亮。

演绎

“这家伙涂抹了增白粉吧？”看着身边坐着的肤白如雪、皮肤吹弹可破的何晏，魏明帝心里暗暗嘀咕。

“同样都是男人，可是为什么皮肤的差距就那么大呢？”魏明帝越想越费解，他抬头看看殿外。盛夏的阳光热辣刺眼，地面都快被晒化了。魏明帝眼睛一转，心中有了一条妙计。

“爱卿，今天聊得好开心，留下来一起吃了饭再回去。”魏明帝看着旁边的何晏说，“我新招收了一名厨子，手艺不错，今天你也尝一尝。”

羊肉泡馍粉丝汤，鲜红的枸杞点缀其间，碧绿的香菜散发着诱人的味道，这个厨师有水平。

何晏闻着香味坐不住了，操起筷子就开始吃。

大热天吃热汤饭，不一会儿，何晏脸上就已经大汗淋漓了。他摸摸口袋没有找到纸巾，这时候也顾不上什么面子了，身上穿着的红袍子袖子宽大无比，正好可以用来擦擦汗。

一擦不要紧，何晏的白皮肤不仅没有掉粉，反而更加红润。这让魏明帝叹为观止。魏明帝这才明白，人家是真的白，没用粉底霜。

一声叹息

“魏晋时期著名美男子”这块金字招牌不是徒有虚名，何晏用一碗汤刷新了魏明帝的认识，证明了自己的表里如一。虽然这件掉色的红袍子在关键的时候起到了锦上添花的作用，但是它的质量的确是差了点。

78

出来吓人可是你的不对了

原文

潘岳[①]妙有姿容，好神情。少时挟弹出洛阳道，妇人遇者，莫不连手共萦之。左太冲[②]绝丑，亦复效岳游遨，于是群妪齐共乱唾之，委顿而返。

①〔潘岳〕即潘安，字安仁。

②〔左太冲〕左思，字太冲。

插播

今位于河南省巩义市的潘安墓

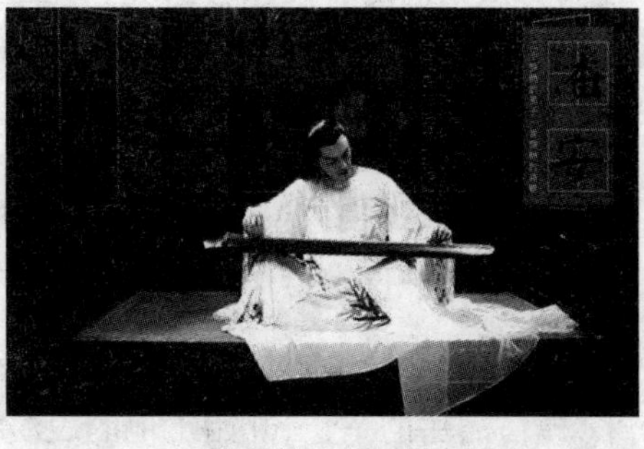

影视剧中潘安的形象

潘岳(247 年—300 年)：即潘安，字安仁，今河南省中牟县人，西晋著名文学家、政治家，长相英俊，眼睛大，鼻子高，嘴唇红润，牙齿洁白，迷倒无数小妹妹。潘安被誉为“古代第一美男”，是魏晋时期著名男子偶像团体“F4”中的领衔人物。他拥有无数“粉丝”，却不滥情，待自己的妻子杨氏始终如一，在妻子去世后他终身未再娶。

今人国画作品中左思的形象

左太冲(约 250—305)：即左思，字太冲，齐国临淄(今山东省淄博市境内)人，西晋著名文学家，其《三都赋》曾经备受追捧，一时间“洛阳纸贵”。遗憾的是，畅销书作家左思虽然才华出众却其貌不扬，甚至因为模仿了潘安遭到潘氏倾慕者的人身攻击。

直译

潘岳有美好的容貌和优雅的神态风度。他年轻时夹着弹弓走在洛阳大街上，遇到他的妇女无不手拉手地一同围住他。左太冲长得非常难看，他也学潘岳到处游逛，这时，妇女们都向他乱吐唾沫，弄得他垂头丧气地回来。

演绎

洛阳今天的天气很好。

阳光穿过树叶间的缝隙，在地上撒下了一团团的光斑。路边的柳条在风中飘拂，枝条上的嫩绿色叶芽多情地拂过路人的肩膀。

一个年轻的男子手持弹弓，迈着优雅的步子走在大街上。他皮肤白皙得如同雪人一般，两只黑色的眼睛深邃得如同夜晚的天空。走在围观的人群中，这位帅哥简直自带光环，许多大家闺秀、小家碧玉，不分长幼，不论尊卑，只要是个女的，看到了他，瞬间就会“路转粉”，没有不动心的。这位唇红齿白的帅气男子就是潘岳。

潘岳每次出门的时候总会遇到大量的爱慕者。即便他戴着口罩、墨镜，大家也还是能认得出来。潘岳走在路上，遇见他的女人就会手拉着手围着他，唱着动听的歌谣；潘岳乘车出门，女人就会往他的车子上扔水果——苹果、葡萄、香蕉，据说，手笔比较大的“粉丝”曾经扔过去两个榴梿（历史上著名的“掷果盈车”即由此而来）。

这个事情被一位宅男作家左思听说了，正值青春期的男性荷尔蒙分泌旺盛。他冲动地拿起弹弓来到大街上，特意穿了一双新买的鞋。到了街上人比较多的地方，左太冲停了下来，模仿潘岳的举止，开始了他的表演。

一步两步，一步两步，

一步一步似爪牙，

似魔鬼的步伐。

摩擦，摩擦……

在这光滑的地上摩擦，

摩擦似魔鬼的步伐，

似魔鬼的步伐，

…………

左太冲忘情地沉浸在自己的表演中，不能自拔。

正在此时，左太冲脸上觉着一凉，好像有什么液体喷洒到了脸上，用手一摸，黏黏糊糊的。左太冲抬头看过去，只见对面站着一群大姑娘、小媳妇儿。左太冲心下暗喜：看来我的模仿秀成功了。正当左太冲掩饰不住内心欢喜的时候，只听得耳边“嗖嗖”作响，伴随着此起彼伏的“啊——呸——”声。

原来，围观的姑娘们都在朝他吐口水。

“也不撒泡尿照照，还敢模仿我们心爱的小岳岳！”

“就是，就是。你看看他的蛤蟆嘴、罗锅背，还有那个小短腿，简直是千年奇葩！”

这些女人讽刺人一点都不客气，她们议论纷纷，互相比较着谁说得更难听。

左太冲匆忙地擦着脸，夹着弹弓，狼狈地逃离了人群。

路上碰到了一个慈眉善目的中年大妈，她拉住了落荒而逃的左太冲，眼睛里满是同情。左太冲的眼泪都快要感动地落下来了。

“孩子，丑不是你的错。”大妈用手摸了摸左太冲的头，“可是，出来吓人就是你的不对了。”

左太冲的左胸仿佛瞬间响起了一声清脆的爆裂声。

一声叹息

虽然左太冲能写畅销书，会跳“鬼步舞”，但是在看重颜值的西晋，左太冲还是被“外貌协会”的小姐、大妈们无情地 PASS 掉了。更早的时候有东施效颦被传为笑谈，而今左太冲高仿“小岳岳”再一次失败了。

每个人都有追求美的权利。左太冲没有问题，潘岳的粉丝也没有问题，那些朝别人吐口水的“粉丝”就真的不应该了。

79

葬礼上的驴叫声

原文

王仲宣[①]好驴鸣。既葬，文帝[②]临其丧，顾语同游曰："王好驴鸣，可各作一声以送之。"赴客皆一作驴鸣。

①［王仲宣］王粲，字仲宣。

②［文帝］魏文帝曹丕。

插播

王粲(177年—217年)：字仲宣，山阳郡高平(今山东省微山县两城镇)人，东汉末年文学家，"建安七子"之一。王粲很小的时候就已经有了名气，为当时著名学者蔡邕所赏识。后来，王粲归顺曹操，深得曹氏父子的信赖，被赐爵关内侯。他和曹家的曹丕和曹植都有很深的交情。建安二十二年(216年)，王粲随曹操南征孙权，于北还途中病逝，终年四十一岁。王粲善写文章，他的诗赋为"建安七子"之冠，又与大才子曹植并称"曹王"。王粲也擅长驴叫，本文中的故事就与王粲和驴叫有关。

湖北省襄阳市的仲宣楼，王粲曾经在此登楼作赋

王仲宣（王粲）的墓如今青草茵茵

直译

王仲宣生前喜欢听驴叫。

他下葬的时候，魏文帝曹丕前来参加他的葬礼，回头对同去吊唁的人说："王仲宣生前喜欢听驴叫，咱们每人学一声驴叫来送别他。"于是去吊丧的客人都一一学了一声驴叫。

演绎

"啊——哦啊——哦啊——哦啊——"王粲的葬礼上传来一声接一声的高亢的驴叫声，引得吊唁的人们翘首观看。

循着声音望去，只见一个身材中等、气宇轩昂的青年男子站在王粲的灵柩旁，带着高高的发冠，系着长长的带子，原来是王粲生前的好朋友——曹丕。学驴叫的不是别人，正是他。

"建安七子"中的佼佼者王粲有过人的诗词天赋，也正因为如此，同样爱好文学的曹丕和他成了好朋友。他俩经常一起写文章，一起参加诗词大会。而今，年仅四十一岁的王粲在跟随曹操南征孙权返回邺城的路上病逝，这个消息让曹丕十分悲伤。

此时的曹丕还是世子，他在葬礼上扶着棺材哭了好一会儿，嗓子都哑了。跟随而来的一帮文士也跟着伤心不已，纷纷擦眼泪。

葬礼祭司来到曹丕面前作揖："请世子为王粲大人致悼词。"

曹丕擦了擦眼角的眼泪，掏出为王粲写的祭文，正要念的时候又突然停了下来。

"仲宣生前就不是遵循旧规陈法的人，我们不能这么俗气，让他看笑话。"曹丕把祭文折起来，用手撕成了碎片，往空中一撒。

“仲宣活着的时候，最拿手的一项技术活就是模仿驴叫。”曹丕的眼睛里闪过一丝光，大手一挥，“既然如此，我们还哭个什么劲儿？”

“我们就用驴叫来为他送行，啊——哦啊——哦啊——哦啊——哦——啊——”曹丕的驴叫张口就来。

“啊——哦啊——哦啊——哦啊——哦——啊——”

“啊——哦啊——哦啊——哦啊——哦——啊——”

…………

于是，此起彼伏的驴叫声响彻在悲伤的葬礼上，蔚为壮观。倘若棺材里躺着的王粲九泉有知，必将深记驴鸣送葬的情谊。

一声叹息

千金易得，知音难求。所以伯牙断琴，所以曹丕学驴。

王粲，安心地去吧，驴叫的技术，后继有人了。

80

我这样的人竟然不长寿

原文

王长史[①]病笃，寝卧镫下，转麈尾视之，叹曰："如此人，曾不得四十！"及亡，刘尹[②]临殡，以犀柄麈尾著柩[③]中，因恸绝。

①〔王长史〕王濛，曾任长史一职。

②〔刘尹〕刘惔。

③〔柩(jiù)〕装着尸体的棺材。

直译

长史王濛病入膏肓，躺在床上，就着灯光转动并注视着手中的麈尾，感叹道："我这样的人，居然都活不到四十！"

王濛去世之后，好友刘尹专程前来吊唁。他把犀牛柄的麈尾放到王濛的灵柩里，悲痛欲绝。

演绎

昏黄的灯光下，三十九岁的王濛躺在床上，脸色蜡黄，没有血色。此刻的王濛已经病入膏肓，死神留给他的日子已经不多了。关于这点，他心里其实很清楚。他的手里还拿着寸步不离的麈尾，那是他的宝贝。

"万万没想到，"王濛翕动着嘴唇，眼睛里满是深深的惆怅，"我这样的人，竟然都不能活到四十岁啊！"他想到了和好友刘惔一起游山玩水，一起纵情欢歌，一起开怀畅饮，一起清谈到天亮的情景。还有集市上的那个老太太，她是那么可爱。当年他到市场上去买帽子，没曾想卖帽子的老太太被王濛的俊美长相打动了，新帽子直接送，死活不肯收钱。其实那老太太很有生意头脑，让王濛这样的名人做了代言人，这是天上掉了馅饼啊(此事在《晋书》卷九三中有记载)。

可是，这一切都将成为云烟。想到这里，他无力地闭上了眼睛，眼角流出一颗晶莹的泪珠,在灯光下闪着透亮的光。

几天之后,一代美男子王濛撒手人寰,告别了他钟爱的家人和好友,永远地离开了他喜爱的时代。

刘惔拖着步子走到王濛的灵柩前,躺在棺材里的昔日好友仍然肤如凝脂,可是却再也不能看到他睁开朗星般的双目。刘惔把犀牛柄麈尾轻轻地放在王濛的手边,用手轻轻地抚摸了一下他冰凉刺骨的脸,禁不住悲从中来。刘惔用手扯着王濛洁白的衣袖,眼泪止不住地流了下来:"兄弟,你怎么忍心留我一个人在这个世界独自活下去……"

一声叹息

玄学清谈既是一种哲理的探讨,又是名士们的社交活动,代表了名士们的精神文化。名士清谈时必持麈尾,言谈之中,挥来甩去,姿态优雅,迷倒他人无数,所以麈尾也就成为名士文化的象征。

王濛死时才三十九岁,正是人生最灿烂辉煌的时候,他的人生却在此时谢幕。当他在灯下转动麈尾而叹"如此人"时,其伤感的不在人而在"如此"二字,麈尾就是"如此"二字的落实。麈尾是名士文化的象征,因此,王濛所伤感的并不是个人的生命,而是这一生命所承载的名士文化。所以,刘惔要将这犀牛角装饰的麈尾放入王濛的棺材中。想到今后的清谈再也没有这样高妙清远的析理对手与论辩知音了,他不禁悲痛欲绝!

81

轻薄京官

原文

许玄度[①]停都一月，刘尹[②]无日不往，乃叹曰："卿复少时不去，我成轻薄京尹[③]！"

①〔许玄度〕许询，字玄度。

②〔刘尹〕刘惔。

③〔京尹〕京兆尹，京都的长官。刘真长为丹阳尹，丹阳郡的首府就是建康。

插播

许玄度（生卒年不详）：即许询，字玄度，祖籍高阳（今河北省蠡县），东晋文学家，常年客居会稽（今浙江省绍兴市）。此人善写文章，与王羲之、孙绰、支遁等人在当时是公认的优秀作家。他出身官宦世家，但是终身不进官场，甚至为了躲避来自各级政府部门的"任职邀请函"而隐居深山。他喜欢游山玩水，是资深驴友，常与谢安等人一起喝酒、吟诗，参加的都是高规格的文学聚会。他与王羲之是非常好的朋友，曾参加著名的兰亭雅集。他善析玄理，是当时清谈界的领袖之一。

许询画像

许询隐居萧山的故居

直译

许玄度在建康停留了一个月的时间，刘尹没有一天不去拜访。

刘尹感叹道："你如果再停留些时候不离开京都，我就成了轻薄职守的京城长官了。"

演绎

许玄度到建康来，觉得京城的花花世界格外好，而且还有好哥们儿刘真长在，而且这哥们儿还是建康的长官——行政一把手。

天时地利人和，许玄度放心地住下了，这一住就是一个月。

这一个月里，刘真长基本每天都去和他见面、聊天，时不时还喝点小酒，吹吹牛。史书中还有这样的记载：许玄度诣京，刘真长十天诣十一次。

再后来，刘真长也受不了啦。他拉着许玄度的手感慨万分："哥们儿，虽然我俩是老朋友，但是我还是想知道，你到底啥时候走啊？"

许玄度听了，心里有些不爽，这是要撵我走的节奏啊。

刘真长拍拍许玄度的肩膀，说："兄弟，别多想。我是国家公职人员，还得上班。天天这样陪，我早晚都要变成轻薄、不务正业的京城长官。"

一声叹息

客走主安。

许询你游山玩水，平时也没个日程安排，走到哪里都能落地生根。可是，刘惔还是上班一族，工作做不好，丢了工作事儿小，下回你来了没人安排事儿大啊。

82

被窝边的守望者

原文

卞范之为丹阳尹，羊孚南州①暂还，往卞许，云："下官疾动，不堪坐。"卞便开帐拂褥，羊径上大床，入被须枕。卞回坐倾睐，移晨达莫②。羊去，卞语曰："我以第一理期卿，卿莫负我！"

①〔南州〕今安徽当涂。

②〔莫〕通"幕"，天黑。

插播

卞范之（？—404年）：字敬祖，济阴冤句（今山东省曹县西北部）人，东晋官员。此人有才华，文笔很好，是桓玄的幕后军师、得力助手，后来跟随桓玄起兵谋反。桓玄篡位后骄奢无度，卞范之也不是省油的灯，他打着桓玄功臣的旗子四处造房子，而且还都是大户型。桓玄兵败之后，卞范之也随之被斩杀。

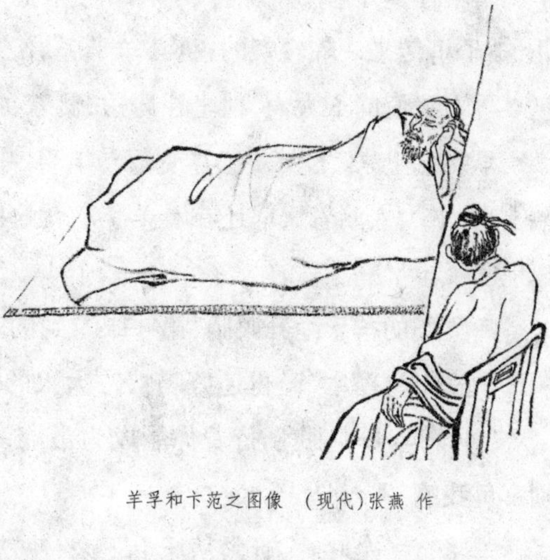

羊孚和卞范之图像　（现代）张燕 作

直译

卞范之担任丹阳尹时，羊孚从南州临时回京，前往卞范之家里，对他说："我的疾病发作，无法坐得住。"卞范之就拉开帐子，把褥子掸干净。羊孚径直上了大床，钻进被子后又要枕头。卞范之返回座位侧着身子坐着，注视着他，从早晨一直到傍晚。羊孚离开时，卞范之对他说："我期望你成为最善于谈论义理的人，你不要辜负我！"

演绎

夕阳斜射入卧室，余晖中有一杯热茶冒着袅袅的热气。坐在床边的卞范之呷了一口茶，心满意足地眯起了眼睛。

“老爷，门外有人请见。”仆人进来通报。

“哦？”卞范之放下手中的茶杯，“你可知那来者何人啊？”

“说是姓羊，好像是羊孚吧。看着相貌堂堂、气质不凡啊。”仆人回答道，“好像和老爷是老相识呢。”

“快、快、快，请他进来，是羊孚来了。”卞范之急忙挥手令人召见，手边的杯子被撞倒了，洒了一地的茶水。

不一会儿，卧房里走进来一位气宇轩昂的年轻人，正是年少知名的羊孚。

“小羊啊小羊，你可想死我了！”小卞一个箭步冲过去，紧紧抓住羊孚的手。

小羊抬头看着卞大人，一脸的倦怠，说道：“卞大人，下官刚刚服了五石散，这时候药性发作，坐不住了……”

卞大人听到这里，回身拉开帷帐，把床上的素花被褥轻轻掸平，摆正了荞麦枕头，洒了几滴驱蚊药水，然后向羊孚招了招手：“来吧，上床睡觉。”

羊孚还真不客气，鞋子一蹬，踏上床去，掀开了被子，刺溜一下就钻了进去。不一会儿，被子里传来一阵轻轻的鼾声，羊孚睡着了。

再看我们的卞大人，他坐在床边，侧着身子看睡在床上的羊孚，满眼爱怜。

早餐端上来，卞大人啃着油条看羊孚；中餐端上来，卞大人吸溜着面条看羊孚；晚餐端上来，卞大人涮着火锅还在看羊孚。就这样，羊孚昏昏沉沉地睡了一天，卞大人寸步不离地守了羊孚一天。

睡醒了的羊孚睁开眼睛，第一眼看到的就是床边的卞大人。

“小羊，你醒啦，睡得还好吗？”卞大人的声音轻得像能飘上云端的棉花糖。

“小羊啊小羊，我期待着你能成为最能谈论义理的人，不是之一，是唯一。你可千万别辜负我啊。”

羊孚打了个哆嗦，赶紧从床上下来，使劲地点点头，然后一溜烟地走掉了。

一声叹息

卞大人坐在床边守了一天，辛苦了。羊孚能睡在被窝里被欣赏一整天，还能睡得如此安稳，恐怕不是羊孚的定力好，而是五石散货真价实，药性太好。

83

一场喝醉了的戒酒仪式

原文

刘伶病酒，渴甚，从妇求酒。妇捐酒毁器，涕泣谏曰："君饮太过，非摄生之道，必宜断之！"伶曰："甚善。我不能自禁，唯当祝鬼神，自誓断之耳！便可具酒肉。"妇曰："敬闻命。"供酒肉于神前，请伶祝誓。

伶跪而祝曰："天生刘伶，以酒为名，一饮一斛[1]，五斗解酲[2]。妇人之言，慎不可听。"便引酒进肉，隗然[3]已醉矣。

①〔斛(hú)〕古代量器。

②〔酲(chéng)〕醉酒后神志不清的状态。

③〔隗(wěi)然〕醉倒的样子。

插播

刘伶(生卒年不详，一说约221年—约300年)：字伯伦，沛国(今安徽省淮北市)人，魏晋时期名士，与阮籍、嵇康、山涛、向秀、王戎和阮咸并称"竹林七贤"。刘伶嗜好饮酒，行为放荡不羁，被称为"醉侯"。此人好老、庄之学，追求自由逍遥、无为而治。刘伶曾在王戎幕府下任参军，因没有什么工作业绩而罢官。泰始二年(266年)，朝廷征召刘伶再次入朝为官，刘伶毅然拒绝，不久后离世。刘伶不光会喝酒，对酒也很有研究，他现今存世的两件作品中就有一件与酒有关，即《酒德颂》。其作品生动地

清代康熙五彩瓶中那个袒胸露背的就是刘伶，对面那个人是"竹林七贤"中的"大哥"阮籍，也是刘伶最钟爱的酒友

反映了魏晋名士崇尚玄虚、消极颓废的心态，也表现出对“名教”礼法的蔑视及对自然的向往，后世以刘伶为蔑视礼法、纵酒避世的典型。如今悬挂在各大酒店的国画作品中那个满脸醉意、衣衫不整的长衫客就是此君。

斛：中国旧量器名，也是容量单位，一斛本为十斗，后来改为五斗。唐朝之前，斛为民间对石的俗称，一斛等于一石，一石等于十斗，十斗等于一百二十斤。汉朝许慎在《说文解字》中记载：“斛，十斗也。”

西周和田玉玉斛

商代晚期玉斗，山东省滕州市出土

斗：中国旧量器名，也是容量单位，此处应作酒器。十斗为一斛，后改为五斗为一斛。

直译

刘伶喝酒过多，害了酒病，非常口渴想喝酒，于是向妻子要酒。他的夫人把酒倒掉，摔碎了装酒的瓶子，哭着规劝刘伶：“您喝酒太多，不是养生的方法，一定要戒掉啊！”刘伶说道：“那好吧，我自己戒不了，只有在神面前祷告发誓才可以把酒戒掉，请你准备酒肉吧！”夫人说：“就遵从你的意思办。”她把酒肉放在神案上，请刘伶来祷告。

刘伶跪在神案前，说道：“老天生了我刘伶，认为酒是我的命根子，一次要喝一斛，喝五斗才能解除酒醒后神志不清犹如患病的感觉。妇道人家的话，可千万不能听！”说罢，便喝酒吃肉，不一会儿便醉醺醺的了。

演绎

“老婆，给点儿酒喝解解渴，好不好？”刘伶扯着妻子的衣袖撒娇。

“喝、喝、喝，都给你喝！”刘夫人甩开丈夫的手，抓起桌上的酒坛，口朝下“呼呼啦啦”地倒了个底朝天。刘夫人看着洒了一地的酒，随后又把手中的坛子往地上狠狠一摔，只听见“砰，哗啦——”几声，酒坛子碎了一地。

平时刘夫人与人无争，安静得如同一只猫，这个时候一发飚，成了一只老虎。刘伶被吓得一哆嗦，禁不住往后退了两步。

“夫君，听我这一次劝，不要再喝了行不行?!”刘夫人怒气未消，嗓门儿高了好几度。

“你喝酒成瘾，经常过量，这哪里是什么养生之道，你这是慢性自杀。”刘夫人说到这里，难过地哭起来。

刘伶看到一地狼藉和捂着脸痛哭的妻子，赶紧走上前去：“老婆，你说得太好了，我决定从今天开始戒酒。”

刘夫人听到刘伶这句话，擦了擦眼泪看着他，虽然刘伶的脸上满是悲壮的神色，但是刘夫人依然半信半疑。

“但是——”刘伶果然还有没说完的话。

“但是这件事情我无法自己单独完成，难度系数太高了。”刘伶转身看向身后的神案，并说道，“这么重要的事情，一定要让鬼神都知道，也好让他们监督我。”

“夫人，去准备一些祭神的酒肉，我得发个重誓。”刘伶叮嘱破涕为笑的刘夫人赶紧去准备祭神。

不一会儿，刘伶家的神案上已经摆满了祭品。刘伶支开妻子，然后关上房间的门，一个人开始煞有其事地祭神。

“鬼啊！神啊！你们都在家吧。这时候没有其他人，听我刘伶说说心里话。”刘伶斟满了一杯酒，毕恭毕敬地贡在神案上。

“老天在上，生我刘伶在世，这酒就是我的命，我不喝酒会生病。”刘伶说得诚恳，“我一次喝一斛，五斗才能治好我的病。至于我老婆说的那些话，都是妇道人家的唠唠叨叨，诸位鬼神们千万别在意，那是她瞎说。”说到这里，刘伶转身看看房门，压低了嗓音。

“今天，还请诸位鬼神见谅，我替我的老婆子给大家赔个不是。”刘伶说完跪在地上，“咚，咚，咚”磕了三个响头后，起身倒酒，仰起脖子就是一碗。

神案上有花生米和猪头肉，都是爽口的下酒菜。刘伶一碗又一碗地喝，不一会儿就像往常一样酩酊大醉了。

一声叹息

这是刘伶和妻子之间的又一次斗智斗勇，显然，刘夫人又一次输了。

刘伶不爱说话，但是并非不善言辞。他曾在喝醉时与人发生争执，不幸的是，那人长得人高马大，扯住他的衣服挥拳就要打。刘伶不急不慢地说：“你看我瘦得像鸡肋一样，这不能让你的拳头打得舒服啊，老兄。”那人听后大笑，放下拳头不打了。

84

不得不喝

原文

刘公荣与人饮酒，杂秽非类，人或讥之。答曰："胜公荣者，不可不与饮；不如公荣者，亦不可不与饮；是公荣辈者，又不可不与饮。"故终日共饮而醉。

插播

刘公荣：东晋官员，曾经担任兖州刺史，最喜欢喝酒，甚至为了喝酒能讲出无穷无尽的说辞。他喝酒不讲究，和谁都能喝，没有他去不了的喝酒场合。

直译

刘公荣和人喝酒，乱七八糟、各行各业的人都有。有人嘲笑他，他却回答道："比我刘公荣强的人，我不能不和他喝；不如我刘公荣的人，我也不能不和他喝；和我一样的人，我刘公荣又不能不和他喝。"所以他整天与人一块儿喝得大醉。

演绎

看到刘公荣步履踉跄地走过来，坐在酒肆里的几个人禁不住哈哈大笑起来，看来刘公荣又喝多了。

"刘大人，今天你又在哪里喝的呀？"在座的人打趣道。

"依我看，不是和菜市场的王麻子就是五金店的齐大胖。"另外一个人没等刘公荣回答，马上接过话，说，"早上我看到齐大胖来'口福居'买麻辣蚕豆，说是刘大人要和他小酌两杯。"

"不对吧，依刘大人的身份，怎么能和这些市井之流同桌共饮呢，肯定不是。"有人不相信。

"那、那又怎么样？"刘公荣听到这些话，走到桌子前，一屁股坐到凳子上，浑身散发着酒气。

“比……比我刘……刘公荣强的人，我……我不能……不能不和他喝，对……对不对？”刘公荣看来没少喝，说话都大舌头了，但是这句话没错，大家也频频点头。

“不如我……我刘公荣的，我……我也不能……不能不和他喝，不能眼皮往……往上翻，瞧……瞧不起人。你们说对还是……还是不对？”刘公荣眯着眼睛继续说。

“对！对！对！得喝！”众人齐声回答。

“和我一样……一样的人，我又……又不得不和他喝，你们说，我说的有没有道……道理？”

“所……所以啊，别说……说我什么‘杂……杂秽非类’，我的酒友不分类。酒杯一端，都……都是自己人。”刘公荣说完这句话，顺手拿起桌上的酒碗，一仰脖子，又干了。

一声叹息

酒逢知己千杯少。刘大人的知己遍布天下，三教九流，房前屋后，只要有酒，都是朋友，这情怀，我也是醉了。

85

为啥钻我裤子？

原文

刘伶恒纵酒放达，或脱衣裸形在屋中，人见讥之。伶曰："我以天地为栋宇，屋室为裈[①]衣，诸君何为入我裈中？"

①〔裈(kūn)〕古代的裤子。

插播

裈：我国古代的裤子有两大类，一种叫"裈(kūn)"，另一种叫"袴(kù)"或"绔(kù)"。裈是古代的内裤，有裆，分两种：一种很短小，酷似当代的三角内裤，在古代称作"犊鼻裈"；另一种略宽大一些，酷似当代的沙滩裤，有两条明显的裤管，裤长及膝。至汉代又出现了一种称作"穷袴"的裤子，虽然称作"袴"，但结构上还是和裈类似，是一种加长加宽的裈。裈属亵衣的体系，通常除了农夫、仆役或军人为了行动方便外，很少有人会直接把裈暴露在外。

战国时期秦国铜人身上穿的就是类似于现在的三角裤的犊鼻裈

西汉马王堆汉墓出土导引图中(局部)穿着裈的人物形象

直译

刘伶常常很放纵地喝酒狂欢，放荡不羁，有时脱去衣服，赤身裸体地待在屋子里。

有人看到后就讥笑他，刘伶说："我把天地当作房屋，把房屋当作衣裤，你们怎么钻进我的裤裆里来了？"

演绎

刘伶很爱喝酒，而且嗜酒如命。

酒喝多了，刘伶就经常放飞自我，享受酒带来的美好小心情。他是个小个子，史书（《晋书·列传第十九·刘伶》）记载，他"身长六尺"，即一米五多点儿；"容貌甚陋"，也就是他长得不怎么好看，甚至还有点儿丑。其实丑也就丑了，他还一点儿都不温柔。史书记载："刘伶放情肆志，常以细宇宙齐万物为心。澹默少言，不妄交游，与阮籍、嵇康相遇，欣然神解，携手入林。"意思是，刘伶这个人沉默少言，不随便和他人交游，但是和阮籍、嵇康相遇后，情投意合，成了酒友，这几个人经常手拉手到林子里去喝酒。

不温柔的小个子刘伶不把生死当回事儿，对于财富和家产根本就不会介意。他"常乘鹿车，携一壶酒"，兜里装着一包花生米，使人扛着锹跟着，还交代说："我在哪里死了，你就把我埋在哪里好了。"

小个子的丑男人刘伶生性豁达，平常虽然说话不多，可是一旦喝多了酒，立马性情大变，甚至毫无顾忌地脱掉所穿衣裤，到处溜达，等同于我们现在的"裸奔"。"裸奔"的刘伶因为身材瘦小，浑身也没有什么肌肉，实在没什么看头。因此很多人看到"裸奔"的刘伶总会大声地讥讽和嘲笑他："刘伶，你倒是凉快，可是也太不知羞耻了吧。"

"说什么怪话！"刘伶用手指着那些嘲笑的人，"我把天和地当作屋子，把屋子当作裤子，我就不明白了，你是怎么无缘无故地钻到我裤子里来的？"

一声叹息

刘伶个子不高，但是酒后壮胆，感觉自己是巨人。所以他以天地为屋舍，以屋舍为裤子，这裤子确实也顶天立地了。当然，他对周边的"俗人"们说话也毫不客气，但那些话也不见得都是酒话。

86

遇到他，你托付的信永远在路上

原文

殷洪乔[①]作豫章郡[②]，临去，都下人因附百许函书。既至石头[③]，悉掷水中，因祝曰："沉者自沉，浮者自浮，殷洪乔不能作致书邮[④]。"

①〔殷洪乔〕殷羡，字洪乔。

②〔豫章郡〕任职豫章太守。

③〔石头〕江西赣水西口。

④〔致书邮〕古代对邮递员的称呼。

插播

殷洪乔：殷羡，字洪乔，陈郡长平县（今河南省西华县）人，东晋官员，曾任江州刺史陶侃长史、长沙相，助其平定苏峻之乱。殷洪乔官至豫章太守、光禄勋。他的儿子殷浩，是东晋有名的清谈人物。

殷洪乔画像

直译

殷洪乔曾被任命为豫章太守，即将赴任时，都城里的人托他带了上百封信件。到石头渚后，他将信都抛进了水里，并说道："该沉的就自己沉下去吧，该浮的就自己浮上来吧，我殷洪乔不能做送信的邮差。"

演绎

一艘船从淡青色的晨雾中钻出，缓缓地靠近石头渚的码头。

船上立着一人，正是赴任豫章太守的殷洪乔。船眼看着就要靠岸了，这时候，仆人开始收拾东西,其中一个蓝底碎白花缠枝纹的包裹引起了殷太守的注意。

“这里面是什么,怎么鼓鼓囊囊的一大包?”他指着包裹问道。

“回禀老爷,这里面都是信件。听说您要上任豫章太守,前几日有好些人纷纷拿了书信拖您带过去。”仆人回答道。

“哦?”殷洪乔不禁皱起了眉头。

“全部打开,这都是什么玩意儿?”他解开那个包裹,一抖,一堆信呼呼啦啦地掉了出来。

“老爷,这……合适吗?”仆人们有些为难。

“合适!有啥不合适的?”殷太守大手一挥,“拆!”

拆开来的信件殷洪乔大致看了一下,尽是些拉关系、套近乎、递条子的事儿。论关系,很多还是八竿子都打不着的:王家的小姨子的邻居想找个城里的工作;李家大侄子的远房表哥想去豫章找对象;刘家街道口刘大妈的小叔子偷了三只大白鹅,想向某某某求情的……

看着看着,殷太守的眉头拧成了一个大疙瘩。他把手里的信连同包裹里的信件一起往河里一甩,如同下了一场大雪,信函纷纷扬扬地落在水面上。

“该沉的自己沉下去,该浮的就自己浮起来吧,各位信函,请自求多福。我殷洪乔可不是送快递的,走你——”说完此话,殷太守迈步上岸,昂首而去。

一声叹息

殷太守厌恶这些套人情、拉关系的做法,这与他洁身自好的品行有关。但是私拆人家的信件,侵犯了他人的隐私啊。

殷洪乔私拆信件、付水自流的事情影响了后世,唐、宋等朝代的诗人都在诗中发出了感慨,比如宋代诗人刘克庄的诗中就有这么一句:“有书安敢托洪乔。”后来,人们就把托人捎信捎不到的情况,称作“付诸洪乔”,又名“误付洪乔”“洪乔莫误”等,表达了一种“所托非人”的意思。

87

我只是来吃羊肉的

原文

罗友作荆州从事，桓宣武为王车骑集别，友进，坐良久，辞出。宣武曰："卿向欲咨事，何以便去？"答曰："友闻白羊肉美，一生未曾得吃，故冒求前耳，无事可咨。今已饱，不复须驻。"了无惭色。

插播

罗友（生卒年不详）：东晋官员，字宅仁，襄阳人。幼年家里贫寒，罗友从小就在荆州行乞，后来入征西大将军府，担任幕僚，有奇才，不拘小节，后得到桓温的重用。桓温任荆州刺史时，他任刺史属下的从事，后出任襄阳太守，累迁广州、益州刺史。因为童年经常忍饥挨饿，成年后的他对于吃从来都毫不客气。

羊肉有多种做法，味道鲜美可口

罗友画像 （现代）朱永太 作

直译

罗友担任荆州从事的时候，桓宣武桓温为车骑大人王洽聚会送别。罗友入宴席后坐了很长时间才告辞离去。

桓温问他："你刚才说有事情想要问，怎么这就走了呢？"罗友回答："我听说白羊肉十分鲜美，这辈子还没吃过，所以冒昧前来求得这个美味，没有其他事情要问。现在我已经吃饱了，不需要再待在这里了。"罗友脸上丝毫没有露出羞愧的表情。

演绎

送别王车骑王洽的宴会还在进行中，传菜的人脚不着地地穿梭在席间。荆州从事罗友左手酒、右手肉，吃得顾不上抬头。醇香的酒正好解了盘中白羊肉的腻，膻味也几乎感觉不到了。罗友吃了几口肉，然后闭上眼睛，陶醉地摇头晃脑。

酒足饭饱，宾客尽欢，大家一一起身告别。这时候，桓温一把拉住甩袖子要走的罗友，说："小罗，你且慢走。"

"桓大人可有事情吩咐下官？"罗友转身问道，嘴角还闪着羊油的光泽。

"今天刚进来的时候，我看你好像有事情找我，后来人多一打岔也没顾上，怎么你现在就要走了，你说吧，有啥事找我？"桓温问道。

"啥事儿？"罗友顺手抬起袖子擦了一下嘴巴，"哦——想起来了。"

"桓大人，这是个事儿，也不是个事儿。于您来说，或许不是个事儿；于下官来讲，这真的是个事儿。"罗友说了一串儿。

"什么情况？说清楚点，我没听明白呢。"桓温被罗友的顺口溜绕得有点儿晕。

"嗯哼——"罗友清了清嗓子。

"桓大人，下官久闻白羊肉之鲜美，举世无双，天下珍馐无出其右者。鄙人神往久矣，唯叹囊中羞涩，不能遂心中意，使鄙人茶饭不思、夜不能寐、辗转反侧，竟致神情恍惚，哀毁骨立、鸡骨支床、形如枯槁、病入膏肓……"罗友说得沉迷而动情。

"行了！"桓温听得满身燥热、头昏脑涨，"你到底想说什么事情？！"

"嗯哼！"罗友翻了翻白眼，又清了一下嗓子。

"我就是听说白羊肉十分好吃，今天特意来吃一顿，至于其他事，呵呵，并没有。"罗友这一次回答得干净利索。

看见面前的桓温大人一脸疑惑，罗友凑上前低声说道："桓大人，这个白羊肉的确不负虚名，尤其是用山东大葱切段儿，佐以广东砂姜切片，武火爆炒，八成熟加入半勺海天蚝油，起锅时点缀少许香菜着色，那简直是……啧啧……"

桓温默默递过去一张纸巾："罗大人，请擦擦你的哈喇子……"

"除了这个鲜美的白羊肉，罗大人还有别的事情吗？"桓温不死心。

"嘿嘿，这个别的事情嘛——"罗友把手中的纸巾一团，说道，"真没有。"

"若无其他事，下官告辞。"罗友作了一揖，宽大的袖袍一甩，转身离开，边走边唱，兴致很高,“小白羊啊,肥又胖啊。今日一尝,不同凡响……”

一声叹息

罗友应该是个标准的“吃货”,而且是个心胸坦荡的“吃货”。他曾经有守在门口等祭神酒菜的经历,而且对于“吃”这件事情,他从来都是不加掩饰的。罗友为官清廉,唯一的财产就是珍藏的二百五十套食盒。他这么在意“吃”,与他从小家里贫困,不得不四处行乞的经历有直接关系。

88

打铁的帅哥

原文

钟士季①精有才理，先不识嵇康②；钟要于时贤俊之士，俱往寻康。康方大树下锻，向子期③为佐鼓排④。康扬槌不辍，傍若无人，移时不交一言。钟起去，康曰："何所闻而来？何所见而去？"钟曰："闻所闻而来，见所见而去。"

①〔钟士季〕钟会，字士季。

②〔嵇康〕字叔夜。

③〔向子期〕向秀，字子期。

④〔鼓排〕拉风箱鼓风。

插播

嵇(jī)康(224年—263年)：字叔夜，汉族，谯国铚县(今安徽省濉溪县)人，三国时期曹魏思想家、音乐家、文学家。嵇康为曹魏宗室的女婿，娶曹操的曾孙女长乐亭主为妻。官至中散大夫，世称"嵇中散"。其人身高臂长，相貌堂堂，爱好广泛，会写文章，会打铁，

《竹林七贤图》（清代）任伯年 作

嵇康画像

能弹琴，在书法和绘画方面也颇有建树，他的智慧和才能如同满天星星，闪闪发光。嵇康辞官后隐居，与阮籍、向秀等七人组成了当时的偶像团体——“竹林七贤”。嵇康是这个团体的核心人物和精神领袖，但是他的傲娇得罪了权臣钟会，遭其构陷，后被司马昭处死，时年四十岁。他的事迹与遭遇对后世的社会风气与价值取向有着巨大影响，偶像的魅力不同凡响。

向子期(约227年—272年)：向秀，字子期，河内怀(今河南省武陟县)人，“竹林七贤”之一。向秀雅好读书，与嵇康、吕安等人关系很好，他也不喜欢出仕做官。向秀经常帮嵇康打铁以贴补家用，也时常到吕安家的菜园子里去浇水。景元四年(263年)，嵇康、吕安被司马昭害死后，心情复杂的向秀受老乡司马昭接见，后官至黄门侍郎、散骑常侍，泰始八年(272年)去世。

南朝时期的砖刻《竹林七贤与荣启期》中的向秀 南京博物馆 藏

直译

钟会有精深的才思，先前不认识嵇康，他邀请当时的一些才德出众的人士一起去寻访嵇康。碰上嵇康正在大树下打铁，向子期帮他拉风箱。嵇康继续挥动铁锤，没有停下，旁若无人，过了好一会儿也不和钟会说一句话。钟会起身要走，嵇康才问他：“你听到了什么才来的？看到了什么才走的？”钟会说：“听到了所听到的才来，看到了所看到的才走。”

演绎

循着“叮叮当当”的打铁声，钟会走到一棵槐树下。树荫下的炉膛里跳动着熊熊的火苗，旁边抡着大铁锤砸砧板的大个子男人身高一米九多，肌肉发达，赤裸的上身有八块明显的腹肌。钟会暗暗摸了摸自己肚子上一整块完整的腹肌，紧了紧腰上的皮带。

据说，嵇康学识渊博、声名赫赫，而且多才多艺。他长于书法，通音乐，善抚琴，在当时名气很大，很受人们的仰慕。虽然钟会也是个才华横溢的人，但是据世人所说，他和嵇康比还是有差距的，或许还不是差一丁点儿。这让钟会的心里充满了与学习榜样侃侃而谈的憧憬，也掺杂着一丝说不清、道不明的嫉妒。眼见嵇康就在眼前，钟会和一同前往的众人喃喃耳语，手足无措，竟然不能开口问候。

此时的嵇康长发披肩、肩宽体阔，左手拿钳，右手提锤，在铁砧板上有节奏地打铁。

向秀坐在旁边拉风箱，风箱“呼哒呼哒”直响，向秀时不时地用手中的烧火棍拨一下炉膛里的木炭。

“叮叮咣咣”“呼哒呼哒”……

嵇康和向秀配合默契，似乎没有看到前来的钟会等人，这让大家感到十分尴尬。

嵇康和向秀继续打铁，等候着的钟会等人像是被老师罚站的小学生。

就在钟会恨恨地要走的时候，嵇康说话了：“你们听到什么而来的啊？”也不正眼看钟会，继续说道，“见到了什么要走啊？”

“听到该听到的来。”钟会的声音在炎热的天气里透着一股寒意，“见到该见到的走。”

钟会说完拂袖而去，屁股后面跟着一群哼哼唧唧的人。

“都说人生有三苦：打铁，撑船，磨豆腐。我自中意烧火炉，箕山之志焉能除……”午后的斜阳把树木的影子拉得很长，嵇康的歌声隐约传来，在夕阳中飞得很远很远。

钟会原本就嫉妒嵇康的才华，再加上嵇康对他的冷漠态度，因此钟会一直怀恨在心。后来，嵇康因为替好友吕安出头，得罪了司马昭。钟会就对司马昭说：“嵇康是条盘踞着的龙，只要有他在，你的江山就坐不稳。”还诬告嵇康言论放荡，违背社会公德和国家政策，更重要的是有谋反之心，要赶紧铲除才能安心。

于是，在三千名求情不应的太学生面前，在手持刀斧的刽子手身旁，嵇康双手抚琴，弹奏出一曲绝唱——《广陵散》，向这个动荡不安的世界挥手永别。巨星陨落，山河垂泪，就连当时下令处死他的司马昭都很快后悔做了这个决定。

一声叹息

钟会是个很有才华的人，但是他度量小、心胸狭隘，见不得比自己更优秀的人。嵇康颜值高、身材好、文章精彩、言语不凡，还是皇亲国戚，拥有无数倾慕者，他的人生太令人羡慕了。

所以，得不到嵇康这种优秀人才的钟会，果断下手了——我得不到，别人也别想得到。

89

高鼻梁、深眼窝

原文

康僧渊目深而鼻高，王丞相每调之。僧渊曰："鼻者面之山，目者面之渊。山不高则不灵，渊不深则不清。"

插播

康僧渊：晋代高僧，西域人，以精通佛理著称于世。康僧渊虽是佛门中人，但是与当时的社会名流也有频繁的交往。

康僧渊画像 （现代）李亚娟 作

直译

康僧渊眼窝深陷但鼻梁很高。

丞相王导经常以此嘲弄他。康僧渊说："鼻子是脸上的山，眼睛是脸上的渊。山不高就不灵秀，渊不深就不清明。"

演绎

在欧洲国家的中国"移民"二代，被称作"香蕉"，即皮肤是黄色的，芯儿却是白色的。他们自称"香蕉人"，因为很多第三代及以后的华人虽然有中国人的黄皮肤外表，内在却是地地道道的白人。

在晋朝的时候，却有一位赫赫有名的白人——康僧渊。

康僧渊是西域人，但是在长安出生，从小在中国长大。对当时的中国人来说，有着高鼻梁深眼窝，眼睛或许还闪烁着不同于黑色的光芒的康僧渊无疑是"异类"，大概等同于神话故事里的鬼怪。甚至，广东人至今还戏称欧美人为"鬼佬"。

丞相王导对康僧渊的长相很感兴趣，每次都不忘调侃一番。这次碰到了，王导又禁不住嚷嚷起来："哎呀，你的鼻子怎么这么高，掀门帘都不用手了。哎呀，你的眼窝怎么这么深，大夏天出门都不用戴墨镜了。"

康僧渊微微一笑："鼻子好比是脸上的高山，眼睛好比是脸上的深渊。"

"山不高，就不是灵山。渊不深，就不是清渊。人没有高鼻梁、深眼窝，就不会聪明幸运。"康僧渊讲得很陶醉。

"王丞相，您说是不是这个理儿？"康僧渊忽闪忽闪地眨着眼眶深处蔚蓝色的眼睛。

王导听完这一席话，张了张嘴，没回话，摸着鼻子低头走开了。

一声叹息

估计王导丞相听了这番话，天天回家捏鼻子、摁眼窝。

90

晒　书

原文

郝隆七月七日出日中仰卧。人问其故,答曰:“我晒书。”

插播

郝隆:字佐治,山西省原平市东社镇上社村人。此人为东晋名士,生性诙谐幽默,年轻时无书不读,有博学之名,后投奔桓温,官至南蛮府参军,负责对南蛮的外交事务。当然,他对这个职位是相当不满意的。

今天的山西省原平市上社村——郝隆当年晒书的地方

直译

郝隆在七月七日那天露着肚皮,仰面躺在太阳下。

有人问他什么缘故,他回答:“我在晒我肚子里的书。”

演绎

又是一年的七月七日，还赶上了好天气。

钱百万正站在大门口的阴凉处指挥下人们在院子里搭竹竿，张罗着把绫罗绸缎制成的各种时尚的男装女装拿出来晾晒一番。不一会儿的工夫，整个院子里都晒满了钱百万家人的长袍短褂、小内衣、大裤衩。这些晒出来的衣服件件光鲜耀眼，在太阳底上闪耀着迷人的色泽。

眯着眼睛的钱百万心满意足地捋着几根稀稀拉拉的山羊胡子，走出家门，出去溜达去了。

大门口的池塘边上有一块平整光洁的大石头，石头上赫然躺着一个人。钱百万睁眼一看，嘿，这不是邻居郝隆那个穷小子吗，他躺这里干吗？

“喂，郝隆。人家都在家晒衣服，你小子跑这里躺着干吗？瞧你这皮包骨头的样子，晒肥膘你也没有啊。”钱百万一脸的鄙夷。

“嗤——”郝隆眼睛都没有睁，只是从嘴角发出不屑的一声，“知道吗？我晒的东西在这里。”

郝隆用手拍了拍露出的肚皮，拍得肚皮“砰砰”作响。

“你们只能晒衣服，我呀，晒的是书本，是学问，懂不？”

今天，如果你到山西省原平市上社村去，还能在村口发现一块清代同治年间所立的石碑。石碑上文字记载的就是郝隆“袒腹晒书”的故事。

一声叹息

别人晒衣服，他独晒大肚。

郝隆并非穷小子，腹中存有万卷书。

91

最佳损友

原文

魏武①少时，尝与袁绍②好为游侠，观人新婚，因潜入主人园中，夜叫呼云："有偷儿贼！"青庐③中人皆出观。魏武乃入，抽刃劫新妇，与绍还出，失道，坠枳棘④中，绍不能得动，复大叫云："偷儿在此！"绍遑迫⑤自掷出，遂以俱免。

①〔魏武〕魏武帝曹操。

②〔袁绍〕字本初。

③〔青庐〕当时的人依习俗以青布搭屋举行婚礼。

④〔枳棘(zhǐ jí)〕枳木与棘木两种多刺的灌木。

⑤〔遑迫(huáng pò)〕惶急不安。

插播

曹操(155 年—220 年)：字孟德，一名吉利，小字阿瞒，沛国谯县(今安徽省亳州市境内)人。东汉末年杰出的政治家、军事家、文学家、书法家，三国中曹魏政权的奠基人。曹操曾担任东汉丞相，后加封魏王，奠定了曹魏立国的基础，谥号为武王。东汉末年，曹操以汉天子的名义征讨四方，对内消灭割据势力，对外降服外蛮，统一了中国北方，并实行了一系列政策，恢复了经济生产和社会秩序，从而使中原社会渐趋稳定，经济出现转机。黄河流域在曹操的统治下，政治渐渐清明，经济逐步恢复，阶级压迫稍有减轻，社会风气有所好转。曹操在军事上精通兵法，重贤爱才，为此不惜一切代价将看中的人才收于麾下。三国名将关羽绝对心知肚明，留下了"身在曹营心

曹操至今都是传统京剧中一个著名的反派

在汉”的故事。曹操还是个“文艺男”，喜欢写诗歌抒发心情，但这绝对不是业余爱好，他的诗歌气魄雄伟、慷慨悲凉，散文清峻整洁，开启并繁荣了建安文学，给后人留下了宝贵的精神财富，鲁迅先生称其为“改造文章的祖师”。曹操小时候就擅长“瞒天过海”，年少时，和他一同长大的袁绍也没少受他戏弄。

电视剧《三国演义》中袁绍的形象

袁绍（？—202 年）：字本初，汝南汝阳（今河南省周口市商水县袁老乡袁老村）人，东汉末年军阀，汉末群雄之一。袁绍出身东汉名门“汝南袁氏”，自袁绍曾祖父起，袁氏四代有五人位居三公，“富二代”兼“官二代”的他就是三公之一，其家族也因此有“四世三公”之称，算得上“职业为官”。初平元年（190 年），袁绍与董卓对立，被推举为关东联军首领，是集团军的总司令。在汉末群雄割据的过程中，袁绍统一河北，势力达到顶点。建安五年（200 年），袁绍在官渡之战中大败于发小曹操。建安七年（202 年），袁绍在平定冀州叛乱之后病逝。

直译

曹操年少的时候，曾经与袁绍好做游侠之事。有一次，他们看见别人在举行婚礼，就偷偷潜入主人家的园子里，半夜的时候大叫：“有贼！”新房里的人都出来看。曹操于是进房，拔出刀劫持了新娘，与袁绍按原路出去，两人迷了路，掉进了枳棘中，袁绍不能脱身，于是曹操又大叫：“小偷在这呢！”袁绍惊慌失措地跳了出来，两个人于是都免于被抓。

演绎

曹操和袁绍两人从小志趣相投——打打杀杀、吃吃喝喝，是当时让大家头疼的街头混混。曹操叫“镇关西”，袁绍叫“镇西关”。

有一次，他们看到一户人家娶新媳妇儿，婚礼热热闹闹的，他俩相视一笑——坏主意瞬间冒了出来。趁白天人多，两个人冒充亲戚混到喜宴上吃了个滚瓜肚圆，酒足饭饱后找个背风的阴凉地儿睡了一下午。眼看着太阳掉到了山头那边，天色马上暗了下来。睡醒了的两个家伙趁着夜色翻墙进到了新郎家里，哥俩站在院子里，亮开了嗓子，大声喊道：“快来人哪，有贼啊！”

一喊不要紧，屋子里的人提刀拿棍，呼呼啦啦地全跑出来了。

曹操趁乱钻到新郎的屋子里，亮着一把闪着寒光的匕首劫持了娇滴滴的新娘。出门后，他和袁绍带着新娘离开了新郎家。

“镇关西”和“镇西关”一路上高兴地唱着歌，结果夜色深沉，迷了路。

迷路还不是最糟糕的，最糟糕的是，袁绍一脚踏空，掉到了荆棘丛中，手脚被横七竖八的枝条勾绊，几经挣扎竟然爬不出来了。

这时候只听得“镇关西”曹操又扯着嗓子喊了一声：“快来人哪，小偷在这儿啊！”这一声把荆棘丛中的“镇西关”袁绍吓得头发都竖了起来，他吓得一激灵竟然跳了出来。

“阿瞒，算你狠。你从哪里想到的损招、馊主意？”袁绍边拔衣服上的刺儿边问，“不过，效果不错。”

“咱俩不是最佳损友吗？呵呵……”曹操看着衣衫褴褛的袁绍，笑得嘴都歪了。

一声叹息

曹操和袁绍交情不浅，胆子不小，能耐也不小。

只是论机智，袁绍同学和曹操比还是略逊一筹。机敏和灵活的曹操不仅在这个故事里解了袁绍的围，在以后他俩的相爱相杀中也起到了决定性的作用。

92

坑姐夫的小舅子

原文

和峤性至俭，家有好李，王武子[①]求之，与不过数十。王武子因其上直，率将少年能食之者，持斧诣园，饱共啖毕，伐之，送一车枝与和公。问曰："何如君李？"和既得，唯笑而已。

①［王武子］王济，字武子。

插播

《王武子善解马性》（现代）徐乐乐 作

王武子（生卒年不详）：王济，字武子，太原晋阳（今山西省太原市）人，司徒王浑次子，晋文帝司马昭的女婿，西晋初年外戚、官员。王济才华横溢，风姿英爽，气盖一时，娶了常山公主，官至骁骑将军、侍中。此君喜好武艺，勇力超人，肌肉发达。明明可以凭借武功扬名，可人家偏偏擅长文艺，文辞俊茂，与姐夫和峤及裴楷齐名。他生活奢靡，买个跑马场竟然用钱铺地，招待皇上吃饭，竟然用人奶来炖肉。他姐夫和峤是个脾气怪的人，可是也拿他没辙，主要原因是打不过。

直译

和峤生性极其吝啬，家里有一颗好李树，王武子求他给些李子，他只给了不过几十个。王武子趁他去上朝值班的时候，带着几个很能吃李子的少年，拿着斧子到果园里去。大家一起尽情地吃饱以后，把李树砍掉了，给和峤送去一车树枝。并且问道："和你家的李树相比怎样?”和峤得到这些树枝,只是笑一笑罢了。

演绎

姐夫和小舅子之间往往有很多故事,说相爱相杀也不为过。之前的故事里我们就提到了魏明帝是如何坑小舅子的——他让自己的小舅子驸马都尉毛曾挨着黄门侍郎夏侯玄一起坐。大家都知道夏侯玄长得一表人才、相貌出众,有“玉人”之称。皇帝的小舅子毛曾相貌丑陋,猥琐不堪。当他们坐在一起的时候,场面对比强烈,相当震撼,当时的人们称为“蒹葭倚玉树”。

有坑小舅子的姐夫,当然也有对姐夫耍横的小舅子,作为姐夫的和峤就遇到了这样闹心的事情。

和峤曾经不愿与谄媚的荀勖同乘一辆车,后世有了“和峤专车”的美谈。可是人无完人,品质优秀的和峤也有软肋——小气。和峤本就是个吝啬小气的人,当然他本身也很节俭。他的家里种着一些品种比较好的李子树,每年李子成熟时,果实累累压弯枝头,而且李子色泽鲜亮、甜美多汁,十分诱人。

小舅子王武子到姐姐家里去,看到这么好的李子,口水简直是“飞流直下三千尺”。没想到的是,当他张口索要李子的时候,姐夫也只不过给了他十多个,有的还有虫眼,这让他心中一万个不爽。于是有一天他趁姐夫和峤去单位值班的时候,偷偷召集了一帮能吃能喝的狐朋狗友到姐夫的李子园里去,还特地嘱咐他们带一把斧头。这些半大小子的食量个个都能吃穷老子,于是树上的李子被风卷残云般一扫而空。完事之后,“斧头帮”的成员们拿出斧头对着李子树一通乱砍,李子园顿时一片狼藉。

这还没完,小舅子王武子又派人拉了一车树枝给姐夫送过去,顺便还带了句话:“这比起你家的李子树怎么样?”

看着耷拉着叶子的树枝,和峤又气又恨,还得憋着,只能干巴巴地笑两声。

一声叹息

王武子做得有点过分了。因为,姐夫和峤的家人去吃李子,人家也是按李子核买单的①。所以王武子砍了姐夫和峤的李子树还是太冲动了。

①据《语林》记载:“峤诸弟往园中食李,而皆计核责钱。”

93

真抠门儿

原文

王戎俭吝,其从子婚,与一单衣,后更责之。

司徒王戎,既贵且富,区宅、僮牧,膏田、水碓之属,洛下无比。契疏[1]鞅掌,每与夫人烛下散筹算计。

王戎有好李,卖之,恐人得其种,恒钻其核。

王戎女适裴頠,贷钱数万。女归,戎色不说。女遽还钱,乃释然。

①[契疏]契约账本。

直译

王戎很吝啬,他的侄儿结婚,只送一件单衣,过后又要回去了。

司徒王戎既显贵,又富有。房屋、奴仆、田地以及水碓之类的财产,在洛阳无人能和他相比。契约账簿很多,他常常和妻子在烛光下摆开筹码来计算。

王戎家有良种李子,卖李子时,怕别人得到他家的良种,总是把李子核钻破再卖。

王戎的女儿嫁给裴頠时,借了王戎几万钱。女儿回来娘家,他一脸不高兴,女儿赶快把钱还给他,他才心平气和。

演绎

王戎和和峤在一些原则性的问题上是有鲜明的区别的。但今天的故事讲述的并不是他们的不同,而是讲他们的共同点——吝啬、小气、太抠门儿。

喜欢坐"专车"上班的和峤,非常抠门儿,自己家人吃个李子还要数着核收费,结果被小舅子"摆了一道"。比起和峤,王戎有过之而无不及。

抠门儿一:

王戎本性极为节俭,赶上他侄子结婚的大喜日子,王戎也去送了礼。结果侄子拆开一层又一层,最后拆出来一件半截袖的单薄上衣。

看着郁闷得要吐血的侄子，王戎有点不开心："傻小子，你瞅瞅！缎面的，质量上乘，还是牌子货！"

最令人意想不到的事情随后发生了，侄子结婚之后，王戎竟然找了个借口把这件衣服要了回去！

于是，郁闷的侄子被气得当场吐血。

抠门儿二：

王戎家里也和和峤家一样种了品质优良的李子。

和峤是不分亲疏远近，只要吃了他的李子，就得给钱。与和峤相比，王戎有过之而无不及，他不仅收钱，而且还有自己的小心思："我们家品种这么好的李子，要是被别人偷走了核，他们种了李子树出来，我岂不是亏死了？"

于是，他在卖李子之前，偷偷地在每个李子的核上钻个洞。当有人偶尔问起的时候，他还一脸严肃地告诉别人："这个洞是虫眼，我们家的李子从来不打药，绝对有机又可靠。"

抠门儿三：

在晋朝的时候，司徒王戎位列三公之一，职位相当于现在的国家总理。

王戎既有权利，又有财力。在整个洛阳，他有数量可观的肥田沃土、豪宅别墅，更有无数的奴仆、下人，至于舂米的水碓更是不计其数。在整个洛阳，这个上了富豪榜的有钱人财富简直无人可比。王戎不抽烟、不赌牌，每天处理完公务之后，最大的爱好就是回家和老婆一起翻弄山一样的账本，就着烛光摆开筹码算账。

"一三得三，一四得四，一九得九……"

抠门儿四：

王戎的女儿到了出嫁的年龄，嫁给了画地图的大师裴秀的小儿子裴頠。可能是小夫妻俩刚开始新生活，手头比较紧张，也可能是裴頠比较抠，不舍得给媳妇儿零花钱，总之，王戎的女儿从父亲那里借了几万钱出来周转。

过了一段时间，女儿回来娘家。王戎天天耷拉着脸，没个好气，这让女儿十分难堪。还是王戎的老婆明白，偷偷告诉女儿："闺女，你借你爹的钱是不是没有还啊？"女儿这才恍然大悟，赶紧把钱还给了老爸。

钱款两清之后，王戎的脸瞬间绽放光彩，洋溢着浓浓的父爱。

一声叹息

王戎是"竹林七贤"中最小的一个，其贪财吝啬是"六贤"们取笑的好题材。怪不得有一次王戎去找"六贤"玩，阮籍指着他大笑道："这个俗气的家伙又来破坏咱们的兴致了。"

94

不喝酒，杀美人

原文

石崇每要客燕集，常令美人行酒。客饮酒不尽者，使黄门交斩美人。王丞相①与大将军②尝共诣崇。丞相素不能饮，辄自勉强，至于沉醉。每至大将军，固不饮，以观其变。已斩三人，颜色如故，尚不肯饮。丞相让之，大将军曰："自杀伊家人，何预卿事！"

①〔王丞相〕王导。

②〔大将军〕王敦。

《金谷园图轴》中的主人公就是大富豪石崇
(清代)华嵒 作　上海博物馆 藏

插播

石崇(249 年—300 年)：字季伦，小名齐奴，渤海南皮(今河北省南皮县东北部)人，西晋时期文学家、官员、著名大富豪，"金谷二十四友"之一。石崇早年历任修武县县令、城阳太守、散骑侍郎、黄门郎等职，吴国灭亡后，获封安阳乡侯，累官南中郎将、荆州刺史、南蛮校尉、鹰扬将军等职。他不好好做官，却热衷打劫。石崇在不长的时间里积累了大量的财富，但是太高调，喜欢炫富。永康元年(300 年)，司马伦党羽孙秀向石崇索要其宠妾绿珠，石崇没舍得。后孙秀诬陷其为乱党，石崇最终因女人和炫富而死，遭夷三族。

直译

石崇每次邀请客人宴饮，总让美女劝酒，客人中如果有饮酒没有干杯的，就把美女交给内侍杀掉。

王导丞相和王大将军王敦曾经一起参加石崇的宴会，王丞相一向不能喝酒，只能勉强喝下，以至于喝醉了。每次轮到王大将军喝酒时，他坚决不喝，以此观察事态的变化。

石崇接连下令杀了三个美女，王大将军神色没有改变，依旧不肯喝酒。王导丞相责备他，王敦大将军说道："他杀自己家的人，与你有什么关系！"

演绎

石崇是晋朝著名的大富豪，靠不光彩的打家劫舍起家。

有钱的人总是热衷社交，石崇家的私人宴会可是三天一小席，五天一大席。而且石家的私人会所有这么一个令人不寒而栗的规矩：美人劝客人饮酒，如果客人的酒没喝完，劝酒的美人就会被内侍带走，然后杀掉。所以石家的美人们每次去劝酒都胆战心惊，因为不知道这一次去了能不能回来。

听说过但没见过这稀奇的"游戏"，王导丞相和王敦大将军有一次受邀出席了血雨腥风的"石门宴"。

王导丞相平素里就不善饮酒，稍微一喝就醉。每当他喝不下去的时候，身边倒酒的美女总是一脸惶恐，于是怜香惜玉的王导丞相就硬着头皮继续喝，很快就酩酊大醉了。

再看我们的王大将军，他坐在桌边大快朵颐。每次美人把酒杯端过来给他的时候，他总是意志坚决地说："不好意思，今天上火，牙疼，不能喝酒。"于是美人在哀求中被拖出去杀掉。因为"牙疼"的王敦，三个美人丢了性命，而王敦本人却面不改色，一个劲地吃肉吃菜。

看不下去的丞相暗地里扯了扯王敦的袖子，凑过去"咬耳朵"："老哥，这样不好吧，人家都杀了三个了。你好歹也喝点儿，要不这还得继续杀。"

"奇了怪了，他杀自己家的人，你着什么急啊？关你什么事？"王敦一脸的不解。

王敦给了王导一个白眼，伸出筷子继续夹菜。

一声叹息

王导丞相是个好好先生，心慈手软，虽然不胜酒力，仍然酒到杯干。王大将军铁石心肠，不喝就是不喝，是个做大事情的主啊。

95

见"稻"不知"稻"

原文

简文帝见田稻不识，问是何草，左右答是稻。简文还，三日不出，云："宁有赖其末，而不识其本？"

插播

稻谷，是指没有去除稻壳的籽实，人类共确认出22类稻谷。我国是稻作历史最悠久、水稻资源最丰富的国家之一。位于湖南道县寿雁镇的玉蟾岩遗址出土的古栽培稻标本证实，中国的稻作栽培已有1.4万年以上的历史，是已知的世界栽培稻起源地。我国稻作分布广泛，稻谷播种面积和产量较大的省份有湖南、江西、广西、广东、四川、安徽、江苏、湖北、浙江、福建、云南、黑龙江。

大米至今仍然是世界上很多国家的主要粮食之一

直译

简文帝司马昱见了田里的稻秧不认识，问是什么草。身边的人回答，是稻秧。简文帝回去后闭门三日不出，感慨道："我们依赖稻谷的末梢①活着，怎能不认识它的本来面目呢？"

演绎

春天如约而至，建康城里城外又一次披上了淡淡的绿色。简文帝今日兴致高涨，率领群臣野外踏青，不多时，大家已经到了郊外。

"哇哦——空气真好！"简文帝从车上下来，踩在湿润的泥土上，心情大好。

"咦？"简文帝朝面前的土地走过去。那是一片庄稼地，长满了郁郁葱葱的禾苗。在清晨的阳光里，禾苗挺直了身板，昂首挺胸。

"这些草长得如此繁茂葱茏，真是生命的欢歌啊，这是什么草啊？"简文帝转身问身边的群臣。

"呃——"身边的臣子们面面相觑，欲言又止。

简文帝用手指了指大臣们，得意地说："一看你们就深居简出，不理民情，这哪里是什么草？"

大臣们暗暗松了口气，心底默念："原来陛下知道是稻谷，逗我们玩儿呢。"

"告诉你们吧，这是蒜苗。"简文帝的回答瞬间雷倒群臣。

"陛下，此物非草亦非苗，乃是稻谷。"有一个没眼力见儿的臣子实在憋不住了，张口就说。

简文帝正背着手准备到田里走走，听到这句话，顿时脸都红到了脖子。他收回迈出的脚，手一挥，怒道："回家！"

整整三天，简文帝闭门不出，也不上朝。只见他天天仰头望天，不停地摇头："唉——真丢人！哪里有凭着稻谷末梢的大米存活，却不认识稻谷本身的事儿呢？"

一声叹息

简文帝贵为天子，住在深宫大院，不知道稻谷和草有何区别，似乎也能理解。如今，不能辨别韭菜和麦苗的孩子也一抓一大把。最难能可贵的是，简文帝会因为这件事情感到羞愧，这是非常难得的。

---

①〔末梢〕指的是稻谷的穗。

96

厕所套装

原文

王敦初尚主,如厕,见漆箱盛干枣,本以塞鼻,王谓厕上亦下果,食遂至尽。既还,婢擎金澡盘盛水,琉璃碗盛澡豆,因倒著水中而饮之,谓是干饭。群婢莫不掩口而笑之。

插播

琉璃:琉璃亦作“瑠璃”,是各种颜色(颜色由各种稀有金属决定)的人造水晶(含24%的二氧化铅)在1000多度的高温下烧制而成的。其制品晶莹剔透、光彩夺目。中国古代最初制作琉璃的材料,是从青铜器铸造过程中产生的副产品中获得的,副产品经过提炼加工然后制成琉璃。琉璃的颜色多种多样,故古人也叫它“五色石”。古时由于民间很难得到琉璃,所以当时的人们甚至把琉璃看得比玉器还要珍贵。2008年6月,琉璃烧制技艺入选国务院批准、文化部确定的第二批国家级非物质文化遗产名录。

1988年山西大同出土的北魏琉璃碗

魏晋南北朝时期,澡豆已经风靡上流社会

澡豆:中国古代洗涤用的粉剂,以豆粉添加药品和香料制成,用以洗手、洗面,能使皮肤滑润光泽。后来,人们把用豆子研成的细末结合粉剂制成的细小的丸子,称作“澡豆”。对于王大将军来说,澡豆的主要作用是充饥。

直译

王敦刚和公主结婚时,在公主住处上厕所,看见漆箱里装着干枣,这本来是用来堵鼻子的,王敦以为厕所里也摆设果品,就把红枣都吃光了。出来后,侍女端着装水的金澡盆和装澡豆的琉璃碗,王敦于是把澡豆倒入水里喝了,以为是干饭。侍女们没有不捂着嘴笑话他的。

演绎

一个古色古香的小箱子放在厕所入口的墙边,箱子饰有红色的底漆,描画着金色的蟠龙和飞凤。

上厕所的王敦起了好奇心:“啥玩意儿这是?难道是装手纸的箱子?”他随手掀开来一看,居然是一箱红色的干枣。

“娶了公主就是好,有钱人家连厕所都准备了吃的。”王敦心里暗暗想。

虽然这是个实在形不成的逻辑,但是王大将军还是毫不客气地把手伸进了箱子,抓起干枣就吃,味道还不错,于是吃了一个又一个。或许是饿了,王敦三下五除二就把盒子里的干枣吃了个干干净净。

当王敦上完厕所出来的时候,听到有人在问门口的婢女:“咋回事,盒子里塞鼻子的干枣怎么一个都没有了,那上厕所不臭死了吗?”

公主家真是有钱,门口的婢女端着黄金澡盆,里面盛有清水,琉璃碗里装着洗手用的澡豆。如厕出来的王敦可没见过这个阵仗,奇了怪了——上个厕所给红枣,上完厕所给干饭。虽然很费解,但是他还是很正式地把澡豆捡起丢进水里,涮了涮,然后吃掉了。

看着婢女们捂着嘴乐,王敦抹了抹嘴巴,说:“难怪你们笑,这个干饭味道是有些奇怪。”

一声叹息

王大将军,您上了一趟厕所,饱了。这说出去很尴尬。

97

倒霉的鸡蛋

原文

王蓝田[①]性急。尝食鸡子，以箸[②]刺之，不得，便大怒，举以掷地。鸡子于地圆转未止，仍下地以屐齿蹍之，又不得，瞋甚，复于地取内口中，啮破即吐之。王右军[③]闻而大笑，曰："使安期[④]有此性，犹当无一豪可论，况蓝田邪？"

①〔王蓝田〕王述。

②〔箸〕筷子。

③〔王右军〕王羲之，曾为右将军。

④〔安期〕王承，字安期，王述之父。

直译

王蓝田性子很急。有一次吃鸡蛋，他用筷子扎鸡蛋，没有扎到，便十分生气，把鸡蛋扔到地上。鸡蛋在地上旋转不停，于是他从席上下来用木屐鞋底防滑的齿踩鸡蛋，又没有踩到。他十分愤怒，又从地上捡起放入口中，把蛋咬破了然后就吐掉。王羲之听了大笑，说："王承有这种性格，都不值得一提，何况王蓝田呢？"

演绎

俗话说，心急吃不了热豆腐。

对于王蓝田来说，他这么心急，不仅吃不了"热豆腐"，就连鸡蛋也吃不了。

这不，盘子里放着几个鸡蛋，王蓝田不方便直接用手抓，毕竟要讲斯文嘛，好歹他也是个有身份的读书人。知道鸡蛋太滑不好夹，于是他用筷子扎，没想到盘子光洁，鸡蛋溜滑，他左扎右扎也没能扎住一个。

王蓝田气得胡子直翘，眼睛直翻，满嘴牙都快咬碎了，一挥手把鸡蛋扔到了地上。只见鸡蛋在地上团团转，像个陀螺，王蓝田抬脚就踩。木屐下面有高高的防滑的木齿，木齿之间有比较大的空隙。说来也巧，王蓝田抬脚踩了几下，鸡蛋正好卡在木齿之间，就是没踩中。

王蓝田的眼睛简直要喷出火来,他弯下腰,捡起鸡蛋直接塞到嘴巴里,鼓起腮帮子"吧唧吧唧"咬个稀碎。接下来令人意想不到的一幕发生了——王先生并没有咽下嚼碎的鸡蛋,而是张开嘴巴把嚼碎的鸡蛋吐了一地。被咬得稀烂的鸡蛋摊了一地。

最不喜欢王蓝田的王羲之后来听说了这个事情,禁不住仰头大笑,眼泪、鼻涕都笑出来了,说道:"他爹王承有这种性格都尚且不值一提,何况是他呢?连个蛋都搞不定的家伙,能成啥气候?"当然,此时放声大笑的王羲之并没想到,这个蛋都搞不定的家伙却让他在晚年的时候愤慨辞官、郁闷致死。

一声叹息

鸡蛋心里苦,心想:"我招谁惹谁了?扎不住还踩,踩不中就咬,咬碎了还吐一地。性子急就拿鸡蛋生气,此生为蛋,表示很郁闷。"

98

拿开你的鬼爪子

原文

王司州①尝乘雪往王螭②许。司州言气少有牾逆于螭,便作色不夷。司州觉恶,便舆床就之,持其臂曰:“汝讵复足与老兄计!”螭拨其手曰:“冷如鬼手馨,强来捉人臂!”

①〔王司州〕王胡之。

②〔王螭〕王恬,小名“螭虎”。

插播

王司州画像 (现代)朱永太 作

王司州(? —348 年):王胡之,字修龄,琅琊(今山东省临沂市北部)人,出身琅琊王氏,年少时就很有声誉,成人后,才能卓著,历任吴兴郡太守、侍中、丹阳尹,颇有作为,是个好干部。朝廷任命他为司州刺史、平北将军,遗憾的是,王胡之还未到任,便不幸病故。

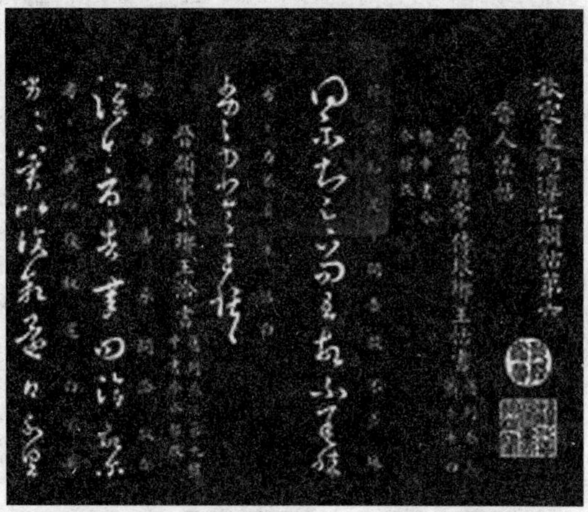
图片中间两行为王恬《得示帖》,选自《淳化阁帖》

今人国画作品中的王恬

王螭（生卒年不详）：即王恬，字敬豫，小名“螭虎”，琅琊临沂（今山东省临沂市北部）人，东晋书法家，东晋丞相王导的次子。他喜欢舞枪弄棒，也写得一手好隶书，不过，因为他有一个孝顺且有德行的哥哥王悦，所以在父母面前，他不得宠。史书记载：“导见悦辄喜，见恬便有怒色。”王导真是个偏心的爸爸。王螭官至后将军，同时还是东晋朝的围棋第一高手。

直译

司州刺史王胡之有一次冒雪前去王螭府上。

王胡之说话时的语气稍微冒犯了王螭，王螭便生气不高兴。王胡之觉得冒犯了他，就把座床挪近王螭身边，拉着他的手臂说：“你难道值得和老兄计较！”王螭拨开他的手说：“冷得像鬼手一样，还硬要来拉人家的胳膊！”

演绎

这一年的冬天雪下得尤其大，不一会儿的工夫，天地浑然一色，万物都披上了厚厚的白袍。司州王胡之来了兴致，踏着厚厚的雪到堂弟王螭家里玩。

两个人围着屋子里的火炉烤手，还温了几杯绍兴黄酒，备了一碟茴香豆来下酒。因为赶上星期天，两人也不用上班，于是天南地北地铆着劲儿吹牛。两个人本来聊得十分开心，结果因为一件事情起了争执。

“这个茴香豆最好吃的是‘老土豆’家的，酥软清香，香味浓厚，吃起来唇齿留香。”王螭嚼着茴香豆，眯着眼睛，一脸陶醉。

“你是不是傻？”王胡之看着陶醉的王螭，笑得前仰后合，“小朋友都知道，最好吃的茴香豆是‘老番薯’家的，‘老土豆’家的早就不行了，自打‘老土豆’去年撒手归西之后，‘小土豆’制作茴香豆的水平就越来越差了。唉，可惜了‘老土豆’的好手艺，失传喽——”

“说什么呢？！”王螭睁开眼睛，一脸的不高兴，“你看看，这茴香豆差吗？豆肉软而不烂，咀嚼起来满口生津，五香馥郁，咸而透鲜，回味还微微甘甜。”

“你难道没有听说‘土豆家的茴香豆，谦裕、同兴好酱油，曹娥运来芽青豆，东关请来好煮手’的民谣吗？”王螭越说越激动，“这‘小土豆’和我是十几年的兄弟，他跟他爹学到了真传。我倒是觉着这茴香豆比‘老土豆’的还好吃，你是不是话说得多了，舌头干涩，吃什么都不香呢？”

王胡之看王螭的脸色都变了，自己也觉着刚才的话说得有些唐突了。于是他把坐着的座床往王螭旁边挪了挪，还伸手去拉他的胳膊，说：“老弟，不好意思，哥哥说错话了，别往心里去。这个茴香豆，你说谁家的好吃就谁家的好吃。”

“起开，手冷得像鬼爪子，还硬要拉我的胳膊。噫——”王螭拨开王胡之的手，仍然一脸的不高兴。

“别以为我不知道，你喜欢上了‘老番薯’家前台的姑娘‘小番薯’，天天说人家的茴香豆好吃，到处给人家打广告。”王螭斜着眼睛看王胡之，说，“你简直是‘番薯脑袋’。”

一声叹息

官二代王螭公子脾气确实不怎么好，何况他本来就是一个喜欢习弄武艺的人。冬天谁的手不凉？王胡之的手被形容成“鬼爪子”，王螭用词倒也很贴切。

99

一场因为喝酒引发的群架

原文

王大[①]、王恭尝俱在何仆射[②]坐，恭时为丹阳尹，大始拜荆州。讫将乖之际，大劝恭酒，恭不为饮，大逼强之，转苦，便各以裙带绕手。恭府近千人，悉呼入斋；大左右虽少，亦命前，意便欲相杀。何仆射无计，因起排坐二人之间，方得分散。所谓势利之交，古人羞之。

①〔王大〕王忱。

②〔何仆射〕何澄，曾任左仆射。

插播

何澄：字子玄，曾担任尚书左仆射的官职，为人清正廉明。

直译

何澄画像 （现代）朱永太 作

王忱和王恭曾经一起在左仆射何澄家做客，王恭当时任丹阳尹，王忱刚担任荆州刺史。当他们快要闹别扭的时候，王忱劝王恭喝酒，王恭不肯喝，王忱就强迫他，越来越急迫，随即各自拿起裙带缠在手上。王恭府中有近千人，全都被叫来何澄家中；王忱随从虽然少，也叫他们前来，双方的意思是想要打起来。何澄没有办法，就站起来坐在两人中间，才把两人分开。人们所说的倚仗权势和财富的交往，古人认为是可耻的。

演绎

王忱和王恭是叔侄关系，两人十分谈得来，关系非常不错。但是后来有人从中作梗，导致两个人的关系逐渐恶化。下面的故事就发生在这个时候，当时两人应邀在左仆射何澄家里吃饭。

“感情深,一口闷;感情浅,舔一舔。”王忱给王恭端过去满满一杯酒。

“最近我的感情比较复杂,不喝酒了。”王恭翻了个白眼,他现在对以前关系贼铁的王忱充满了怨恨。

“感情厚,喝不够;感情薄,喝不着。”王忱仍然脸上带着微笑,满满的酒杯却不曾放下来。

“我身体不好,不能饮酒了。”王恭继续翻白眼。

“感情铁,喝出血。”王恭丝毫没有放下酒杯的意思。

“不好意思,我最近戒酒了,不喝。”王恭不翻白眼了,索性直接闭了眼。

“男人不喝酒,枉在世上走;人若不喝酒,白来世上走。”王恭站起来,端起酒杯,走到王恭的身边。

“哦,我这年龄已经不胜酒力,喝不动了。”王恭继续闭着眼睛说。

“贤侄,你还跟我谈年龄？哈哈哈哈……酒是粮食精,越喝越年轻。”王忱把杯子往王恭的嘴边递过去。

“别说了,今天你就是把嘴皮磨穿,我也不会喝的!”王恭的眼睛瞪成了两个鸡蛋,坐在旁边的何澄吓了一大跳。

“王恭,你今天不喝了我的酒,就是不给我面子,就是看不起我!”王忱的脸腾地红起来,“你不喝我的酒,我的脸面就掉地上了。”

“那是你的面子,和我有什么关系?”王恭猛地站起来,顺手把王忱的手一推,酒水洒了一地。

“给脸不要是吧?”王忱把杯子往地上一扔,撩起裙带往手上一绕,脖子上的青筋蹦起老高。

“你有脸吗?!瞅瞅你,这才刚刚当上荆州刺史,你就不知道尾巴该放哪儿了?”王恭也不是吃素的,一摆手,身边的人呼呼啦啦地围了上来,院子里有不少王恭的人,粗略算一下,差不多有千把人,黑压压地站满了何澄的家。

“丹阳尹,地头蛇,王恭,你这是要打群架是吧?”王忱眼睛能喷出火来,“别看我今天人少,我一样奉陪到底,打一架试试!”王忱的随从不是很多,但是个个都膘肥体壮,腰里好像还别着东西。

何澄眼看两帮人要打起来,赶紧上前拉架。结果拉了王恭,王忱要打;拉了王忱,王恭要打。何仆射实在没辙了,干脆往两人中间一坐:“要打,先打我。”

作为客人,王忱、王恭肯定要给主人面子。于是这场一触即发的群殴事件在何仆射的及时干预下成功化解,没有酿成群死群伤的恶性后果。

“内讧得去你们家,我的家具这么贵,砸坏了谁赔?”何仆射送走了气哼哼的两拨人,心里的大石头算是落了地。

事情虽然过去了,但是却很快在当地传开了。这场因为权势和财富引发的争斗,一时间成为人们茶余饭后的笑谈。

一声叹息

自古以来,劝酒一直为人所诟病。本来王家这一对叔侄就是带着宿怨来赴的宴,这下子差点成了黑帮血拼。幸运的是,何仆射力挽狂澜,不仅保住了自家的家具,也挽回了两家的面子,难能可贵。

100

豪华厕所

原文

石崇厕,常有十余婢侍列,皆丽服藻饰。置甲煎粉、沉香汁之属,无不毕备。又与新衣着令出,客多羞不能如厕。王大将军往,脱故衣,着新衣,神色傲然。群婢相谓曰:“此客必能作贼。”

插播

甲煎粉:香料名,又叫“夹煎”“甲香”,是用药与美果花烧灰和蜡制成的,供洗手洗脸后搽手涂面用;也可做口脂,用来防止口唇皴裂,相当于现在的唇膏。甲煎粉既是化妆品又是药品。

俄罗斯首都莫斯科古姆(Gum)商场内的豪华厕所,如厕一次收取84卢布(折合人民币10.8元)

制作甲煎粉的主要原料之一——海螺介壳上呈圆片状的盖

沉香汁:用植物沉香或白木香的含有树脂的木材制成的液体。据《本草汇言》记载,将沉香木磨碎后加入其他中药、辅料,用水煎,即可得沉香汁。当时,这不仅可作香水用,还可以内服作药用。

近年在广东省惠州市发现有野生沉香树群，树龄约在130年以上

直译

石崇家的厕所，经常有十多个婢女排列侍候，都穿着华丽的衣服，打扮得很漂亮。厕所里放上甲煎粉、沉香汁一类的物品，各样东西都准备齐全。又让上厕所的宾客换上新衣服再出来，客人大多因为难为情不能上厕所。大将军王敦上厕所，脱掉原来的衣服，穿上新衣服，神色傲慢。婢女们背后互相评论道："这个客人一定会作乱！"

演绎

厕所是人类建造的专供人类（或其他特指生物，如家畜）进行生理排泄和放置（处理）排泄物的地方。

当私有制产生之后，人和人之间的差距就日渐加大了。穷人家的厕所又脏又臭，卫生条件极差；富人家的厕所豪华、洁净，比一般人家的卧室都漂亮。穷人家的厕所不叫厕所，叫"茅房"；富人家的厕所也不叫厕所，叫"洗手间"，高级一点的称"盥洗室"。

在没有抽水马桶的晋代，卫生条件不会好到哪里去。可是有一个特有钱，也特能作的富豪，他的家里就有一个"六星级"的豪华厕所，其豪华程度即便放在今天，也足以让你的下巴合不上去。

亦官亦盗的石崇不仅不差钱，而且还很善于花钱。他把自己家的厕所修建得华美无比，给人以梦幻般的感觉。石家的厕所里准备了各种香水、香膏给客人洗手、抹脸。经常有十多个女仆列队侍候，女仆们一律穿着绣花的丝绸衣服，打扮得艳丽夺目。她们手里拎着锦囊香袋（在没有卫生纸的晋代，里面装的是擦屁股用的软木板），列队侍候客人上厕所。

客人上了厕所出来，服侍的婢女会脱掉客人身上原来穿的衣服，侍候他们换上新衣，喷上香水再让他们出去。当然，这种非常具有仪式感的上厕所方式让很多客人不太适应，以致有客人蹲在厕所里脸红脖子粗，半天拉不出来，最终提着裤子出来了。曾经，一个叫刘寔的官员有一次去石崇家拜访，内急上厕所的时候看到屋子里竟然有绛色的蚊帐、垫子、褥子等极讲究的陈设，还整齐地站着一排婢女。看见刘寔进来，婢女一起弯腰，齐声问候，这把刘寔吓坏了，他忙退出来对石崇说："不好意思，我错进了你的内室。"石崇说："其实那是厕所！"刘寔红着脸说："我享受不了这个。"遂改进了别处的厕所。

和刘寔大不一样的是王敦，他每次到石崇家上厕所的时候，如厕、更衣、喷香水一整套动作下来都不会觉着不自在，而且神色傲慢，十分享受。那些服侍的婢女们都在背后议论纷纷："这个家伙以后可不得了，一定会犯上作乱。"

在那个时候，王敦已经把人生看得很透了：无论有钱没钱，人都不能摆脱人类的共性。石崇这么有钱的人，还不是一样得吃喝拉撒。

王敦用自己的实际行动告诉大佬石崇："我努力奋斗，就是为了以后生活得比你好。"

人总是需要有点追求，哪怕只是一个豪华厕所里的高级马桶。

一声叹息

有钱人的世界我们真看不懂，胆大的王敦大将军却洞若观火。暴发户石崇有钱没处花，厕所好过别人住的家。还有那一帮在厕所值班的小姑娘们，她们对王敦大将军的评价可谓一语中的，实在是有识人的远见啊。

101

“卿卿我我”不只是传说

原文

王安丰[①]妇，常卿安丰。安丰曰：“妇人卿婿，于礼为不敬，后勿复尔。”妇曰：“亲卿爱卿，是以卿卿；我不卿卿，谁当卿卿？”遂恒听之。

①〔王安丰〕王戎，曾晋爵安丰县侯。

插播

王安丰妻子的画像

直译

王安丰的妻子常称呼他为卿，王安丰说：“妇人称丈夫为卿，在礼仪上是不敬的，往后不要再叫了。”他的妻子说：“我亲你爱你，所以称你为卿。我不称你为卿，谁能称你为卿？”于是，王安丰就任凭她称呼了。

演绎

“卿,吃了吗?”

“吃过了,卿。你呢?”

“我也吃过了,卿。”

“卿,今天吃的什么啊?”

“卿,我今天吃的是韭菜盒子。”

“卿吃的是老王头家的还是李拐子家的?”

“我吃的是李拐子家的。”

以上对话是王戎与妻子早餐后的一段日常对话,听起来是不是有点肉麻,有点头晕眼花呀?这到底谁是谁啊?

其实在晋代,“卿”的叫法有两种:一是上级称呼下级的时候用“卿”,以示关系亲近;二是丈夫称呼妻子的时候用“卿”,以示尊重和宠爱。妻子对丈夫的称呼,一般是用“君”字。可是王戎的老婆就爱用“卿”来称呼自己的丈夫,相当于现在我们说的“亲爱的”之类。可是一句一个“亲爱的”,王戎也受不了,鸡皮疙瘩掉一地。

于是他对妻子说:“老婆,你能不能不要老是卿啊卿的叫我?本来老婆就该称老公为‘君’,而不是‘卿’。称老公为卿一来不尊敬,二来太肉麻,让别人听到多不好。”

王夫人不开心了:“亲你爱你,所以才称呼你为卿。你说我都不能这么叫你,那你告诉我——谁能这么叫你?难道……你在外边……”王夫人脸上“乌云”密布。

“不不不,没有的事。卿,就叫我卿吧。”王戎擦了擦额头的汗,转身溜出了房间。

一声叹息

王戎爱财,王夫人爱老公,各有所爱,无可替代。

一段佳话留给后世一个美丽的词语,这都缘于王夫人的坚持。